2021中国年度 小小说

任晓燕 秦俑 赵建宇 选编

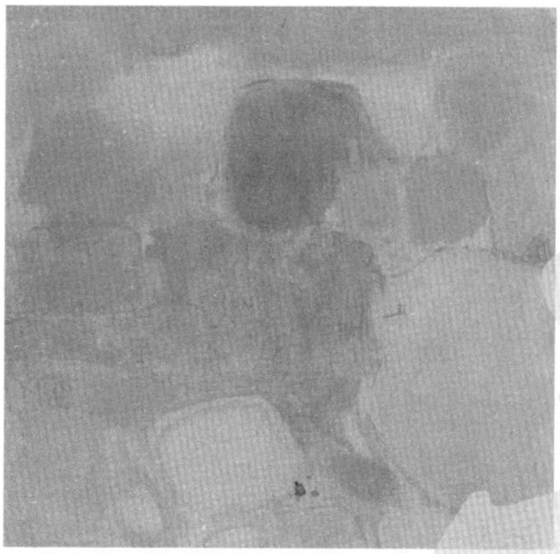

漓江出版社
·桂林·

目 录

contents

第 3 辑　寻常巷陌

第 4 辑　点灯人

第5辑　日照春山早

第 6 辑　大地的声音

第 7 辑　局外人

编选前言

漓江出版社的“年选系列”图书已连续出版20多年，成为国内公认的文学出版品牌。小小说选本是中间增列进来的，从1999年开始，由《小小说选刊》编辑部与漓江出版社合作出版，在国内众多的小小说年选图书中独树一帜，被业界与读者誉为“当代小小说创作的发展编年史”。

《小小说选刊》创刊于1985年，1995年改为半月刊，迄今共出版768期，总发行量逾亿册，影响了至少两代读者的阅读时尚。除了办刊，我们还上百次地组织征文大赛、笔会研讨、函授教学等活动，不仅让成千上万的小小说作者从中受益，而且也让郑州成为名副其实的“小小说创作中心”。30多年来，《小小说选刊》不仅积累了大量的作家作品资源，也培养了一支成熟的编辑策划团队。所以，“漓江版”小小说年选与我们合作，算是一种强强联手的最佳组合。

从去年开始，“漓江版”小小说年选本在编辑体例上略有调整。翻开本书目录，你会发现，今年的年选本共分为7个小辑。第1辑为精选系列作品，特别遴选年度内有代表性的三组系列小小说：蒋子龙《寻常百姓》、石舒清《地动》是今年笔记体小小说创作的重要收获，郭震海《小人物，大梦想》切合时代主题，读来也让人耳目一新。第2辑为“建党百年”专题，今年是中国共产党成立100周年，各大报刊选发了大量表现建党100年来民族发展、时代变迁、改革奋斗、文化传承、人民生活等现实主义元素的佳作力作，讴歌党，讴歌祖国，讴歌人民，讴歌英雄，塑造优秀共产党员的典型形象，充分体现了小小说文体的时代性与人民性。第3辑特别遴选5位作家各两篇作品，他们堪称本年度小小说创作数质兼优的优秀代表，第4辑是“小小说金麻雀奖”获奖作家，第5辑是持续活跃的创作中坚，第6辑是实力女作家，第7辑是创作势头迅猛的新生力量。这几辑是按照作者类型来进行分类的，而且也打破了之前年选一人一篇的惯例，但在作品的选择上有一个共同点，就是我们一直奉行的“好作品主义”，坚持用作品质量说话，宁缺毋滥。

总而言之，我们在编选之时特别注重作品的经典性、时代性、好读性与包容性，力争体现当年度小小说创作的高度与广度。当然，由于编者视野所限以及个人艺术眼光的不同，难免遗珠之憾，欢迎广大读者提出宝贵意见。

本书编者

2021年12月

第1辑

众 生

寻常百姓（选二）

蒋子龙

名　医

贝万山曾是省重点高中的尖子生，现在称“学霸”。但在升到高三没几天，患了骨髓炎，进进出出拜遍了省城的大小医院，求遍了亲戚朋友推荐的各种医生，还到北京治了大半年，都没有效果。最后他的侧腰烂得看见了肋条。

在死神的追赶下，万般无奈只有靠自己试试了，他开始拼命读医书，古今中外，从医学经典到民间偏方，从大学教材到医学刊物，能读尽读……有点儿心得就在自己身上实验。几年后竟真把自己的病治好了，并发明了“复方黄柏液”，专治各种骨肉伤痛、发炎。

他的奇迹被同病相怜的病友和左邻右舍、亲戚朋友中嘴快的人传扬开来，一传十，十传百……来找他看病的人很多，骨髓炎自不必说，能确保治愈，就是医治其他骨科类的病痛，也有相当大的把握。

由于他不是医生，没有行医执照，只能以亲戚朋友的身份悄悄医治。奇怪的是，此时的贝万山，以自己患病时的绝望推及他人，萌发了强烈的行医欲望，即使自己搭钱买药、制药，也要给别人治病。省城一个区的卫生院，相中他能吸引众多病人，给卫生院增加收益，把他请去，替他办好了医师资格证书，专为他开了骨科诊室。

很快，贝万山连同那家卫生院声名大振。比如，大医院都是在有空调的无菌室做手术，伤口还时常感染。他所在的卫生院条件差，夏天做手术开着窗，虽有苍蝇乱飞，却从来没有感染的……

人一有了传奇般的口碑，就会越传越神。

也是合该他成名，有位领导下乡时不知被什么毒虫咬了，先是红肿，然后溃烂，且奇痒难挨，而奇痒往往比疼痛更难忍受。住在全省最大的人民医院，却怎么也治不好。有人推荐让贝万山看看，医院总是推三阻四，就是不想让一个江湖郎中来砸了自己的牌子。最后还是领导自己当着院长的面下令，让贝万山来诊治。贝万山带来一小瓶药水，涂了几次就好了。书记大悦，众人大惊，这真是神仙一把抓，不服不行。

这样的神医怎么可能被埋没在一个小卫生院里？省卫健委下令，把他调到省人民医院当了骨科主任。没承想他这个主任一干就快 20 年了，既上不去，又下不来，让贝万山受了洋罪。

上不去是因为没有学历，他手下的普通医生都是正规学医的硕士、博士；下不来是因为他看病有一套，病人多，能给医院带来效益，他这个主任还是上面“钦定”的，谁敢把他拿下？

洋罪受的时间一长，整个人都变了，除去面对病人时还有点儿自尊自信，科里的其他事情能躲就躲，能拖就拖，躲不过拖不了，就睁一眼闭一眼能凑合过去就行。

他越是怕事，科里的闲事就越多。有个年轻医生，还是医学院硕士毕业，天一热就不穿衣服，光溜溜的，只在外面穿一件白大褂。科里的医生护士都知道，有些住院的病人也知道，不管谁一见他先往他的下身看，但他却满不在乎，依旧我行我素，旁若无人。

他这个科主任当然也知道，每天一打照面也习惯性地先看那个医生的下身，几次想管都忍住了。他心里很清楚，科里的年轻医生除去把他当成靠“独门绝技”赚钱的机器，没有谁真正看得起他，有两个医术好一点儿的医生，暗地里还恨他挡了他们的道儿。

有一天那个不穿裤子的医生，要当他的助手同上一台手术，他终于没有压住自己的火气，呵斥道，上手术台不穿裤子，成何体统！这是大学里教的吗？他呵斥完医生，吩咐护士到手术室拿了条裤子，让那个年轻医生穿上。

等他火气消了又后悔自己多管闲事，晚上回到家跟老伴儿念叨这件事，老伴儿也埋怨他，并劝他想办法提前退休，到小医院顶半天门诊或者到大药铺坐堂，既省心，挣的还多。他长叹一声，我何尝没有这样想过，但总要有个理由才行，须先辞掉科主任这个累赘的职务，可我几次给院领导打报告人家都不批啊！上边顾虑的是，我一退会带走一部分病人……

第二天上班，在楼道里就迎面碰上那个不穿裤子的医生，贝万山主动笑着打招呼，还破例向对方敬上一支烟，这分明是为昨天的事情向人家表示歉意。那个家伙下身依然没有穿裤子，满不在乎地吸着他送的烟转身走了，根本不拿他当回事，甚至还有点儿向他示威的意思。

他心中恼恨，不是恨对方，而是恨自己这么大年纪了，还受这般羞辱！他拐弯进了卫生间，看看里边没有人，便抡开手臂狠劲抽自己嘴巴……刚抽了两下，只觉得头昏脑涨，眼前一黑便人事不知了。

再醒来时，他发现自己躺在医院的急救室里。旁边的脑科医生告诉他，刚才急性脑梗，由于抢救及时，想来不会留下后遗症……

他闭上眼睛，转转眼球，动动眉毛，轻轻动动脚趾、手指，心里松了一口气，这下可以提前退休了。

熊冠三

熊冠三，面黑体壮，眼光中正，性烈，至孝。每天必为母亲准备好早饭，才去上班。他当过化学兵，中国第一颗原子弹爆炸时，他在现场。转业后任机械局保卫处副处长，后下派到出名的烂摊子——没人愿意去的红星机修厂任厂长兼党委书记。上任第二天，有警察到厂，要拿走一名职工的档案，把人送往大西北劳动改造。他为警察倒了一杯水，让其在办公室等候，自己来到人事科，了解事情原委。

犯事的人叫二膘子，真名刘传标，厂里的一个小流氓，除去惹祸干什么都不行。前几年进过公安局，出来后老实了两年，好不容易找了个对象，为讨好丈母娘去修理厨房的下水道，昨天晚上来厂里偷管子被巡逻的民兵当场抓住，也算他倒霉赶上了，往大西北一送这辈子就算交待了，媳妇也白娶了。

熊冠三回到办公室对警察说，事情有出入，我跟你去一趟当面再问他一次，如果还要往大西北送，我派人把他的档案给你送去。他跟着警察来到派出所，警察到里边把二膘子带出来，冠三跟他一对眼神，抡起胳膊就是一个大嘴巴子。这一巴掌扇得，二膘子在地上转了一圈儿扑通就跪下了，鲜血从嘴角流出来。冠三指着他骂道，我在局里干保卫还不懂这个？他们打你你就承认？咱不说好折钱嘛，下个月从你工资里扣。窝囊废！

冠三越骂越气，又想抡胳膊，二膘子直冲着他作揖，厂长你不知道啊……你得救我啊！厂长！

冠三回身看看警察，你都听明白了，这个人我得领走。警察点点头，人家厂长来领人，焉能不放。回厂后熊冠三让一无所长的二膘子去动力科烧锅炉。

熊冠三为了尽快熟悉机修厂的情况，上午听各科室的汇报，下午到各车间里转，有不明白的问题就问，碰上对眼的就聊一会儿。在铆焊车间看到一名挺着大肚子的女工在满车间搬边料，边料都是带刺的铁块，轻者几斤，重的十几公斤，还要不停地弯腰，这不是劳动改造嘛！他喊住了那名女工问，怀孕几个月了？

八个月了。

八个月了还干这个？女工眼圈红了，却不敢多说。

你叫什么名字？

刘兰芬。

冠三把车间主任找来，主任说是劳资科科长王贵有定的，她不知怎么得罪了他，就是故意整她。

她是你车间的工人，为什么任凭王贵有这样整？

工种分配是劳资科的权力，车间无权更改。

屁话，你是不是跟王贵有一伙的？

车间主任为自己百般辩解，冠三直盯着主任的眼睛，不让他躲闪也不相信他的话：你车间里就没有轻松点儿的活儿？

她原来是焊工，有些活儿可以坐着干。

那就马上让她回去干本行。

第二天一上班，熊冠三来到劳资科听汇报。王贵有通身上下清爽整洁，白面，微胖，眼光犀利，充满自信。他的汇报简短，有条理，却都是应付外行的漂亮话，劳资科的真正业务谈得很少。干企业隔行不隔理，在局里这几年也没少往企业里跑，自然听得出王贵有在糊弄他，甚至还猜得出王贵有的心思，他这个厂长能当多长时间恐怕也得取决于王贵有。

等王贵有汇报完，冷了一会儿场，冠三才开口，工人们说，红星机修厂干不好是因为有两大能人，你王贵有就是一霸。就这一句开场白，整个劳资科的人都傻眼了，王贵有的脸也立刻变色了。冠三看着他不紧不慢继续往下说，铆焊车间女焊工刘兰芬，挺着怀孕八个月的大肚子，天天在车间里搬边料，就是因为你怀疑她跟你的对头生产科科长好。孕妇犯了罪都要暂时不收监，有什么刑罚都等到生完孩子再说，你这一手关乎两条人命，这是迫害妇女，违反国家劳动法，就凭这一条我就可以把你送进去，至少“流放”大西北，你信不信？

王贵有登时就尿了，整个人都塌架了，往常的冷傲变成一脸卑微。厂长，我不是有意的，没想到事情这么严重……

熊冠三眼带凶威，眉横杀气，摆手不让他说下去，散会后你把工作跟副科长交代一下，放你半天假。明天一上班到这儿报到，找副科长给你分配个工种，下去当工人，工人当好了再说。他扭头看着副科长说，你暂时代理劳资科科长，警告你一句话，别当人贩子。红星厂是国家的，别拿着国家给的权力当大爷，这个厂没有谁都行，包括我熊冠三。谁不想干现在就举手，明天下车间，如果再让我听到工人骂你们劳资科是人贩子，就不会像今天这么客气。我是干保卫出身，咱们就公事公办！

熊冠三除了工厂的两霸，到年底竟破天荒地完成了局里下达的生产任务。在各车间报上的“先进生产者”名单里，他看见了二膘子刘传标的名字，一问动力科，这小子还真被他那重重的一巴掌给打过来了，干活儿拼命。有一天晚上拉煤车进不了厂，他本来是上中班，却光着膀子干了一夜，用小车把煤一车车地运进了锅炉房。

俗语云：“宁得罪君子，不得罪小人。”王贵有就是小人，每隔一段时间，他就用两张蓝靛纸垫着写一封告状信，一式三份，署名“红星机修厂广大群众”或“部分群众”，花上三八两角四分钱，分别寄给市里、局里。告状信的内容也经常更新……说得有鼻子有眼，上边一次次地下来调查。熊冠三的做人处事就像他当兵时的背包一样，四角四方，八面见线，调查不出什么问题。但癞蛤蟆趴在脚面上——不咬人恶心人。上面也老批评熊冠三，你说你没有问题，为什么有人老是告你？也就仗着红星机修厂被他管理得不错，没有调他走，也没有提拔他。

“文革”一开始他被彻底打倒，因态度不好腰椎被打断，后半生只能在轮椅上度过。令他欣慰的是，每年春节，刘传标都带着老婆孩子去他家里拜年。

地　动（选五）

石舒清

狐皮帽子

就从刘刚说起吧。刘刚现任海原县地震局局长。他任局长几十年了，看来还会在这个位置上一直干到退休。近年来关于海原大地震，多有深度研究和种种举措，无一不和刘刚有关。这也是他的职责所在，没什么好说的。

刘家近百年来一直是城里的大户望族，不知他们是靠什么达到这一点的，即使在农业社生产队的时候，他家也是根基深牢，威风不倒，比如大队支书和队里的队长、会计等，都由他家的人担任。总的来讲，刘氏一门给人一种宽仁而又能担当的感觉。这种底蕴和气度，没有一百年是滋养不出来的。

好比刘刚，不过是县地震局的局长而已，但你们若初次相见，看他的言谈举止，往往就会错认了，会觉得这个个头不高的人，力道还真是不弱啊，给人的感觉这人是既能文又能武的。

闲话说到这里。

1920 年海原大地震，刘刚一家，震殁四人，也算是灾难不轻不重的人家，但这亡于大地震的四个人，都是家里的顶梁柱，曾祖父殁了，大爷二爷殁了，可以当儿子娃来使的大姑奶奶也殁了。好在曾祖奶奶还在，她在大难到来的一刻，抱着小儿子，也就是刘刚的爷爷，用一双麻雀大的小脚跑出门去。曾祖奶奶的存在保证了家里还有一根支撑不倒的大柱子。

因为大家各有营生，除去大姑奶奶殁于家里，其他三人都是亡在了别处。刘刚主要讲了他大爷的事情。

大爷是亡在了海原县树台乡。

大爷是很善于做买卖的人，他像公子哥一样做买卖，看似不很着力，但一股子银水往家里流。他又好讲三国，仗义疏财。大地震当日，大爷赶着几头驮着沉甸甸货物的骡子，从甘肃白银一带过来，看看天色向晚，就住进老连手（老朋友之意）马胡子的店里。随行的还有两个生意人。吃了喝了，把骡马饮了喂了，就到了昏礼时间，几个人正在店家的热炕上做礼拜时，地震了，都打在了店里头。马胡子为婆姨所使，到街上打点灯油，正好侥幸躲过一劫。把刘刚的大爷等从废墟里刨出来时，马胡子看大爷并没有伤着面目，也算是万幸。在不像个样子的街上走来走去，像真主的安排一样，竟然碰到了石塘岭的谢阿訇，马胡子哭着说，阿訇啊，你要给我帮个忙，一个老连手殁在我店里了，你帮忙给站个者那则（者那则为殡礼之意），我得过这个人的好处没法数。谢阿訇就跟着来到店里。大爷头上戴着个狐皮帽子，人虽然亡了，一看也是个厉害人。谢阿訇从狐皮帽子上认出来了，原来大爷也是谢阿訇一家的恩人。

是这么个事。

谢阿訇的父亲在靖远县一家古董店里闲逛，不小心把店家的一把瓷壶碰落了，碎了一地，当然是走不脱，又赔不起，就给堵在店里被人打得不成样子。这时候就有一个戴狐皮帽子的生意人从看热闹的人里面走出来，显出一副要管这事的样子，结果是他赔了店家三十个银圆，又给了谢阿訇的父亲三个银圆，让他赶快把伤治治。谢阿訇的父亲赶忙问帮忙人的尊姓大名，可他不说，摆着手走掉了。知道的人说，这生意人是海原人。就知道这么一点儿信息。还有就是狐皮帽子。那时候戴狐皮帽子的人不多，就是戴上也不像那么回事。谢阿訇一家就记住了海原人、狐皮帽子等。马胡子说，他只是开他的店，客人的情况从不胡乱打听，所以看起来熟得很，但说生嘛也生着呢。就知道戴狐皮帽子的是个有钱人，是个好人。

站过者那则，谢阿訇和马胡子要去了那顶狐皮帽子。谢阿訇说你就把这帽子当乜贴（有宗教意味的钱物之意）散给我吧，我戴上好去找他的家人。马胡子说，你找着了给我说上一声，他的东西都还在我这里呢。

谢阿訇就戴着狐皮帽子上了县城。一个县的人大半死掉了，剩下来的人还得活，还赶集，在集市上互道苦情互通有无，集市上怪啦啦的，就像坟墓打开，人们从土里出来放风，日头得了痨病似的在灰塌塌的天上一动也不动。人们都像耳聋了一样，看见对方在说话，虽然嘴巴一张一张，但是声音好像慢着半拍，好半天才弱弱地到耳朵里来。人集中起来倒是不少，但却给人一种荒败感破落感，好像无论怎么看也看得出，这些人不过是零头余数而已。人们好像都失重了，给人一种飘浮的感觉。

谢阿訇戴着狐皮帽子在人群里走来走去，希望被发现被看见。

到第三个集上，终于有一个年轻人盯上了谢阿訇，他在多个方向暗暗观察了谢阿訇。谢阿訇刚在一个断墙的墙根里解完手起来，就被几个人团团围住，问他头上的狐皮帽子怎么回事。原来其中有一个人就是大爷的堂侄，看到狐皮帽子就认了出来。

谢阿訇仔细问了一下，就落下泪来，说哎呀，可把你们找到了，树台的马胡子托我找你们呢。

不敢细说，一细说，就都又哭起来。

郭凤菊

干盐池不远有个瓷镇。说是瓷镇，也只是这么一叫而已。这里有一个叫张寨的村子，在村边的开阔处办了家瓷厂，专门用来烧瓷器，一来二去，这里就叫成了瓷镇，也算是一种民间广告吧。瓷器厂的老板叫秦书文，正当不惑之年，能吃苦，有头脑，生意做得不错，所出的瓷器卖到兰州西宁等地，甚至有卖到四川西藏的。然而百顺里面总有个不顺，秦老板女儿已有六个，儿子一个也没有。长于生女儿的老婆也把自己生成了一把干菜，指靠她再生儿子看来是指靠不上了。秦老板有时看着偌大一个瓷厂，会禁不住叹出气来。找人算卦，卦先生乌哩乌噜说了一大堆，末了总结说，给你这个，就不给你那个了，世上那么多人，一人分上一点儿，一人分上一样，就分着个公道。这是什么话？这话谁不知道，还要你卦先生来说吗？其实看来看去，世上的事，实际就没个公道，说是不长头发的长胡子呢，实际有时候你头发没长多少，胡子也不给你长，而胡子长得太多的人难道他的脸上上粪了吗？他也不知道他脸上咋长了那么多胡子。一句话，说不清。世上的事，小事情能说个大概，大事情没有一个能说得清楚的。生儿育女，当然也是大事情了，是要问询到造化跟前的事情。所以虽然卦先生那么说了，秦老板不那么听的。秦老板对卦先生有了成见，想着卦先生在自己的事情上这样说，纯粹一个乌鸦嘴，他要是生出一个儿子来，就拿猪毛去塞卦先生的嘴。卦先生算是把秦老板得罪了。

关于秦老板且说到这里。

接下来的事情是这样，就是瓷器厂有个工人，叫胡笑春，二十四五岁了，才经媒人说到一房媳妇，是个寡妇。听说人很攒劲。但胡笑春还没有把寡妇娶到家里，就被人抢去了，直接从寡妇的婆家给抢去了。那时候我们这一带有抢寡妇的习俗，只要抢得干净利落，不要拖泥带水就好，和正式娶媳妇也差不多，就是听起来猛烈一些罢了。胡笑春悔恨自己迟了一步，要是抢先一步娶回家来，哪里会有这样的事情。让胡笑春难堪和愤懑的是，抢去他媳妇的这个人不是别人，就是他的老板秦书文，这以后还咋见面呢。秦书文托人来胡家下话，还拿着重礼。秦书文的意思是，生米都做成熟饭了，还能怎么样，吵吵闹闹有什么用，就算是把他姓秦的杀了，又有什么用呢？所以还不如到哪一步说哪一步的话，天下的女子多着呢，只要有钱，好女子会挡得你栽跟头呢。秦书文答应给胡笑春一些补偿，让他再请高媒说个媳妇。事已至此，胡笑春只好认了。有人说胡笑春拿着得来的钱，到靖远逛了几回窑子，说脏钱就要脏使唤，但逛几回窑子能花多少钱，就算逛上十回，剩下的钱娶一个媳妇也是够用的。都不明白，花这样大的代价，娶一个女子不好吗？啥样的女子娶不到呢？还弄一个寡妇回来。还抢。但是后来就证明秦老板是对的。真不愧是秦老板，那个叫郭凤菊的寡妇果然不是一般人，她像来还愿一样，一生就给秦老板生下一个儿子来，这倒罢了，关键这女人还是个人才，就像武则天借势于唐高宗一样，秦老板在后面轻轻一推举，这女人的能耐就凸显出来了，在她的张罗下，瓷厂像豺狗忽然间变作了豹子。到后来人们有事也不找秦老板，直接找郭凤菊，就是找了秦老板，秦老板也要和郭凤菊商量。

生意不错，秦老板也乐得当甩手掌柜，把厂子交给郭凤菊打理，自己骑了匹白马这里那里闲逛，和一些搞古董收藏的人打得火热。一天午后，太阳晒得干盐池的湖水像得了白内障似的，秦老板买了几件不很值钱的古董，骑马过一个小木桥时，马突然受惊把他摔下桥去，桥下面的水倒不深，但是秦老板的头正好磕到了水里的一块石头上，这样就不能动弹，说不清是让石头磕死了还是水淹死了。水虽然不深，但躺在水里也是会淹死的。有人就说，马经常走过小桥，怎么会受惊了呢？有人甚至联系到胡笑春，也只是说说而已。有懂得阴阳的人说，午后日头将斜未斜之际，如果大太阳白花花地照着，最好不要一个人出门，不要一个人到荒滩里去。这时候胡笑春还没有找到媳妇，有人就怂恿他再到郭凤菊跟前问问，毕竟她也是一而再的寡妇了。胡笑春果然去问了，回来恨恨地说，寡妇比清纯女子的口气都大啊。有人安抚胡笑春说，也是个好事，你想真要是你们两个成了，能过到一起吗？这话使胡笑春受到刺激，离开瓷器厂不干了。郭凤菊托人把他的工钱结了。

秦老板从马上摔下来三个月不到，就地震了。瓷厂就像个掉在石头上的瓷器那样粉碎了。二十来个工人死得只剩了零头。旁边的张寨村是个大村子，五百多口人死了近四百口。死人是需要掩埋的，掩埋是需要棺材的，这样的时候，哪里去找棺材？哪里能找这么多棺材？劫后余生的郭凤菊想了个办法，瓷厂里有许多码放在那里的瓷缸，厚重而结实，每一口缸几十斤重的，可用来盛水腌菜，还没来得及运出去呢。郭凤菊一看这些瓷缸就有了主意，她的主意是用瓷缸来当棺材，两个瓷缸对扣着，把人装在里面，不就是棺材了吗？这样的一副棺材多少钱？郭凤菊说不要钱，谁用谁就拉去，拉完为止。这样的时候，要钱有啥用呀。郭凤菊说着看了一眼怀里吃奶的娃娃，忽然就大哭起来。看样子她想忍住哭，看样子她怕哭声吓着娃娃，但是忍了好几忍，终于还是忍不住，她就索性哭起来，一边哭，一边在泪眼迷蒙里看人们来来往往抬着瓷缸，鬼影子似的。

关门山

从五桥沟上去有一个叫关门山的村子，村里五六十户人家，此地土地肥沃，水草丰美，村里人大都以牧羊为生。冯兴堂一家就养了近八百只羊，一年仅羊毛钱一项就是一笔不菲的收入。到剪羊毛的时节，毡匠们像早就预约好一样从各个山头出现了。狼多，家里看羊狗就养了七八条，可谓实实在在的养羊大户。冯兴堂挣了钱有两个爱好，一是请秦安的匠人来给自己挖窑洞，把自己的窑洞挖得七拐八拐像个神秘的地道；再就是在地道里藏粮食，那时候兵荒马乱，狼多，比狼更多的是土匪。村里的一个老汉，在一个有月亮的晚间爬上窑洞去看烟囱，刚把烟囱口的石块挪开一点儿，在烟冒出来的同时，“啪”一声枪响，土匪把他打掉了。打他做什么，一分钱的好处也没有捞到。据说之所以打他，是因为他在月光下太像个靶子了，让土匪练了枪法。别的村子的大户都是打堡子，把自己一家人圈在里面，冯兴堂还没有那么多钱来打堡子，他就在窑洞上下功夫，同时贮存粮食。枪他也买了一支，加上那七八条要吃人的狗，总可以抵挡一阵子的。

但是还没等来土匪试身手，地震先来了。羊在圈里，大多是在露天里，羊圈里有一些小窑洞，是给那些病弱的产羔的羊准备的。大部分羊在露天里，原本是可以逃生的，但后面的山坡滑下来一些，淹埋了大半个羊圈。看羊狗都在上端，一条也没能剩下来。没被滑坡波及的这部分羊圈，羊基本上存活了下来，像罐头一样挤在一起，能剩个一两百只。冯兴堂一家人没见出来，他精心构筑的窑洞像个出了事故的火车一样，一时看不出哪些车厢还好着。

村里有一个光棍汉儿，一条腿稍有残疾。他在地震前忽然想到方才走过的路上有几泡牛粪，填一次炕是够用了，他一个人睡的炕也不大。他就背了背篼、拿了粪叉去拾粪，正拾着粪就地震了。他由不得自己就把粪叉扔到了一边，背篼像谁用力拽着那样把他拽倒在地。

第二天他就在灰白的日头下像个幽灵一样在废墟上转悠，还碰到了一个五十来岁的乞丐，这时候出现的每一个人都像鬼似的。光棍儿就问乞丐，想不想发财，不想发财就走，村子里已经没人能给他什么了。要想发财，跟上他走就是，保准他能发大财，从此丢了打狗棍。乞丐说，你先给我一嘴吃的我再跟你走。两个人吃喝了一点儿，就开始在冯兴堂家的废墟上卖力地劳作起来，实际上只要有诱惑就会有动力，光棍儿和乞丐都还是挺能干的。就这样干干歇歇、歇歇干干挖了三天，挖出一个人来，这个人就是冯兴堂，还活着，几乎没受什么伤。看来是他闻声往外跑，刚到窑门这里，门脸儿就塌下来，把他拦在里面了。他的窑洞结构复杂，当然是不好出来的。他就是呼吸不足受了些影响，缓了片刻就活了过来，而且他状态还行，身边不远处吃剩的馍馍和水壶都在说明着他的饮食没有耽搁。冯兴堂道着谢。光棍儿也和他说着客气话，夸说他的命大，逃过了这么大的灾难。冯兴堂说，若不是你们搭救，逃不过啊。但光棍儿忽然就变了脸，说，费这么大力气，把你救了，该说个报偿的话吧。如此倒好。冯兴堂说，你不说我也要答谢你们呢，咱们先出去说话吧，这里头说啥话嘛。光棍儿说，就在这儿说，说好了再出去。显然已经不是乡里乡亲的意思了。冯兴堂说，我的羊大概还剩下几只呢，剩下的都是你们的行不行？光棍儿说，不要羊，羊还要人操心呢，我们要钱。冯兴堂说，我只有羊没有钱嘛。又说自己窑洞里的粮食光棍儿能挖出来多少就是多少，挖出来的都是他们的。光棍儿说，你把我们当成你的长工了，不给钱还要给你挖粮食？我们吃多了吗？他一口咬定别的不要，就要钱。乞丐像外人一样看着，有时候帮着光棍儿点两下头，表示光棍儿说的也就是自己要说的。

冯兴堂回头向着黑乎乎的窑洞里看了一眼，就像出事的火车有些车厢毁损不严重一样，这段窑洞还算完好，可以看到很深，一直可以看到拐角那里去。冯兴堂说，钱是有几个，就是不好取。光棍儿一听有钱就高兴了，说，钱嘛有个啥不好取的，你说了我去取。就怕再震一下把咱们都打在里面，冯兴堂说。光棍儿说，赶紧赶紧，先取出来再说。冯兴堂又向着窑洞深处看了看，没奈何走向那里。两个人在后面鬼影一样跟着。到了拐角那里，有一个类似磨盘那样的机关。冯兴堂说，钱就在这下面，下面靠墙有几个腌菜的罐子，钱就在罐子里，一共四罐钱，拿出来一罐作为答谢你们的救命钱。光棍儿说，你也太抠了吧，给你留下一罐都不错了。我两罐半，你半罐。他说着指了一下乞丐，使乞丐的脸在窑洞深处也能看得出他应有的激动。光棍儿先是让乞丐下去，乞丐刚要下去时，他又揪着他的后领把他拉过一边，自己先下去了。隐隐约约看见他踩着一个一个脚窝下去了，看来地窖还比较深。这时候就见冯兴堂缓缓地把手里提着的磨盘系轻轻放下去，直到磨盘完全盖住地面。这时听到下面发出极度惊恐的声音。冯兴堂不知从哪里弄出了一把长枪，已在手里捏着，向着乞丐神秘地笑着。乞丐的五官立马变了形，几乎要给冯兴堂跪下来，他双手在前面胡乱划拉了一下，像是要摸摸地皮在哪里，接着像断了翅膀的蝙蝠似的，扯转身从窑洞里跑出去了。冯兴堂没有开枪。他拿着枪走出窑洞，在窑洞门口，他用手遮了遮阳光，然后想起了什么似的，又回到窑洞里去了。他走到窑洞拐角那里，又想了想，就弯下腰，把磨盘稍稍地倾斜一下，使它和平地之间形成一个角度，从而露出一个有着暗光的缝隙来。

靳守仁

靳守仁没想到虎玉池给自己也下请帖。其实靳守仁和虎玉池并没什么交往，虎在县一中以自己父亲的名义设了一项奖学金，靳作为校办副主任负责接交了一下而已，当然认识也算是认识了的。虎玉池握着靳守仁的手还夸过他，说靳能写能跑，能里能外，人才啊。也就如此说说而已。没想到虎玉池过六十大寿，靳守仁也收到一张请帖，这使得靳守仁的心里不由得动了一动，觉得自己的分量忽然间重了那么一重。说真的，靳守仁本人都不曾把自己放到这样的位置上。靳守仁感慨，绅士就是绅士，格局大眼界宽，不管它韭菜麦苗，先一律割到篮子里再说，谁知道以后是个啥呢。今儿在你的下首坐着，明儿说不定就会和你平起平坐了。格局大的人就是把各种因素都关顾照应，可备将来不时之需。这样一想，靳守仁就有些释然了，况且自己也是县上头号中学的副主任呢，在大人物跟前是小人物，在小人物跟前扮扮大人物也不是不可能。人必自污，然后人污之。是啊是啊，正是这样子。

请是被请了，那么去不去呢？本来去不去就不是个事，肯定要去，可是看了看虎先生过寿的日子，正值靳守仁出差，靳初六出差，虎初七过寿，正好靳不在固原在兰州呀。靳守仁去兰州是一个差事，时间已经定好了的，就是兰州的一所中学，要捐赠给县一中四套篮球架、二十个篮球。眼下正是快要放寒假之际，学校都赶着把一些计划好的事情了结了，约定靳守仁初七到兰州，那么靳守仁初五最晚初六就要从固原出发。本来一心准备着去兰州，可又出来虎先生这个事，是个瞎事倒也罢了，偏偏还是个好事，去了也看看大户人家的排场啊，看看都去了些什么人物啊。靳守仁想一众人物里，自己一定是帽子最小的了。

他的长吁短叹引起了老婆的不满，问他花椒吃多了还是咋的。老婆也不是一般人，在女中任教，说出来倒可以讨个主意，就说出来了。说的时候靳守仁觉得自己的情绪有些不对劲，他都在心里嘲弄自己了，不过被“请吃”一下，至于吗？何况请的还远不止你一人，何况所请的人里你也不是最重要的。他觉得自己好像吐露着一个重大的会给家庭带来什么祥瑞的信息那样。老婆果然被惊了一下子，接着说，骗人，人家虎先生请你做什么，你势没势、钱没钱的。这话谁听了都不舒服。靳守仁压着不快掏出请帖来，他怕把请帖折损了，就夹在胸前的衣服和衣服之间，这样既不会折损，也不至于掉下来。老婆接在手里，像看一张奖状那样看了，说，可能虎先生知道内部信息，说不定你要升一下了。说得靳守仁的心里像皮鼓被重槌敲了一下，马上头摇得拨浪鼓似的，说不可能不可能，不要乱讲了。我提上副主任才几天，咱们上头也没个人。老婆也觉得提升速度不会这么快，忽然说，你不是要去兰州吗？是啊，我要去兰州，可是虎先生来了请帖，两件事情冲突了，你说咋办？老婆说，出差的事不能不去，这是公事。况且靳守仁还承诺到兰州给老婆买件毛衣，要是兰州不去，毛衣的事不是一并黄了吗？但是虎先生请他也不能不去。老婆说，要么我看虎先生那里就不去了，知道他的好心好意就行了，再说咱们不去在咱们是个事，在虎先生可能没什么，重要的客人都招呼不过来，咱们不是重要客人这一点还是要认识清楚的。老婆训学生训惯了，说话就这样直来直去，女人味儿都因此少了许多。靳守仁忽然说，兰州我可以叫别人去，虎先生既然叫了我就得去，要对得起人家的盛情呢，可以设想一下，这样的请帖总共不会超过五十张。老婆冲口而出，那你的意思是答应的毛衣不买了？再说，公事你推了不好，你刚刚提上副主任，工作就推三推四，给上面什么印象？所以我的主意，宁去兰州，失约于虎先生。靳守仁说，有没有个两全其美的办法，差也出了，约也赴了？那你脚上要是有风火轮就能两全，老婆说。靳守仁说，要不这样行不行，我还是按约定时间去兰州，公事不敢儿戏，虎先生那里，我写上一幅字，你给拿上，你去虎先生那里。这样，不就两全了吗？虎先生说起来，毕竟我们也去人了。老婆说，我不去，我去那里一站，客不像客，丫鬟不像丫鬟，我去像个啥，他肯定一个女的都没叫你信不信？除非是带着家眷，这就另当别论了。你的字也别拿了吧，你又不是个名人。靳守仁说，我的字虎先生挺喜欢呢，要不我也不会主动拿字去献丑。两口子论来议去，最后议出一个两全的法子，就是和兰州那边说说，移后两天，毕竟离放寒假还有几天嘛。初七过了，初八再去兰州，这不是两全其美吗？再说兰州方面，既然答应捐赠东西，就不会变卦，也没必要变卦，不过是在那边多放了两天嘛，地又压不塌。好。商量定了。

初七晚上七点多，打扮一新的靳守仁就在胸前的夹衣里装了写给虎先生的寿联，如约而至。果然虎先生那里高朋满座，虎先生众星捧月，几乎脱不开身，虎先生看起来就像又娶了一房新娘子那样。靳守仁在虎先生旁边站了好一会儿，才得到一个可以打招呼的间隙。虎先生很亲热，拉住靳守仁的手，感谢他的光临。但是忽然虎先生把头往靳守仁跟前凑凑，几乎是把头送在了靳守仁的怀里，虎先生像说机密话那样说，小靳啊，咱们都是自己人，我就不客气了，你看今儿来人太多，你就反客为主，帮我端端盘子倒倒茶吧。

靳守仁提着个大铜壶挨桌子给倒茶，心里的滋味只有他自己清楚。

关于那天晚上的事，后来就成了海原大地震的一个重要话题，每每说及海原大地震，都要把这事拎出来讲一讲的。

报纸也登了消息，章回体的标题是：固原绅士大摆寿宴，满城名人无一存活。

这话说得绝对了，当时参加寿宴的共二十三人，当场死亡二十人，存活的三人各有名姓，靳守仁不在其中。

懒狗老爷

红羊乡有个村子叫舒家川，舒家川有个叫虎虎的小伙子，十七岁了，媳妇也说下了，还没有过门。

虎虎家有一条狗，在村里是有些名气的，它的名气由它的懒而来。一般懒人有，懒狗却不多见，虎虎家的这条狗，可算是懒断筋了，趴在那里一动不动，就像是把它的筋抽去了一样。有时候趴在火日头下，晒得要冒烟了，晒得狗蝇子要爬满它的眼睛了，比如树荫墙影就在它眼前不远处，可它宁肯晒着，也不活动到阴凉里去。天气热，渴得它吐出舌头来忽闪忽闪的。然而你要是把水盆搁在远处，它是不会来喝水的。因为它有这个毛病，就有人专门试探它究竟懒到了什么程度，就把水盆一点点挪近它，看离多近它才会喝水。真是不可思议，水盆离得那么近，只要它探一下头就可以喝到水，但它就是不探这个头，好像往前一探它的脑袋就会掉下来似的，好像它的身子不是它的身子，而只是它的一个拖累。它的眼神也是淡漠的，好像没有什么可以催促它和诱惑它。都说，它是宁愿渴死也不动一动的。当然它也是宁愿饿死也不大愿意动的。它从来不走近食盆，食盆可以和它保持一个恒定的距离，要把食盆拿到它跟前，搁到它的嘴巴下面，说，吃！它才会不大情愿地吃起来，好像它的吃不是为了自己，而完全是在照顾着谁的情绪和面子。养这样一条狗做什么，说不清，可也就养着了。它在门上那么一卧，总还是条狗吧，一些狗能起到的作用它也是能起到的。因为多吃少动，所以它还是较肥大的。村里人笑话说，虎虎家养的那不是狗，那是养了个老爷，狗里头能被称作老爷的，也就虎虎家里这条了吧。一般喂狗吃喝都是虎虎的事，虎虎一边喂它一边说，你到头来非得懒死不可，你信不信？看狗那不大愉快的面孔，它未必相信这话。

说话就到了那天黄昏，月亮早早地出现在半空，但是没有光亮，像电灯还没有通电似的。虎虎端着狗的食盆却找不到狗，咦，这懒狗到哪里去了？院里不见。出了街门，见外面蓝乌乌的有些古怪和闷沉，好像要突然间打雷下雨了那样。更为可怪的是懒狗像挣脱了缰绳一样在门前跑来跑去，汪汪叫着咬着，就像咬着只有它才能看见的东西。随着懒狗的咬，那种若飘若浮的蓝雾一样的东西似乎在不停地浓郁着收紧着，好像天空绷紧了，好像天空突然要变脸了。虎虎无来由地一阵心悸。吃来！他向懒狗喊着。懒狗看到他，忽然就像终于找到了他那样，跑过来把头抵到他的脚上，嗅来嗅去，而且呜呜哝哝，若有所告。虎虎觉得气闷，好像有什么东西沉沉地要压下来，使他觉得呼吸有些不够用。他不想喂狗了，他想返回屋里去，但是懒狗却咬住他的裤脚不放，接着又咬住他的鞋，把他的脚都咬痛了。他刚准备踢懒狗一脚时，就像突然来了一阵飓风，把他卷起来又扔到了地上，接着就是满耳朵的撞击声和破裂声。在黄风土雾中，大地像巨浪中的船那样颠簸摇晃起来了。地震了。虎虎趴住不动，一手伸出去拉着一条狗腿。看是什么也看不到了。

大震过后，家里就剩了虎虎和懒狗。懒狗第一次主动地把一盆食吃了，它看起来就像是从黄土里钻出来似的。

村子几乎被摇平了，眼前的世界完全不认识，看起来就像一个人的五官全部长错了位置那样。

人变得麻木了。人凭着这难得的麻木渡过难关。没有伤心也不觉得害怕，一切感觉好像都隔膜着，距离人远远的。冷，往骨头里头冷。冷得这个人好像不是自己。不是自己又是谁呢？总还会一点点冷到自己身上来。虎虎搭狗窝那样搭了个简易的草棚，暂时住在里面，和他的狗挤睡在一起。弯月竟然还出来，像大出血的瘦女人把脸贴着怪诞的天幕。天空旧门帘似的，好像一阵风就可以吹个无影无踪。虎虎觉得狗身子在热着自己。

晚上不知什么时候，好像有什么动静，虎虎恍惚间觉得自己身边空了，好像懒狗出去了，在远处山呼海啸一般撕咬，也可能是个梦吧。虎虎觉得如果白天不再到来，日头不再出来，那都是有可能的。啥事情都是有可能的。但是天还是亮了，日头还是出来了，像刚刚剥出的一枚蛋黄。日头好像不知道这个世界发生了什么，又一次兴冲冲地出现在这个世界。懒狗躺在离草棚三十米开外的地方，眼睛还睁着，一身血，脖子被咬断了，没有血再流出来。流过血的毛板结在一起，看起来有些扎眼。来了两个人看了看又走了。那两个人拍打着虎虎的脸，摇晃着他的身子说，活着就好，活着就好，多大的难啊，若不是你的狗护你，你早叫狼吃掉了。

夜里不知谁张罗着，把幸存的人招呼到一起，把几根旧椽子劈成柴火，点燃了大家烤火。月儿在火光的上面一浮一飘一浮一飘，就像谁提了个灯笼在荒山里走。

震后第三天，虎虎好像有些明白了过来，大家围在一起吃了一顿饭，精神了一些。他挽起袖子把懒狗的皮剥了，肉埋了，狗皮子他还要用来取暖。

小人物，大梦想（三题）

郭震海

王大嘴的幸福生活

吾友王大嘴，本名王德奎，得此“雅号”，并非嘴巴大，而是因为爱吃。

大嘴的爱吃是出了名的，生活在一座三线小城，不算大也不算小，如果寻找美食，不必求助网络，直接去问大嘴，深院子、宽胡同、窄巷子，但凡有美食的地方，没有他不晓得的。

每一次和大嘴吃饭，吃到尽兴时，他总会滔滔不绝地讲中国的饮食文化，谈吃的学问，论吃的艺术。你会突然发现：大嘴爱吃，绝非浪得虚名。他的吃，没有白吃，而是吃出了门道，吃出了学问。

大嘴原本在一家汽修厂上班，干了大半辈子，由徒弟熬成师傅，收入也不算低。以前，他只用动动嘴，看住几个徒弟修车，除非有客户点名让他修，或遇到名车豪驾、疑难杂症，他才出手。据说，不管是啥样的车子，只要遇到他，就会变得既乖又听话。他修车像老中医看病，讲究望闻问切。据说，他用大手掌在车身上轻轻一拍，车子瞬间就像被注入灵气般晃几晃，他就晓得毛病出在哪里，然后再对症下“药”，轻松搞定。

这几年，大嘴的徒弟的徒弟一个个都成了师傅，他在汽修厂有股份，又有徒弟们撑门面，又有老板搞经营，他这个股东也就成了“顾问”。汽修厂的效益也不错，平时没啥大事，他只用等着按时分红，很少去，闲的时候就一门心思琢磨着吃。《闲情偶寄》《随园食单》《武林旧事》《梦粱录》，乃至《百家菜谱》《本草纲目》，其满屋子堆的全是与饮食有关的书籍。

大嘴常说平民百姓最盼啥，丰衣足食就是咱老百姓最朴实的心愿。如今“米袋子”充实，“菜篮子”丰盈，由“吃不饱”转向“吃得好”，现在有一个新兴行业正在崛起。朋友们问他是啥，他笑笑，闭嘴不谈。朋友们就开玩笑说，这个王大嘴，应该改名叫王闭嘴。

大嘴并没有闭嘴，反而成了名副其实的“王大嘴”。当地电视台新开设了一档栏目《带你吃遍古城》，栏目一开，就备受追捧，收视率也一路蹿红。朋友们吃惊地发现，特邀主持竟然是王大嘴。有人说，真没想到，一个修车的师傅靠吃，吃出了大名堂，吃出了大学问，吃成了美食专家，吃成了电视台的“名嘴”。

朋友们就打趣地问他：“王大嘴，现在你可以告诉我们新兴行业是啥了吧？”王大嘴笑笑说：“告诉你们也无妨，是健康。从‘吃不饱’到‘吃得好’，如今大家追求的是吃得更好更健康，这已经成为潮流，成为趋势。”

王大嘴，如今已过半百，感觉自己的美好幸福生活才刚刚开始。

苏大妈的模特梦

有人说，每个女人心中都有一个模特梦。这句话，不管你信不信，老王信。因为他的老伴儿苏大妈自从退休后，迷恋上了旗袍，都65岁的人了，真的做起了模特梦。

上午，一缕金色的阳光探进客厅，老王泡上一壶茉莉花茶，坐在宽大的沙发上，边看电视节目边喝茶。苏大妈忙得不亦乐乎，她在一件件试穿旗袍，每换一件，就从卧室走出来问老王好看不好看。老王始终用同一个姿势同一种语调说：“好看。”苏大妈火了，说：“你看都没看，就说好看啊！”老王这才扭头，看见眼前的老伴儿浓妆艳抹，穿着一身大红旗袍，头上还戴了一朵大红的牡丹花。他不由得“扑哧”一声，一口茉莉花茶喷了一地。

“你笑啥？”苏大妈不解。

“想听真话还是假话？”老王边笑边说。

“当然是听真话了。”苏大妈说。

“我说你可真能瞎折腾，你看看你，两条腿伸出来像枯树枝，满脸的核桃皮，还戴着一朵花……”老王说着又笑出了声。

“你个死老头儿，还能不能好好聊天了？”苏大妈立马生气了，摔门进了卧室。

其实，一向注重仪表的苏大妈，别看年逾花甲，但保养得挺好，不仅皮肤白皙，而且面容也显得年轻。老王这是在故意逗她。

苏大妈从园林局退休后，迷恋上了旗袍，整天梦想着有朝一日能穿上自己设计的旗袍，在光鲜亮丽的大舞台上堂堂正正当一回模特。为了这个梦想，她付出了很多。老王就劝她：“你现在就好好跳跳广场舞、买买菜算了，别再瞎折腾了。”

苏大妈说：“我老了吗？老了吗？我一点儿都没老好不好。广场舞留到 90 岁去跳也不迟，趁着现在还年轻，何不圆了自己的梦？”老王撇撇嘴说：“看把你能的。”

为了亲手设计旗袍，苏大妈开始学设计，学裁剪，学缝纫。老王看她整天忙活的样子，就出主意说：“你的剪纸手艺不错，为什么不把剪纸用在传统的旗袍上，两者结合起来，用中国传统元素去体现东方美呢？”苏大妈眼前一亮道：“对啊，我说老王头儿啊，关键时刻你还真有点儿用的。”

为了体现出剪纸和旗袍的完美结合，苏大妈努力了三年。忙忙碌碌的苏大妈不显老，反而越活越年轻。电视台征集“向着梦想出发”，苏大妈立即报名，通过层层筛选，苏大妈终于穿着自己设计的旗袍，在省级电视台最大的一号演播厅，在观众热烈的掌声中过足了模特瘾。节目播出后，苏大妈成了名人，每天电话响个不停，她设计的旗袍被一家服装公司看中，决定批量生产。另一家专门做老年服饰的企业，找上门来邀请她去做形象代言人。

有人就劝苏大妈说："老苏啊，别折腾了，毕竟年龄不饶人。"

苏大妈笑笑说："我老了吗？我一点儿都没老好不好。你没看新闻吗，人家袁隆平老先生 90 岁还给自己制定了'小目标'，计划从'90 后'一直干到'100 后'，和袁老比起来，我还不到 70 岁，属于正年轻。"

老李的夜时光

天黑，灯亮。

沸腾的都市并没有静止，一些人的夜生活才刚刚开始。

老李脚踏三轮车，一路沿着那条百年的青石老街向着胡同口驶去，在他的车把上挂着一台小收音机，摇摇晃晃中丝毫没影响到他的收听。广播里正在播报新闻，他蹬着三轮车，骑得慢悠悠的，不时有年轻男女说笑着从他身边走过。

两边的楼里陆续亮灯，红红绿绿的广告牌闪烁着迷人的光芒。老李突然感觉到生活在这片土地上很熨帖，感觉自己很幸福。这种幸福感源于安宁，源于祥和，更源于他的内心。

老李是我的邻居，他的儿子大学毕业后，考上了公务员，在国土局上班，前年成了家，娶回一个在银行工作的博士媳妇，最近又给他添了个胖孙子。老伴儿在家伺候月子，他一个人出来摆摊，卖鸡蛋灌饼。

与相对宁静的胡同相比，走出胡同面对的就是一条宽阔的步行街。这条古色古香的步行街连着一座城隍庙——那不仅是城市里的一道风景线，而且也是有名的小吃一条街。烧烤、汤包、豆皮、鱼丸、馄饨、奶茶饮料、水果沙拉等各种小吃店铺及摊位，一字排开。下班后的人们从城市的四面八方纷纷拥来，可以呼朋唤友撸串喝酒，亦可边走边吃，胡侃海聊，沉浸在人间烟火中，充分享受让人放松和惬意的美好夜时光。

生活总是平凡的，但也正是在平凡中成就了伟大。老李已在这条街卖了近二十年的鸡蛋灌饼，他总是不紧不慢，精心摊面、打鸡蛋、翻饼、抹酱、卷火腿和生菜，每个步骤都做得仔细认真。

食客们在老李的摊位前，手拿鸡蛋灌饼，嚼得有滋有味，开心地说说笑笑，把冬天的夜烘托得热气腾腾。

夜深后，小吃街的有些店铺是通宵的，有些摆摊设点的摊主则开始陆续收摊。老李送走最后一名食客，收拾停当，蹬着三轮车回家。他穿过一个巨大的显示屏，闪亮的显示屏上一行红色大字十分醒目："人民对美好生活的向往就是我们的奋斗目标！"

胡同里，晚归的学生，三五成群，骑着自行车从老李身边经过；下晚班归来的女子，高跟鞋踏在青石板上，一路敲击出欢快的节奏。忙活了大半天的老李，感觉身体热乎乎的，有一股暖流如潮水般从心底弥漫出来，涌向他的喉咙，最后变成一声声响亮的口哨，飘荡在胡同深处。

第 2 辑

无字碑

叶明之的遗书

张建春

叶明之一瞬间就彻底明白，自己落入了魔掌，再也挣脱不了了。

果然，叶明之经受了十八般酷刑，双腿齐刷刷地断了，他昏死了过去，醒来时已在一处黑洞洞的牢房里了。

叶明之抬抬双手，钻心的疼痛袭来，一头的冷汗滚下。

叶明之发现了一双眼睛，一眼不眨地望着自己，充满了恐惧和慌乱。

叶明之还是强忍着疼，给这双眼睛递过去一丝淡淡的笑。

那双眼睛闪烁着躲开了，躲避在牢房门外的旮旯里。

叶明之第二次见这双眼睛时，是在第二天的中午。牢门打开，眼睛的主人走了进来，他是来送牢饭的。叶明之的腿断了，牢饭只能送到面前。

那人说："叫我黄三吧。"声音低得像蚊子哼，目光盯在脚面上。

叶明之饿极了，捧起瓦盆，几乎是把饭倒进肚子里的。黄三站在一边，目光还是低低的。叶明之吃完了，用手擦擦嘴，轻轻地道了声："谢谢。"

黄三头也不回地走了，牢门咣的一声被锁死了。

叶明之安静了下来，把前前后后的事想了一遍，还好，没有破绽。

叶明之是在通知完最后一位同志撤离后被捕的。是出了叛徒，叶明之蹬着自行车，抢在敌人前头，通知了他的上下线，正在稍微喘口气时，被按在了地上。

叶明之嘴角有了笑，又顿觉周身疼痛，身上没有一寸地方是好的了。

叶明之彻底暴露了，若不松口，死肯定是唯一的路。

不怕死。对于死叶明之早就有了准备，参加地下党那天，叶明之就做好了死的准备。

黄三是叶明之每天见到的唯一活物，送饭、送水；要大小便时喊一声，黄三就会进来。只是黄三的眼睛无处放，不敢和叶明之对视。

叶明之有时找黄三说话，黄三躲着，叶明之就自言自语，不着边际地说一些事。叶明之知道，黄三在听，听得静悄悄的。

一天夜里，叶明之听到了低低的哭声，本以为是自己在做梦，但不是在梦中，叶明之听出了这哭声来自黄三。

早晨黄三进了门，丢下稀水样的早饭，还丢下一句话："我也是在坐牢。"叶明之没接上话，黄三已走开了。

叶明之能够在牢房里挪动身体了，黄三还是将牢饭送进来，此时的黄三眼中多少有了些喜色。是为叶明之吗？叶明之没往深处想。

叶明之多了件事：黄三在牢房外时，他就自言自语，有时背一首诗歌，有时讲些浅显易懂的革命道理。叶明之是说给黄三听的，黄三也明白是说给自己听的。俩人心照不宣，一人说，一人听。

叶明之还是知道了黄三哭的原因，黄三的老母亲被人欺负了，向死里欺负。

身体刚刚恢复的叶明之又一次被动了大刑，这次是双手，十指被钉了竹签。

叶明之昏迷后醒来，黄三立在叶明之身旁，这次黄三的目光没有躲避。

黄三说话了："你就认了吧，说句话。"黄三的话很轻柔，也好听。

"不，不，不！"叶明之没多说，吐出的字硬得如铁钉。叶明之太痛苦了，每吐一个字，都会出一身冷汗。

夜里，叶明之发高烧，说胡话。黄三守在一边，有时去捂叶明之的嘴，有时把叶明之摇醒。

下半夜，叶明之真正睡着了。可不久，又被哭声吵醒了，叶明之听出是黄三在哭，哭声噎在嗓子眼儿里，闷闷的。

第二天，黄三打开牢门，这次是黄三主动看叶明之的眼睛，定定地看，看得叶明之都想躲避了。黄三的目光里有东西，湿湿的。

黄三说：“你梦中在喊一个人的名字，我捂住了你的嘴。”叶明之大吃一惊，但还是回了句：“谢谢。”

到了秋天，黄叶悄悄地落下，叶明之算了算，春天入狱，已半年时间了。叶明之长长地叹了口气：“牢底坐穿吧。”

黄三送来了好吃的，还有一壶酒。黄三脚步沉重，像是提着千斤重物。叶明之知道，自己要上路了，要去好远好远的地方。

叶明之内心坦然，借着黄三的力量席地而坐，理了理荒草样的乱发，将一壶酒一饮而尽。

黄三忍不住落了泪，定神将叶明之看了个遍。

黄三从口袋里掏出一张皱巴巴的纸和一支秃秃的铅笔，递给叶明之。叶明之愣了一下，摇了摇头。

“不给她留句话？”

“不了，该说的，都已说过了。”叶明之的笑从嘴角慢慢洇开。

黄三不舍地起身离开，但又在牢房外停住脚步，他还想听叶明之的自言自语。

但没有，一切都死寂。黄三只听到自己心跳的怦怦声。

叶明之被活埋了，埋得不留痕迹。

没过多长时间，黄三消失了，从监狱不声不响地消失了。

黄三花了九牛二虎之力，找到了叶明之高烧时喊着名字的那个人。

她满脸泪水，问黄三：“叶明之留有遗书吗？”

黄三哽着嗓子回答：“我就是他的遗书。”

春天来了，黄三透过泪眼，看到好多花都开得红艳艳的。

红船女子

佟继萍

1921 年 7 月，上海的天气闷热，海风裹挟下，浓重的云团翻卷集聚着，像是在酝酿一场暴风雨。

法租界的望志路上，一幢石库门建筑的二楼，一些人正在慷慨激昂地谈论着。楼下过廊里的长凳上，坐着个神色凝重的青年女子，她不时地朝着门口左右张望。她叫王会悟，受丈夫李达委托，为屋里开会的十五个神秘人物站岗放哨。这个秘密会议就是中国共产党第一次代表大会。

30 日晚，进行第六次会议时，王会悟看到一个身穿灰色长衫的陌生人，从厢房虚掩着的后门闯入径直往楼上走，便立即叫住他，问他是谁。这人支吾了一句，说声对不起，神色慌张地下楼走了。这个突然出现的人，让王会悟感觉非常蹊跷，她立刻去楼上通报消息。正在发言的共产国际代表马林，建议会议立即停止，匆匆收拾起桌上的文件走了。

代表们纷纷撤离，有人一边走一边说王会悟是小题大做，埋怨王会悟把一个好端端的会议给搅散了。见此情景，作为丈夫的李达也附和着说了一句，责怪王会悟不够冷静。

十多分钟后，两辆巡捕房警车停在楼下，全副武装的巡捕冲下车，包围了整栋房子，开始大搜查。一阵混乱后，没找到任何证据，只好悻悻地撤退了。

那个穿灰色长衫的人，是法租界巡捕房密探，正是因为王会悟的警惕，代表们才得以及时疏散。事后，马林称赞王会悟说：“这个女孩子很机警，要好好培养。”李达略带歉意地对王会悟竖起了大拇指：“你可立了大功！”

晚上，一起撤离的部分代表，在李达寓所商议复会事宜。上海是不能开会了，到哪儿去继续开会呢？代表们意见不一。王会悟说：“我有个建议，我老家嘉兴的南湖，游人少，好隐蔽，咱们到南湖去租一艘画舫，在船上开会，大家看如何？”

“我觉得王先生提的这个建议非常好！”来自武汉的董必武首先表示赞同，其他代表听了也纷纷说是个好主意。

江南水乡乌镇长大的王会悟，其父是晚清秀才，开一家私塾。在嘉兴读书期间，王会悟接触到陈独秀创办的《新青年》，来到新思想荟萃的上海，结识了李达，两人便在陈独秀家里举行了婚礼。

会议地点一确定，王会悟与李达周密策划，决定各带领一部分代表分两个车次出发。

第二天一早，王会悟乘早班火车赶到嘉兴，安排代表们去鸳湖旅社歇息，在同车到达的毛泽东、董必武、何叔衡、陈潭秋陪同下，到南湖烟雨楼实地观察，确定画舫的停靠位置。

王会悟让旅社账房先生帮忙租了画舫，在离开旅社前往南湖时，向旅社借了麻将带上。

身着素色衣裙的王会悟在前边引路，边走边介绍南湖的环境，十几位西装革履的外地“游客”，悠闲地随在其后，步入船舱。

一艘古朴典雅的红船，在荷花摇曳的嘉兴南湖上荡漾着。船头，江南女子王会悟一边警觉地环视周围，一边指点船主，把船撑到烟雨楼东南方向僻静的水域用篙插住，代表们围坐在中舱的八仙桌前开始开会。此时，俏丽窈窕的王会悟如一水乡歌女，哼唱起嘉兴小调，遇到有船经过时，她手指敲着舱门打节拍，提醒代表们注意。船舱里听到暗号，就压低声音讨论，船过去了就群情振奋。带来的那副麻将牌码放在桌子中心，掩人耳目。

会议气氛正在热烈时，湖面上突然驶来一条大船，王会悟立即提高嗓音，手拍船门的节奏也加快了。代表们当即停止讨论，有的打起了麻将，有的端起茶杯到船头去赏风景。

王会悟婉转地向船主询问，得知是富人家游船在湖上兜风，代表们又聚在一起，会议继续进行。

午后，雨打湖面，游人渐渐散去，南湖少有地清静。当代表们字斟句酌地通过了中国共产党第一个纲领，异口同声地喊出“中国共产党万岁”时，雨停了，一抹红彤彤的霞光穿过云层涂在红船上，依在船头上的王会悟，在波光粼粼水面的映衬下，仙女般伫立着。

傍晚，王会悟送别代表们离开红船时，已是暮霭沉沉、渔火点点了。

第二年，王会悟在上海自家的寓所，抱着襁褓中的女儿，又担负起中共二大的会务工作。

二十四年后，毛泽东去重庆谈判，王会悟正好在重庆接受培训，参加了隆重的欢迎大会。毛泽东在百忙之中接见了王会悟，并向陪同的人介绍说，王会悟是共产党的大功臣。

而今，乌镇西栅王会悟纪念馆里，王会悟与红船群雕伫立堂前，仿佛在向后人们讲述着红船的故事。

代号 918

赵长春

作为一位九十二岁的老人，他的迟钝是可以原谅的。他迟钝得忘了自己的名字。

不过，当我们在他耳边大声喊出“代号 918”时，坐在轮椅上的他会忽地挺直身子，试图举起右手，敬一个军礼。我们面对他代做这一动作后，他的右手就落下来，滑到右腿上，轻轻拍抚，嘴里喃喃出声：“这里，这里！”

老人所说的“这里”，有数道伤疤，还有一个小坑儿……

七十多年前，老人还年轻，很年轻，是一名地下交通员，负责传递秘密情报。在此之前，他入了党——中国共产党，是在一个晚上，在荒野上的一间小房子里，他举起右拳，庄严宣誓：“我志愿加入中国共产党！”党给他的任务：传递秘密情报。条件是不能看，不能说，严守秘密，送到需要送到的地方，交给应该交给的人，或者悄悄地放到一块岩石下或一个树洞中。

他多次完成任务，并且干得很漂亮。他不知道每次任务的意义，只知道每完成一次任务后，上级领导就会给予表扬，他就可以好好地睡上一大觉。

那年冬天，风狂雪猛。他带着一份密令出发了，要通过敌占区的四道封锁线，并且要在三天之内完成任务。临行时，他依然举手敬礼：“是，坚决完成党交给的任务！”像以往一样，他没有过多地问什么，只是收好文件，记准了领导交代的口令：代号 918。

他装作乞丐，扮成拾粪的。他把文件藏在打狗棍的底端，藏在粪筐里，一天之内，连续过了两道封锁线。他有些高兴和开心，他觉得能够提前一天完成任务。可是在通过第三道封锁线的岗楼时，他发现不对劲儿：敌人盘查得特别严密，不惜把人衣服剥光，在风雪里，把所有的行李检查个遍。

没有退缩也没法退缩，他继续往前。突然，一个人退回来，低声对他说："快回去，有人叛变，正等着你……"

他就往回走，而那个人又掉头冲向岗楼，一副大大咧咧的样子，把敌人引了过去。当敌人发现端倪时，就向远远走开的他开了枪。"啪——啪——"声声尖厉！他就顺着一道土沟跑了起来。不过，一颗子弹射中了他的大腿，右大腿，贯通伤，血流如注。好在，他总算逃离了。

他只好绕了个大圈子，从另一处岗楼通过，拐着伤腿。面对盘问，他装哑巴，呜呜哇哇，好像特别怕枪的样子。两个哨兵对他浑身上下搜索了一遍，在胸口处发现了两张请柬，邀请远方亲戚喝喜酒的请柬——当然，这也是他事先准备好的。一个哨兵还不放心，狠狠地捣了一下他右腿的伤口，血就流出来了，他疼得哇哇啦啦地叫！哨兵就放了他。他差点儿走不动了，爬着站起来，一瘸一拐，蹒跚着走向了远处的风雪……

饿了，啃口雪；困了，啃口雪。风雪交加，腿脚发硬了，他就往前爬。伤口发炎了，他发起了高烧，有些神思恍惚，但是他记得前行的方向，记着上级交代的口令：代号918。

第三天的上午，他晃进了大别山中的一个小山村——新四军第五师师部所在地。风雪中，当一身灰军服的哨兵向他跑来时，他勉强抬手挥动了一下，扑倒在了雪中。他扑倒时，把右腿压在了身下……一个多时辰后，人们喊醒了他，他瞪大眼睛，看着眼前的人们，其中一位是师政委。

师政委见他醒了，赶紧说了一句："同志，918！"

他笑了，努力举起右手："918！"接着，手滑向了右腿。在枪眼里，藏着那份绝密情报——蜜蜡纸卷，塞得深深的！正是这份情报的及时送达，使师部得以及时出兵，完成了对敌军驻地的一次合围，炸毁了火车站和飞机场。

由于高烧，由于冻饿，他的神经出了问题。报请上级批准后，他就留下了，留在了这个小山村，喂马，做饭。很多事情他都记不清了，包括他的老家，还有什么亲人，他都记不清了。别人问他什么，他都一笑，嘿嘿，嘿嘿，憨厚得叫人心疼。

不过，只要在他耳边大声喊出“918”，坐在轮椅上的他就会忽地挺直身子，试图举起右手，敬一个军礼；然后，右手落下来，滑到右腿上，轻轻拍抚，嘴里喃喃出声：“这里，这里！”

战　马

王　桐

1939年起，李先念率领部队挺进豫鄂边区，孤悬敌后。这一年，李先念率领部队在大悟县白果树湾开辟了抗日根据地。

首长的屋门口不远处有一个小马棚，一匹枣红色的马被拴在棚下——那是首长的战马。当时村里只有李先念拥有一匹枣红马，这是组织上专门配备给首长的战马，村民们和士兵们想都不敢想去碰首长的马，平时也只有首长指定的士兵才会近身去喂马、打理马棚。

这天，刚下完一场雪，马棚显得异常寥落。首长正在屋里听几个部下汇报工作，吩咐门口的守卫兵给马加点儿食料。

“这马真好看，毛顺色亮的，这要是托生个人，八成长得也不赖，嘿嘿。”守卫小刘边往食槽里添加草料，边不由得说。

“看你说的，好看管啥用，首长的马可是跟着首长一起上阵杀敌呢，那模样，威风得不得了！”守卫小宋接着说，“咱首长的马比有些人可强多了，是吧？”

俩人你一言我一语，字字透露着对这匹枣红马的赏识，这马好像能听懂人话似的，甩着尾巴发出“呼哧呼哧”的声音，惹得两人哈哈大笑。

这时候，外面隐约传来了吵闹声，是谁吵架了？小宋放下手里的草料对小刘说：“你先喂马，我去看看咋回事。”

刚出了院子，小宋就发现了吵闹声的源头——原来是有村民办喜事，远远地就看到花轿停在路中央。可为啥大家都堵在这儿不往前走呢？小宋边朝人群走，边冲着大伙儿吆喝："这是谁家娶新媳妇儿呀，我来要个喜糖吃吃！"大家闻声都往后看。小宋这才发现，人群中有娶亲的队伍，有看热闹的村民，还有几名士兵。

迎亲队伍中有位管事的大爷，一看来人是首长身边的守卫兵，忙不迭地迎过去："哎哟，是小宋同志，您赶紧来看看这事儿咋弄吧，再晚就来不及了。"

小宋在村子里还是挺脸熟的，每次首长要帮村里做点儿什么都是让小宋跑前跑后的。前几天村里刘大娘家没柴了，正巧被首长知道，他赶紧让小宋带几个人把自己住处的几捆干柴送到刘大娘家里，大家在感激首长的同时也对小宋很有好感，所以此时一见到小宋，就好像抓住救命稻草一样。

经管事大爷一说，小宋这才注意到，这娶亲明明是喜事，可迎亲队伍的人却都是愁眉苦脸的。他赶紧问："这是咋回事？"管事大爷来不及擦擦头上的汗说："迎亲道路……被这路面结的冰给堵着了！"

原来，迎亲队伍一大早就从隔壁村出发了，但这天寒风凛冽，加上昨晚刚下了场大雪，村里的路面已被冻成"玻璃"，异常光滑。路中间原本有一片低洼处，平时过路倒没什么影响，偏这一场大雪下来，低洼处先积了水，后又结了冰，单个的人走在冰面上，小心着点儿也就过去了，可现在是要抬着新娘子坐的花轿过去，这就让人犯了难。

"要不把花轿放到冰面上滑过去吧！"一个年轻小伙子说。但马上就遭到了反驳："冰面本来就滑，没有支撑力怎么把花轿推过去？不行不行。"

"要不就让新娘子自己走到婆家去吧……"士兵们和老百姓开起了玩笑。但话音没落，媒婆就跳了出来："那怎么能行！新娘子没到婆家脚是不能沾地的！"说完还不忘瞪那人一眼，惹得大家哈哈大笑起来。显然，这是"不合礼数"的。农民们虽然平时在衣食住行方面不讲究，但真要到了这种重要的日子他们可不敢有半点儿马虎，毕竟这是"面子和里子的问题"。

这该咋办？小宋不禁皱起了眉头。平时首长最在意老百姓的生活，这事要是让首长知道了，他肯定有办法解决。但是此时，首长正忙着战事工作部署……

"说得没错，正事儿上的规矩咱不能乱！"一个声音从大伙儿背后响起。

"首长来啦！"

"是首长。"

一时间，不管是围观的士兵还是老百姓，都不自觉地露出了惊喜和尊敬的表情。

李先念迈着大步走到人群中："这是咋回事？遇到啥难题了？说来我听听。"

大家伙儿你看看我，我看看你，欲言又止。随即，李先念转头对着小宋："你说。"

小宋一五一十地跟首长汇报了事情的原委。李先念看了一眼玻璃一般的冰路面，脱口而出："这有什么难的，去把我的马牵过来，骑马去迎亲！"

什么？骑首长的战马去迎亲？村民和士兵都惊呆了，就连小宋也没想到首长会这样说。要知道，这匹马可是专为首长配备的战马，除了首长，还没有别人骑过。更何况，这匹马是要上阵杀敌的，用来娶亲？未免也太大材小用了吧！

正在小宋犹豫之际，李先念又催他："快去啊，再晚就耽误吉时了。"小宋只得听命，朝马棚跑去。

虽然解决了难题，但大家伙儿的神情依旧不轻松。管事大爷犹豫再三，还是忍不住开口说道："李首长，您的马那么贵重，让我们普通老百姓用，恐怕不合适吧？要不我们再想想别的办法……"

"哪有什么合适不合适的，我们打仗不就是为了老百姓吗！"没等他说完，李先念就打断他的话，"就骑我的马吧，风风光光的多气派，就这么办！"

听见首长这么说，大家的眉头终于舒展开来，乐得合不拢嘴。

一匹枣红色的马，脖子上戴着一朵鲜红的大花，伴随着迎亲的喜乐，稳稳地踏过冰面，一步一个脚印，扎扎实实地走向前。

虎头帽

高　军

马大哥高声招呼着战士们："吃饭啦，吃饭啦！"可听他那声音总让人感觉有些不太正常，但大家又说不出到底有什么问题。

院子里飘荡着一股肉香，寒冷的冬天好似有了一股浓浓的暖意。

日本鬼子"扫荡"刚结束，机关可以在这儿住一段时间了。

几名伤员被转移到这里，脸都很瘦削，明显是营养不良造成的。马大哥和马大嫂看了几眼战士们，眼中就充满忧郁，显出焦急的神情。家中能粗茶淡饭填饱肚子就不错了，哪里还有能力为大家改善生活。上级送来了一些粮食后，伙食才好了一些。

大家精神状态倒是都很好，整天有说有笑的，有时候还会唱起歌来。闲暇时，大家最喜欢逗弄马大哥和马大嫂的闺女春花玩儿，戳弄着小女孩头上戴着的那顶帽子，问这问那，饶有兴趣。

马大嫂告诉他们，这种帽子叫虎头帽。在沂蒙山区都兴给小孩子戴这么一顶帽子，就是盼着孩子长得像老虎一样壮实有劲。

虎头帽是用深蓝色布料做成的，帽耳朵能盖住半边脸，帽头宽大，后边还有个大披肩一样的帽尾，能把衣领全盖起来。让人感到有趣的是，帽头前面是个完整的虎头模样，耳、鼻、眼、口一应俱全，惟妙惟肖。"老虎"的额头上绣有一个黄色的"王"字，两只耳朵是另外加上去的，装饰有兔毛。两只耳坠有滴水线穗和一对小铃铛，帽子围着脸的周边镶有一圈兔子皮毛。

报社的一位女同志端详多次后感慨地说："这是一种包含了多种设计元素的艺术品呢。"

在马大哥招呼战士们吃饭的同时，马大嫂神情默默地端着碗过去喂伤员了，她沉静地往伤员的嘴里扒拉着鸡肉和猪肉块。大家眼中满是惊奇和疑惑——今天这顿饭太奢侈了，竟然吃上了肉！他们纷纷劝马大哥和马大嫂也赶紧吃饭，马大哥大大咧咧地说："不急不急，锅里还有。"

吃了几口饭后，那位细心的女同志像突然发现了什么，看着马大哥夫妇奇怪地问道："小春花呢？小春花怎么没在家？也叫她来一块吃饭啊。"

马大哥两口子猛地一愣，马大嫂的眼光好似躲了一下，马大哥赶紧说："春花叫别人抱着出去玩了，过一会儿就会回来，大家赶紧吃饭吧。"

那位女同志放下碗筷，快速站了起来，说："我出去找一下，让孩子回来趁热吃饭。"

"别！"马大哥想阻止，但她已经走出门去，马大哥在后边急得直跺脚。

大家都没心思吃饭了，静静地在院子里等着，谁也不说话。

"这这这……"马大哥显得有些着急，在院子里来回走动，伤员们也都放下了碗。马大嫂站起身来，急忙向大门外走去。大家看到，她的脚步有些踉跄。

整个院子里什么动静都没有，大家觉得时间过得可真慢啊。大半天过后，那位女同志回来了，眼睛里哗哗地流着泪，用手指着马大哥，声音哽咽着，恨恨地说道："你……你们怎么能这样做啊！"

马大哥的眼睛不敢和她对视，慢慢低下头去。

大家眼光热热地望着女同志，问："到底是怎么回事？"

她回过身去，再次指着马大哥气愤地说："他……他们把……春花送人，才换来了这顿……"她哽咽着说不下去了，捂着脸大哭起来。在她断断续续的话语里，大家先是感动，接着就都愤怒起来，说："我们受点儿苦算不了什么，怎么能这样对待孩子呢！"

"咱们干革命的目的，就是为了让人民群众过上好日子，现在这样做，就和咱们的初衷相违背了。这算怎么回事儿啊！”

“孩子是革命的后代，是希望，是未来啊！”

“你们也太不像话了！”

突然，一名伤员从腰中哆哆嗦嗦地摸出一块银圆高举起来，说：“这是我参军临出门时，奶奶硬塞给我，说是保佑平安的，我要献出来让马大哥赶紧去把小春花找回来！”

那位女同志也掏出几张纸币，说：“这是我晚上熬夜的几角夜餐费，咱们有什么都拿出来凑一凑，让马大哥快去把春花找回来。”

十几个人，都把自己身上值点儿钱的东西拿了出来，纷纷往马大哥手里塞。

马大哥哭了起来，说：“不要这样……我们送掉孩子，也是想跟着队伍干革命……”

“春花跟着我们只能受苦，等以后日子好过了，孩子还可以再生……”马大嫂这个时候走过来，小声嘟囔着。

那位女同志不客气地大声说：“马大哥，你必须去把春花接回来！今天晚上不管到什么时候，咱们都要等着孩子回来一起吃饭，大家说行吗？”

“行！”大家异口同声。由于动静很大，树上的几只麻雀都被惊得飞远了。

傍晚时分，马大哥用挑子一头挑着筛子，一头挑着一块压担子的石头回来了。大家看到，筛子中的虎头帽是那么鲜艳喜气，帽子下面，春花的大眼睛一眨一眨地看着大家，仍是一副天真无邪的模样。

“春花，春花，可想死我了。”那位女同志哽咽着扑上去，其他人也都默默地跟了过去。

马大嫂早已扑过去，从筛子中抱出了春花。

大家看到，孩子的两腮红红的，虎头帽上那黄色的“王”字在灯光映照下好似更加明亮了，小铃铛一晃，就丁零零响起来……

1946年的宽郁街

喻永军

卷丹花开的那个傍晚，周子荣出了门。周家在白家沟是小户，经过几代人努力，到周子荣时，有了钱，有了势，又做了保长，便开始主宰自己和白家沟的命运。

周子荣戴着一顶宽边的驼色礼帽，帽檐儿微微卷起。这是他习惯用左手取下帽子，又用左手戴上的缘故。他是个左撇子，时间长了就成了这个样子。周家兄弟三人，两个哥哥依旧开着打铁铺子，周子荣像个书生，他的手指是白皙的，修长的，他弓起指头的时候，总是往外弹一弹，弹茶盅，弹酒杯，弹桌子，弹麻将，弹团丁们背上乌幽幽的枪管。风轻云淡那种。

他弓起指头的时候，一般都是在这个叫宽郁的大街上。

镇子里有喝花酒的地方，有烟馆，有牌局，有酒楼。周子荣虽不常去，但都去过。他穿着褐色长衫的身影一旦在大街上出现，便是一个消息源。四喜子先知道了，四喜子长得水灵，整日花枝招展，四喜子是万子宴的三姨太。万子宴是保安团团长，独眼，手下有三百条枪，人称陕南北狼。四喜子喜欢跟周子荣打牌，原因是周子荣在牌场上是个雏，笨手，又肯拿一袋子大洋来玩。为了拴住这个腿子，四喜子用胖胖的手，趁洗牌时摸过周子荣的手背呢。周子荣惊得瞪大眼睛，脸都红了。四喜子背着人叫周子荣，只一个字，“猴”。

今日“猴”又上街来了，是丫鬟春桃报的信，春桃去赵老幺的果行里取香瓜，看见了周子荣，得了四喜子赏的一盒胭脂。“猴”来了对四喜子来说，那就是送钱。

平时，周子荣的钱袋子在腰上别着，今儿，周子荣的钱袋子在胳膊上挎着，沉甸甸的。

周子荣知道万子宴要喝花酒，准备请酒，他在客厅里把这意思给副官说了。副官说今日万子宴有点儿忙。万子宴说身子骨有点儿蔫儿。其实不蔫儿。忙是真的。周子荣就在院子里拉过一匹灰骡子，说借一天，想骑上去，到北山收点儿账。

收账？万子宴不想让他走。那可得小心。万子宴说小心，就得真小心。至于是哪方面的，谁也不能问，问了，有嫌隙，出事就是大事。周子荣就松了手，闭口不言。

玄乎？周子荣正正礼帽。

万子宴从牙缝里挤出几个字，玄乎？啥事？掉脑袋的事！

周子荣说，你吓唬自己吧。

后来，花酒还是喝了。万子宴喝得大醉。周子荣为了不让四喜子生气，又凑合了一桌牌局。三个姨太太和周子荣。坐在客厅码牌，能听见万子宴吵人的呼噜声。周子荣手冲，先赢了三百，后来牌疲了，又倒输了五百。周子荣说要鏖战通宵，这下苦了万家的厨子，通宵不得歇着。半夜，做了一桌子家常菜。天明，又给万子宴烧了两次醒酒汤。好在得了一块周子荣的赏钱。家宴的时候，几个小队长溜进来，沾了一通光，也饱了口福。

这一闹腾，倒叫万府的人白日睡觉，晚上似醒非醒，宽郁大街也算是安宁了几日。

周子荣是在出门四日后的夜里回家的，他踏着自己的脚步声往回走，四野寂静，松林里的风声，像大河的水声，滔滔不绝。周子荣带的钱输光了，钱袋子里只剩着那把比利时造的枪牌撸子，也叫小八音枪的，子弹上着膛。

他全身像散了架似的，关好院门，吩咐烧水，洗了个澡，一觉睡了两天一夜。

但后来没几天，万子宴得到密报，说那几日中共中原军区突围的核心人物，一行几人，入了宽郁街，又出了宽郁街。万子宴听后惊出一身冷汗。

万子宴讳莫如深，担心惹火烧身，封锁了消息。

事实证明这是真的。

七十年后，我在中共中央关于陕南部分的党史资料中，见到一段文字，印证了这段史实。后来二炮的一位副司令，在四十年之后来过白家沟，他说他当时只是个警卫员。首长转移的时候，是从周子荣家的夹墙里出来，又从后门出去翻山走了。他用手围着一棵松树量了量，说几十年了，长得都能做房梁了。

周子荣家的院子距离宽郁街三里路。

那天我们站在周子荣家的院子里。山林半坡一个独户四合院，上房屋内有一堵夹墙，夹墙中可以藏人，墙皮薄得只剩一层木板，松木质地，年岁久远，褐红色的松节油，浸进木板里很是显眼，极其简陋。

这儿现在成了红色纪念馆，解说员是个红脸蛋的男人，操着很浓的陕南口音，眉毛和顺，两眉间距宽，五十多岁，瘸着一条腿。他是周子荣的曾孙。他说，他爷爷说他的形象像极了自己的曾祖。他的曾祖是周子荣。

我们注意到了门外有一个花圃，全是各色的卷丹花，本地人叫山丹丹花。红的，白的，粉的，花枝已高过了我的头顶，中间一个花萼，布满花粉，形状真像喇叭，在潮热的空气里，一只蜜蜂正在采蜜。

我不知道 1946 年的那个夏天，周子荣看到的山丹丹花，是否跟我们今天看到的一样鲜艳，也不知道他当时留心过没有。

这儿的木叶土很肥沃。

行　军

程多宝

队伍大多是白天里不走，尽往夜堆里钻。天刚擦黑，这支顶着高粱花子、扛着些“汉阳造”“老套筒”的百十号人的连队，坚决执行刘邓两位首长的命令，天天都在急行军。

战士们都眼巴巴地盼着有双好鞋。那时还是在后方的时候，根据地做好的军鞋常常就是拉来一大车也不够分。战士多得蹲下来就像是一片庄稼，站起来就像是一片树林。

刚当上解放军的卢守坤有点儿搞不懂了，大家没日没夜地行军，怎么还成天精气神儿十足？卢守坤一路上脚板子急促促地可不敢停。就是瞌睡了，闭着一只眼睛，脚板子还照样走得直溜儿。这功夫练得整个人就像是队伍里的一个零件。回回走到宿营地，战士们横七竖八地直打呼噜。当班长的得给大伙儿烧水烫脚，还要挨个儿挑脚泡。

他的班长是去年从那边举着手过来的，才一年多就入党了。听他自己也说过，刚过来的时候，曾哭过好几回，哭一次，人就清醒一次，这边叫“挖苦根，倒苦水”。

当然卢守坤是不懂这些的。

那一年全面内战爆发，刘邓大军神出鬼没，于大踏步前进和大踏步后退之中寻找战机，使得国民党军队疲惫至极、狼狈不堪。

这又是一个晚上，天还是黑得像墨一样，零碎的冬雨叩在脸上生疼，前胸后背已经湿透了，外面的衣服冻得像是披了层盔甲，里面的贴肉小褂冷飕飕地冰着前胸。队伍还在悄然前进着，卢守坤有些累了，一路都是黄泥巴，走起来太费鞋了。根据地送过来的黑布鞋穿着好是好，不磨脚也很少打泡，走路如风还不带响声，可就是合脚的少。做的时候又没个尺码，都是一水的千层底，厚厚的，掂上一掂，仿佛听到村干部们挨家挨户动员时，那满院满屯满山洼子里呼呼啦啦吟唱成一片的麻绳拉扯起来的乡土歌谣。一村一庄地收上来，太平车推过来这么一倒，一连一连人马排过来，见人塞上一双，调换不到大小合适的只能凑合着。

卢守坤刚来有点儿不好意思，最后拣了双小的，这一双瘦得紧巴，脚指头夹得生疼。他索性用刺刀挑开了鞋帮子，前几天还好，两天一过，一路的黄泥巴糊下来，鞋口松得就有点儿软塌了。这不，稀乎乎的泥巴地一粘，鞋子就掉了。黑咕隆咚的不太好摸，还弄了一手泥。身子一弯下来，任队伍从旁边嗖嗖地过，班长跟了过来，小声地说：你别乱动，我来。

班长就是班长，三把两把就摸到了。卢守坤伸脚一套，就是刚刚丢下的那只，鞋内暖暖的余温还在呢。

脚底渐暖，夜色渐薄。卢守坤看到前面班长的步子隐约间一颠一颠的不大平稳起来。班长有副好脚板，行军时总爱替别人扛枪，战士们跟他夺，他都不肯放手，还说：我有的是劲儿，不信你们谁有本事缴获老蒋一门山炮，我再扛给你们看看。

班长的脚崴了？那也是给自己找鞋弄的。卢守坤心里毛了。班长呀班长，你这不是让我难受吗？

前进的队伍像一把锋利的剪刀，把黑幕四合的天地剪开了一道缝隙，天色渐渐地明朗了。卢守坤这下看清楚了他的班长。班长的一只脚板子上光光的，只有一层浸湿的绑腿。那只鞋呢？再一看自己的脚上：怎么两只不一样呢？难道是班长的鞋？班长……班长你一路光脚呢，这么远的路，怎么走过来的？

班长！卢守坤心头一热，顺着班长王克勤同志的肩头放眼望去，冬雨已住，东方欲晓。一不留神，那轮深冬的朝阳，早已跃上了这支队伍的头顶。

这支精神头十足的队伍，怎么这么长呢？前不见头后不见尾，越来越长了……

初心的模样

王庆高

18岁那年，我接父亲的班来到煤矿当井下工。

下井那天，父亲给我讲了这个故事。

那是44年前的7月28日，矿领导干部轮流带班下井，那天轮到了我父亲，我父亲带领两千多名井下工下井作业。凌晨3点42分，只听得大地隆隆作响，矿井剧烈晃动，霎时一片黑暗。地震了，地震了！不知道是谁喊了起来，接着便是一片慌乱的骚动。我父亲作为带队的领导，立即站到高处大声喊道，同志们别乱动，靠在边上别乱动！一切听我指挥！

矿井里经过一阵剧烈晃动之后，渐渐缓和下来。掘进巷道和运输巷道好像没有坍塌。父亲大声喊道，各工作队清点人数，立即报过来！

各个工作队清点了人数，两千多名职工一个不少。

这时，父亲对大家喊，各队的队长站出来，共产党员站出来！

不一会儿，各队的队长和共产党员顶着矿灯围在了父亲周围。父亲把队长和党员分成了几个小组：有分头找“生命通道”的，有安抚群众做思想工作的，有维护秩序的。分工之后，大家分头行动，矿井里顿时安静下来。

过了个把小时，负责找“生命通道”的三个小组回来报告说，两个井口全部被堵死，通风口也被泥土乱石堵死。

一些矿工听到后，议论纷纷，恐慌不已，黑暗中又是一阵儿骚动。

父亲听到后，大声安抚大家说，大家不要慌乱！我亲自带人去找“生命通道”，请你们耐心等待！

他领着几个队长冒着生命危险，找到出井口，出井口地震时遭到破坏，被堵得严严实实。他们又去找通风口，通风口也被乱石和泥土堵住。他趴在泥土乱石上静静地体验，隐隐约约感到有凉气流动。他怕自己体验得不准，就叫身边一个有经验的老掘进队队长体验。老掘进队队长在泥石堆上趴着感觉了一会儿，也感觉有凉气在流动。于是父亲对大家说，通风口好像堵得不很严实，我们动手挖开就有救了。党员干部们先上！

队长和党员们爬到了前面，他们用铁锹挖，用手搬，挖掘通风口的乱石和泥土，一个个满脸泥水和汗水，浑身是泥。忽然，他们觉得大地又轻微晃动起来，一阵余震，泥流乱石滚动，把父亲和几名党员砸伤了，好在都没有生命危险。父亲的腿被砸骨折了，党员矿工们要抬他下去，可他坚决不肯，继续留在那里指挥挖通风口。他们挖呀挖呀，挖得手表转了两圈，还是没有看到一丝光亮。这时候，矿工们带的干粮也没有了，水也没有了，只能喝井下的煤渣水。矿工们沉不住气，又骚动起来，胆小的竟呜呜哇哇哭了起来。我父亲感到责任的重大，两千多名矿工鲜活的生命啊，难道我就不能带领他们冲出地狱？叫我怎么向党交代！

父亲责令身边的人把他抬到通风口作业处，忍着疼痛趴在泥土石块上仔细听风品气，明显感觉凉气流动加大了。他叫老掘进队队长也听了听，老掘进队队长感觉也是。父亲脸上露出笑容，蛮有信心地对大家说，大家不要气馁，我们胜利在望了，刚才的余震把通风口松动了一下，我们明显感到有凉气流动，这说明离出口不远了，大家继续挖，一定能挖出“生命通道”！

干部、党员和矿工骨干轮流上阵，忍着饥饿，忍着干渴，一块石头一把稀泥，挖着挖着，忽然有一丝光亮透了进来。有光了，有光了！离洞口不远了！一名正在作业的党员喊了起来。紧接着，击鼓传花似的喊了起来。霎时间巷道里的矿工们禁不住都站立起来，热烈地鼓起掌来，不知谁喊道，共产党万岁！毛主席万岁！一时间口号声震天动地。

通风口终于打开了，那是 1969 年井下搞战备设计的通风口。直径 0.7 米，高 60 米，有简易钢筋梯子。只可以一个人一个人往外攀走。“生命通道”挖通后，父亲由同事们搀扶着站起来大声说，同志们听我的命令，现在女同志先走！

女同志一个挨一个攀爬着出去了。

接着父亲又命令，二十岁以下的矿工先走！

年轻的矿工们一个挨一个攀爬出去了。

父亲再次命令，现在五十岁以上的矿工走，接下来三十岁以下、四十岁以上的矿工排好队，依次出去！

当三十多岁正值壮年的矿工们最后依次爬出去时，还有几名党员和队长围在父亲身边。

父亲最后命令，党员们走，队长和我最后走！

党员们依次攀爬出去。最后几个队长拉的拉，推的推，把父亲推出了洞口。

外面，风雨交加，出去的两千多名工人一个也没有离开，每出来一个人，大家都热烈鼓掌一次。当父亲出来的时候，掌声雷动。

也真是怪，那天回家的路上，天霁云开，雨过天晴，每个人的脸上都挂满了阳光……

我在井下有意识地盯着干部和党员们的举动，他们都像父亲一样照顾着新下井的矿工。下班升井后，我一直回味着父亲讲的故事，父亲和党员们的形象一直萦绕在我的眼前。

晚上，我郑重地写下了入党申请书。

炊烟缭绕

孙玉秀

大壮咬紧了牙，挥起匕首，拦腰刺向他面前的那棵松树。匕首插进有些开裂的松树皮上，好似一刀扎进敌人的心脏。大壮又顺势跨出右脚，运足全身的力气，将刀锋向右划过去。褶皱的松树皮立刻断裂，木屑随风而落，露出一条很深的刻痕。

前几天，大壮做饭的炊烟被山下的敌人发现。敌人立刻追踪过来，“围剿”了毫无防备的一个班，最终牺牲了三名战友，还包括对大壮最好的炊事班班长老高。这刻痕是最深刻最惨痛的教训，是战友们鲜活的生命啊！都是我的错，都是我无用！想到老高和另两名战友，大壮失声痛哭起来。

小同志，你哭啥？你是新兵吧，想家了还是怕鬼子？

大壮闻声止住了哭声，见连长老吴和一个浓眉大眼的高个子迎面走来，问话的就是高个子。

大壮说，我要给牺牲的老高和战友报仇！

老吴说，大壮，我给你介绍一下，他就是咱们的……

高个子冲老吴一摆手，笑着说，我姓张，刚过来，也算是个新兵嘛，来，咱们坐下来谈谈。

大壮有一点儿拘谨，见高个子说话很和善，便围过来坐下。大壮是一个月前加入抗联队伍的，枪法还不太熟练。老吴见大壮力气大又会做饭，便让大壮进了炊事班。

高个子说，眼下敌人实行封山集屯政策，就是想困住我们的队伍，断了我们的粮食。这密林莽莽苍苍，有树皮野菜，有野果子，更有老百姓的支持，想困死我们，那是敌人的妄想！

老吴紧蹙眉头说，眼下的难题是我们缺少深山生活的经验。在深山里做饭，我们又在高处，只要炊烟一起，敌人就会发现我们。为这我们不仅连续几天都没敢生火做饭，而且还牺牲了好几位同志，这代价太大了。老吴说完从腰间掏出一杆铜烟袋，搓了一把地上的干树叶子摁进了烟袋锅，点燃后吧嗒吧嗒抽起来。

三个臭皮匠，顶个诸葛亮。咱们队伍里这么多人，办法总会有的！小同志，你说呢！

大壮连忙点头，我会砌烟灶，我在老家还干过瓦工活儿呢。

高个子伸出大拇指说，好样的，如果能解决了炊烟这个难题，就是为咱们队伍立了大功。

老吴吐出几道烟圈，若有所思地说，要想不被敌人发现，那得想办法让炊烟顺着地皮走，可炊烟也不会听话啊。

高个子赞同说，那就想办法做一个通道，像烟囱一样的通道。

老吴咳了几声，嫌树叶子太呛嗓子，便把烟袋锅倒扣在地上，见烟圈依旧缭绕，又盖上泥土，伸出脚踩了踩，那些树叶子烟气便瞬间消失了。

大壮盯着老吴手里的烟袋锅看了半天，一拍脑袋，从地上跳起来，有了！我有办法了！

高个子哈哈大笑说，我就说嘛，办法总会有的。

半个月后，高个子和老吴带领大壮及炊事班的战士成功研究出地下烟灶。也就是在地窨子里挖出三个坑洞，上面砌好锅灶，又顺着坑洞砌上一条排烟道，或者接上挖空的木槽。蜿蜒几百米，每隔一段留一个排烟孔。做饭时，灶烟就会顺着排烟道里的排烟孔分散冒出去。远远望去就像大山里的雾气一样，再也看不见那缭绕的炊烟了。成功了！成功了！大壮和战士们雀跃欢腾起来。

大家知道了这个好消息后，都过来学习效仿。有的战士发挥自己的聪明才智，还研究出青松灶。青松灶就是挖空松树的下端，让做饭的烟气留在树肚子里慢慢消化。这种青松灶用起来更加便捷，更有利于队伍打游击。

那天晴空万里，高个子和老吴找大壮布置了一项特殊的任务。大壮领到任务后格外兴奋，他和炊事班的战士们第一次大大方方点燃了灶火。从山下望去，密林之上，炊烟缭绕，颇为醒目。

山下的鬼子见了，立刻集合队伍，很快围拢过来。高个子和老吴见敌人钻进了包围圈，一声令下，枪炮齐鸣，彻底给敌人“包了饺子”。

打了胜仗，给老高和战友报了仇，大壮高兴得一夜没合眼，更加敬佩那个高个子和连长老吴。

表彰大会上，高个子站在前面特意点名表扬了大壮，说他在研究排烟灶时有经验有胆识，遇事不退缩，是一名难得的好战士。面对敌人的凶残，我们的战士要学会用智慧和敌人周旋，跟敌人血战到底！保家卫国，誓死不屈！

天作被，地作炕，密林就是我的家……战士们的歌声穿过密林，缭绕在长白山上的天空。大壮对老吴说，连长，我早就看出来这位张同志不简单！原来他是咱抗联队伍的大官啊。

老吴笑着说，那当然，他就是赫赫有名的杨靖宇司令。

无字碑

王平中

张总来到安岳连云山，仰着头从峡谷底向山顶张望，慢慢地将脸仰成平面，戴着的帽子忽地掉在了地上，才看到一条线似的天空。张总的心冷了半截，在这个地方投资，又没公路，要想在此发展难呀。

陪同的安岳老区建设促进会郭会长见状，不再提投资之事，对张总微微一笑说，我们这儿有座神仙坟，很值得一看。

神仙坟？不外乎唬唬外人吧，有什么好看的？张总摇了摇头。

这座坟不是唬人的，里面埋着一位红军战士。

埋着一位红军战士？张总一下子肃然了。

1935 年 7 月，中央红军长征来到四川，一位红军战士受伤后和部队走散，来到安岳，被当地村民藏在地窖里。后来民团探到了消息，将村民赶到村口。村民不愿交出红军战士。民团团长咆哮说如不交出红军战士，就要烧光村子，杀光村民……就在这危急之时，那位红军战士从地窖里走了出来，面对凶恶的民团，毫不畏惧，对乡亲们说，我们是中国共产党领导的工农红军，是为穷苦人打天下的。就是我死了，也会护佑你们……

张总眼里充满敬意。

民团枪杀那位红军战士后，不准村民们掩埋尸体。是夜，电闪雷鸣，狂风暴雨。第二天，人们看到一堆沙丘将红军战士掩埋了。村里人都说，是暴雨从山上冲下泥沙自然将红军战士掩埋的。

应该是村里人趁着暴雨将那位红军战士掩埋的吧？张总问道。

反正没有人承认。即使是，也不会有人承认的。后来，这里发生了一件奇事。郭会长看着张总久久不语。

什么奇事？张总按捺不住了。

不久，一位村民说，他多日咳嗽不止，迷糊中有位仙人立于床前，对他说，村外的沙丘上有艾蒿，开水泡后饮之即愈。翌日，此人来到掩埋红军战士的沙丘旁，果然看到沙丘上有一株艾蒿，遂掐尖摘叶，回家泡水饮之，真的病愈。这个村民还说，仙人说这座坟是天葬的，如果谁毁了，必遭天谴，灭门绝后。那时人们对神灵是很敬畏的。团丁听了，自然不敢毁坟。这座坟因此得到保存。

这是村民为保护红军战士坟墓故意编撰的故事吧？张总说。

也许是吧。后来，村里人手伤了，或发烧了，或家中有蚊虫了，将坟上的艾蒿割回去捣烂敷之，或煎水服之，或文火熏之，而后那些人手伤好了，烧退了，家中蚊虫灭了。村里人都说那是红军战士在护佑他们。于是他们将此坟称为神仙坟，并在坟前立碑，因不知道红军战士姓名，碑上没有刻字，对外称为无字碑，暗地叫红军碑。

即使知道红军战士名字，也不敢刻他姓名的吧？张总说。

是的。后来，村里人每到红军战士的忌日，都要到坟前祭拜。

张总闻言，眼里亮光闪闪，激动地对郭会长说，我们也去祭拜祭拜吧。

张总一行来到峡谷口，果然看到一坟丘，上面长满了郁郁葱葱的艾蒿，微风吹过，艾蒿弯腰点头，似对他们到来的欢迎。

张总顿时盈满泪水，对着坟墓和石碑，扑通一声跪了下去，双手合十，恭恭敬敬拜了三下。

张总从坟前站起来，对郭会长说，这两天我在附近走了走，看到这里群众还不富裕，特别是上山下山全靠步行，制约了产业发展。我回去后，立即安排，先修建从峡谷到山顶的盘山公路，再组织村民栽种艾蒿。

种植艾蒿？郭会长有些不解。

其实艾蒿清热解毒，是一种中药材。我这次来很受启发，发展这个产业，既带领村民共同致富，也是群众意愿，更是继承先烈遗志吧？

郭会长闻言，紧紧握着张总的手说，我代表老区人民感谢你。

说感谢的应该是我！张总说，你知道吗？我爷爷也是一位红军战士，长征时牺牲了，至今还没有找着尸骨。这次看到老区人民为无名红军战士修坟树碑，虽然是无字碑，但他们年年去祭拜，相信牺牲的烈士都能含笑九泉了，因为这些烈士永远活在人民心中。

第 3 辑

寻常巷陌

寻常巷陌（二题）

聂鑫森

云青青

云青青 68 岁了。

这个姓名，让她感到自己似乎永远不会老去。当年在大学教古典文学的父亲，从李白诗句“云青青兮欲雨”中随手撷取这三个字，妙不可言。

云青青曾是一家大型国有企业的高级工程师，上班时，工友们称呼她“云工”或是“云姐”，听不出任何年纪行进的痕迹。她从不过生日，也就可以不理会自己多少岁了。当她干到退休，息影于这条古老的石板巷时，细伢嫩崽都尊称她为“云奶奶”，连上了年岁的同辈人出于礼节也这样称呼她时，她下意识地打了个愣噤：啊，自己难道真的老了吗？

丈夫吴克原先供职于本市社科院的哲学研究所，和她同年，早就顺顺当当地退休了。

这个小院，朝夕相处的就他们两个人。独生女早在外地成家立业，外孙都上高中了，逢年过节，不是女儿一家来这里，就是他们比翼齐飞去那里。

吴克听见街坊邻居叫他“吴爷爷”时，满脸是笑地答应。云青青一听见“云奶奶”三个字时，就浑身不自在。

云青青问吴克：“人是慢慢老去的，还是一瞬间老去的？”

吴克淡然一笑，说：“前者是物质层面的，后者是心理层面的，都有一些参照物，你可以细细地去想。”

云青青说：“哲学家卖关子了。”

她想来想去，都在物质层面上打圈圈。

她和吴克喜结连理时，正好24岁。女儿大学毕业时，她47岁，女儿结婚那年，她51岁了。到外孙呱呱临世时，她已54岁，又过去两年，外孙可以叫她“奶奶”了。如今外孙读高一，她已迫近古稀，68岁！

证明她慢慢老去的参照物，还有双腿。年轻时她是篮球队主力，奔跑、运球、抢板、投篮，龙腾虎跃，赢得一阵一阵的喝彩声。中年后，双腿渐少力道，跑不快，跃不高，还喘粗气。50岁后，双腿软绵绵的，走路也显得慢条斯理，生怕不小心跌倒了。

参照物还有她的职务职称，绘图工—技术员—工程师—高级工程师，都是用岁月打磨出来的……

吴克说：“你悟性好，要为你点赞。”

天气晴和时，云青青和吴克会手挽手，漫无目的地游走，上班时就没这份闲适心情。走累了，在街边的绿长椅上歇歇气；走饿了，到小饮食店吃碗热乎乎的馄饨或米粉。

这一天午后，他们先坐公交车去了城西湘江边的锦湾子，下车后走进一条修旧如旧的老街，商铺一家连着一家，都挂着古香古色的匾额和对联。当他们走到一家名叫“旧时光”的照相馆前时，云青青停住了脚步。黑底金字的木板对联写道：“追寻青春足迹，检点旧日时光。”

“吴克，我想进去看看。”

“好。”

他们仿佛走进了另一个时空。

摄影大厅里错落有致地摆放着古旧的桌、椅、凳、案、柜架、大橱，老式的大块头收音机、立式自鸣钟、砖块样的对讲机，还有留声机、BB机之类的物件。照相机是20世纪60年代的产品，又大又笨，下面安着四个轮子。靠墙是一长排立式衣架，挂着几十年前的各种服装。

云青青径直走向挂着女性服装的衣架，都是当时年轻女性穿戴的代表性服装。

短袖连衣裙、荷叶边袖口的花衬衫、红色的长运动衫和长运动裤、白色的女式西装和黑色的蝴蝶结、齐膝的百褶短裙……

“吴克，我要选几种我曾经穿过的服装，一张张地照相。你呢？”

“我就不粉墨登场了。你多照几张，让化妆师给你描眉点唇，也好回到那个年代去。”

云青青说：“对，那个年代太美好了……”

他们在这里足足待了三个小时。

当吴克付了款，拿了七天后前来取底片和照片的单据，云青青仿佛才从一个瑰丽的梦里走出来。

“吴克，这就完了？”

“是的，我们该回家了。”

云青青走出大门，又回头看了看那块“旧时光”匾额，突然想起吴克说过的一句话：“当你还想留住美好往昔的念头一出现，在这一瞬间你就老了。”

她走下台阶时，紧紧地抓住了吴克的手臂，眼里有了晶莹的泪水。

枯荷雨声

这个暮秋的午后，又下起了淅淅沥沥的冷雨。

游千闻坐在听荷楼一楼的落地窗前，隔着透明的玻璃，一边喝着茶，一边听着雨点落在枯荷上的声音，脸上透出落寞的况味。

城中这一大块地方叫雨湖公园，有上、中、下三个大湖，搭配着长堤、石桥、亭阁、船坞、芳洲，但四面敞开，不设围墙。处在上湖的听荷楼是个茶社，两层，悬立在湖面上，古典式的廊桥从岸边延伸过来与之相连。游千闻家住在不远处的一条巷子里，步行二十分钟便可到达。

他喜欢坐在一楼喝茶，觉得离湖水近，离已到暮年的枯荷近，离雨打枯荷的声音近。

听荷楼的四周种的都是荷莲，春看浮叶、立叶，夏日和仲秋看荷盖碧翠及红红白白的荷花，茶客也多。一入暮秋，花凋叶萎；继而天寒地冻，来喝茶的就少了，尽管室内有空调。

游千闻眼下退休了，每日闲得骨头发酸，还有一种职业习惯使然，他喜欢听滴答的水声，于是在下雨的午后，就会来听荷楼喝茶。他的父亲是中学老师，常讲解些古典诗词给他听，游千闻最有印象的是唐代李商隐写残荷的两句诗："秋阴不散霜飞晚，留得枯荷听雨声。"稀疏的雨点击在枯残的荷盖上，声音萧瑟、低沉，很清寂。

游千闻干的工作就很清寂。

他是自来水公司的自来水管网探漏工。这个工种很多人不知道，他们游走在夜深人静的大街小巷，想见他们一面都难。每夜十二点上班，到早晨八点下班。游千闻和同一个小组的两个伙伴，身穿反光衣，头戴耳机，肩挎听漏仪，手提一个连着主机的探听器，在划定的区域内，一步一步地追着自来水管网里流淌的水脉，聆听着哪一条管道有漏水的声音，然后再确定漏点，通知抢修人员到达现场，以防管道爆裂造成大面积停水。

游千闻一听见"滴滴答答"的漏水声，全身的神经就会蓦地绷紧，耳机扣在耳朵上，仿佛听见堤坝决口的雷霆之声。

游千闻下班后回到家里，吃点儿简单的早餐，赶快睡觉。中午起床后，吃过午饭，再睡到下午四点起床。看看书，读读报。晚上呢，摊开探漏区域的自来水管网图，比看各条老管线的岁月历程，熟悉新管线的延伸方位，详细地记在笔记本上，乐此不疲。听荷楼离他家虽不远，但他很少来喝茶，真没有那个闲工夫。

几十年来，游千闻夜出晨归，职业特征正如他的名字：夜游不止，耳闻不辍。本公司员工千余之众，除探漏班的几十人之外，别人也不认识他，他也不认识别人。只有在年终本年度先进标兵的红榜上，大家才知道有“游千闻”这么个了不起的人物。

游千闻年满六十，退休了。

第一个夜晚，他睡得很早，睡得很香。半夜时，他突然掀开被子坐了起来，大声说：“又有管道漏水了！”

妻子惊醒了，说：“是下雨的声音，你安心睡吧。”

“哦，我还以为是在上班哩。”

“老游，你以后不用再上班了，可以和我一样消消停停过日子了。儿子在外地已成家立业，尽可放心。家务事你无须操心，还是多去听荷楼喝喝茶吧，听听雨，聊聊天，况且听雨就像你还在上班探漏。”

“夫人的话，正合我意。”

有雨的午后，游千闻就去听荷楼。先前上班和下班，都要经过雨湖，特别是夏日和初秋，荷叶重重叠叠，荷花有红有白，像一个人的最佳年龄段。而现在，繁华已被风吹雨打去，荷叶枯残，褪去了碧绿，变成了赭石色；花早落了，赭黑色的荷梗，在一池白水里投下灰色的影子，正如人生的老境。游千闻心里总觉得有点儿空。

店堂里响起脚步声。

游千闻转过脸一看，是一位满头白发的老人，额上的皱纹又深又密，还蓄着一把银亮的胡子，肩上挎着一个大帆布袋，手里提着一个轻巧的折叠木画架。

年轻的女服务员，从柜台后面走出来笑脸相迎。

“伏老，好久不见，到哪里云游去了？”

“小尤呀，我去云南乡村学校义务短期支教，培训美术教师，是我要求去的，一眨眼就是一个多月。”

“七十岁了，你真正是伏老不服老啊！怎么还带着画画工具来喝茶？”

“一边喝茶，一边画画，我们美术学院要搞一次退休教师的美展，还命题让我画枯荷。听说听荷楼边的枯荷很好看，我就来写生打草稿。”

小姑娘很快就端上一杯茶来。

“伏老，怎么让你画枯荷？这有什么看头！”

“小姑娘，人到老年就像进入枯萎期的荷，有的自悲自叹，有的却活得自尊，虽清冷落寞，但更单纯，神清气朗，做些力所能及的事。我就是后者。”

伏老忽然用手指了指游千闻，说：“还有这位老哥子，也是后者。他一个人坐在窗前，应是枯荷的知音。”

伏老边说边走过来，朝游千闻拱了拱手，说：“恕我冒昧，我姓伏名嘶远，退休美术教师。我来之前，你一定是在看枯荷。”

游千闻赶忙站起来，拱手回礼，说：“还听……枯荷雨声。”

“好！过会儿我画枯荷，只用黑、赭、灰三种颜色，草草几笔就有形有神，请老哥子指教。”

“我太有幸了，观老哥子画画，等于当面聆教。”

…………

自那个下午后，游千闻再也没有在听荷楼见过伏嘶远，这个老爷子又去忙什么事了。

游千闻依旧在每天午后来到听荷楼，天晴也来，下雨也来。他拎着一个装满笔记本、图纸、资料和稿纸的帆布袋，在靠窗的桌子边坐下后，喝茶、赏枯荷，写应邀为新来的探漏青工讲课用的讲稿：《如何正确使用仪器探测自来水管网的漏点》。

游千闻写着写着，闻到了枯荷散发出来的清香。

一条大河波浪宽（二题）

刘建超

水　生

老街南有条大河，叫洛河。

洛河，又叫洛水，源头在秦岭龙凤山，从豫西熊耳山、伏牛山的崇山峻岭间奔泻，贴着老街蜿蜒而下，曲回折转在巩义汇入黄河。

老街有了这样一条大河，自然会有许多与这条大河相关的故事。

相传曹植在年轻的时候，看中了一个姓甄的姑娘，两情相悦。可曹操却将此女指予二儿子曹丕。曹操死后，曹丕继承了王位。曹丕封甄夫人为皇后，后又娶了郭贵妃，对甄皇后逐渐冷淡，不多天甄皇后在郁郁寡欢中去世。曹植怀念甄后，心神不定。曹植走出老街，来到洛河边，对着西沉的太阳和滔滔东流的洛河水出神，才思泉涌，便有了流芳后世的名篇《洛神赋》。

有一条在城市间穿行的大河已经令人垂涎了，偏偏又有了诸多的文化积淀搅拌着浪花，让老街人靠着洛河生艳，滋长些许得意与自负。

水生提起洛河就满身得意，张口闭口都是洛河的故事，不管别人听他讲了多少遍，只要说起洛河来，他那张老脸就会眉飞色舞，爱听不爱听都要给你絮叨絮叨。

当年水生爹洛老大在洛河捕鱼，鱼还没有见到，却看到沿河上游漂来一些烧焦的船板杂物。

兵荒马乱时期，洛老大估摸着是有船只失火出事了。

一只木盆晃晃悠悠从洛老大的眼前漂过，木盆里居然躺着一个婴儿。洛老大截住木盆，抱起了襁褓中的孩子，是个带把儿的男孩。孩子脖子上挂着一枚如意玉佩，孩子的小肚兜兜上用毛笔写有“水生”二字。

孩子看到洛老大，竟然咧开小嘴笑了。

洛老大说，看来是咱爷儿俩有缘啊。

从此水生跟着洛老大在洛河上漂大。水生十六岁那年，洛老大告诉了水生他的身世，并叮咛水生，这如意玉佩是你亲生父母留给你的，好生收着，说不准他们会来找你呢。

水生连连点头。

可是水生还真的把这块玉佩弄丢过。

九月的洛河秋爽鱼肥，水生和巴义划着木船在河上捕鱼。巴义和水生是光屁股长大的好朋友，巴义大水生两岁。

一条十几斤重的白鲢鱼落网，鱼挣扎得厉害，小网有点儿吃不住力，水生立马跳进水中，扑扑腾腾把大鱼抓上船，却发现自己脖子上的玉佩不见了。

水生扎了几个猛子也没有捞到，急了，急得直哭。

巴义找了几个石头片，系上鱼线，抛入水中，看着石片下沉的位置，画出一个区域，说，咱俩分班，轮流下去摸，不能慌啊。

两人从晌午摸到太阳偏西，最后巴义手举着玉佩浮出水面。

两人筋疲力尽地躺在河滩上。

水生说，这事，不能让家里人知道。

巴义说，嗯，不说。

水生说，巴哥，我欠着你。

巴义说，嗯，欠着呢。

河水在两人身边欢快地流淌，扯不住的岁月随水而逝。

水生划着木船，停靠在河心洲。

绿柳成荫的草坪上，巴义虎着脸在钓鱼。

水生不说话，挨着巴义坐下。

巴义盯着水面，我请你啦？脸皮咋恁厚呢。

巴哥，你不请我咋把竹墩儿都预备下了？

就你能是吧？那咱娃的饭店你也敢去封？

巴哥，我就是在巡视的时候，看到河边水里有气泡冒出来了。我就知道肯定是有人又偷偷地往洛河里放污水了。我也是一时着急，就通知了环保。谁知道咱娃听说要停业就和环保动了手脚。

你就为了护住环保，脊梁上挨了娃一铁锨？亏不亏？活该不活该？

不亏，活该。

巴义从衣兜里掏出一瓶药说，治跌打损伤的，祖传的，抹两次就好了。

水生脱掉上衣，把脊背转给巴义，够不着。

巴义把药倒些在掌中，按在水生乌青的脊背上，轻轻地揉着，你也是七十岁的人了，弄事咋还恁起急？你该先来跟我说说，再让我去找娃说道。再说了，咱娃做个营生容易吗？你给封了，他能不急？

巴哥，咱俩光着屁股在洛河里从小扑腾到大又扑腾到老的。咱俩当年在洛河里玩耍，渴了，咕咚咕咚灌几口河水，饿了，啃着干馍，捞几只河虾嘎巴嘎巴就吃了。可现在的河水，你还能喝吗？你和我一样心疼着这条河呢，我知道。

巴义给水生穿好衣服，就你这老脊梁，还能抗住几铁锨？

扛到哪是哪吧，谁让咱是洛河人哩。

巴哥看着水生脖子上的玉佩，亲爹亲妈的事，还找不？

水生指着洛河说，不惦记了。咱这洛河就是我的亲爹亲妈。

巴义收拾起渔具。

水生掂起网兜，好家伙，这几条鲫鱼够大的了。让嫂子烧个鲫鱼豆腐汤，我陪哥喝两盅。

巴义夺过网兜，你想得老美啊，我还要请你喝酒？

水生说，我家稻花可是说了，今黑儿要是不在巴哥家混碗酒喝，就不让我进屋。

巴义笑了，娘儿们家都这德行，你嫂子也是说，要是不把水生兄弟带回家来喝酒，就不让我上床。

那还癔症啥，走。

走。

夕阳坠落在洛河的尽头，给波光粼粼的河水涂了层耀眼的金黄，几只鹭鸟在河面上嬉戏。

巴义哥，咱洛河老美哩。

嗯，美着哩。

稻　花

稻花生病后，常常一个人去洛河边散心，她坐在河堤上望着南岸，一坐就是小半天。

洛河从古城的中心穿过，古城被分成了南岸北岸。洛河古时名雒水，其位居雒水之北，“水北为阳”，故名洛阳。自古以来，人们大都是在洛河北岸的老街居住营生，北岸变成了古城的繁华地带，南岸相对落后，居住的多是种粮种菜的村民和外地来的小商贩。

水生悄悄地跟着稻花，看着稻花被河风轻抚的银发，心想岁月恍然如梦。

水生十六岁那年伏天，洛河滩的石头都被晒得烫脚。洛河上虽有风，但抵挡不住日光的刺蜇，水生光着膀子，晒得黝黑的肌肤在阳光下泛着青春的光泽。

灾荒之年，连水里的鱼儿都躲得不见了踪影，水生划着木舟几乎整日在洛河里漂荡。

八月里来是中秋哟，

小女子一双好白手哟，

想起了小情哥哟，

打死也要跟哥走哟。

水生可着嗓子在空旷的河面上吼着，划着木舟向河南岸游走。南岸有时会碰上小贩，换点儿粗粮青菜。

水生划着木舟沿着南岸缓缓地行走，没有见到小贩，却看到一个人影跳到了河里，瞬间就被河水吞没。

水生纵身跃入水中，朝落水的人游去。

水生气喘吁吁地把落水人拖上岸，半个时辰以后，落水人才捯过气儿来。

落水的是个姑娘，她不说话，只是流泪。

水生只得将姑娘带回了家。

水生爹洛老大看到水生带回个姑娘，满心欢喜。

姑娘说自己名字叫稻花，再问其他的就只是落泪。

还是邻居老巴媳妇看出点儿端倪，对洛老大说，我看着闺女像是有身孕了呢。

老巴媳妇就问稻花，闺女，救你的水生可是个好小伙子，憨厚耿直。看你也是遇到了难处，你愿意和水生搭伙过日子不?

稻花看看水生，低下头，不言语。

老巴媳妇说，俺看闺女像是同意了，选个日子张罗着办事吧。

老巴媳妇剪了大红的喜字贴在门窗上，洛老大炖了一锅烩菜，街坊四邻围了一桌，热热闹闹就把水生和稻花的婚事给办了。

家里有了女人，日子过得才叫日子。

稻花长得端庄秀气，一双细白的手巧得很。她从后屋翻出一台闲置了几十年的织布机，拾掇拾掇就织出了粗布，与别人家不一样的是稻花织出的粗布还带有红蓝相间的格子。稻花把织出的粗布裁剪成小孩子穿的衣裤，拿到老街西边的大厂门口，和南方来的工人兑换成鸡蛋、挂面、白糖、红枣。

稻花挺着大肚子，每天忙碌着，脸上也有了笑容。

水生每天都去洛河捕鱼抓虾，还到南岸跑很远的路去换粮食。

第二年春上，稻花生了个大胖小子。

水生说，稻花到了咱家，给咱家带来了快乐，孩子就叫乐乐吧。

稻花说，嗯，就叫乐乐。

乐乐在稻花的怀里在水生的木船里摇晃着长大，好像只是更换了个季节，乐乐就长大了，进了大厂当了工人，还谈了个女朋友。

洛河上新架起了两座大桥，洛河南岸也热闹起来，新开发的楼盘、新建的厂房驱散了南岸以往的冷清。

水生买了辆电动三轮车，为客户送些物料。

水生常说，稻花，南岸现在是日新月异了。我带你去看看吧，你肯定都认不出来了。

稻花总是笑笑，说，忙你的吧。

稻花自从走进水生的家门，从来就没有去过南岸，也从不说起自己的身世。水生是往南岸越跑越多了，还给稻花说南岸的各种事情。稻花只是静静地听着，并不插话。

儿子乐乐要结婚了，水生和稻花商量着孩子的婚事。水生说，我要通知的亲戚朋友都通知到了，你看你还有没有要通知的亲戚朋友。

稻花还是笑笑说，你通知到就中了，俺听你的。

水生也没说啥。

水生爹洛老大去世前，对水生说，稻花是个好孩子，到咱家几十年一心一意地对咱家里好，可是这孩子心里有苦啊。好好待稻花，好好待稻花啊。

日子是越过越有盼头，而稻花精神头却不如从前了。去医院检查回来，水生装着笑脸说没啥事，稻花知道自己是害了瞎病，没多少日子哩。

中秋夜，水生搀扶着稻花坐在岸边。月，很圆，很亮。

你去南边打听我了？

嗯，打听了。当年你俩相爱，是家里非要逼你换亲，嫁给个半傻子，给你哥换那傻子的妹妹当媳妇，逼得你离家出走，跳进了洛河。这也是咱俩的缘分啊，相伴了几十年。我前几天去见了你以前的恋人，他也一辈子没有娶亲，现在病重在床。我和他说了，稻花活着和我过了一辈子，对俺洛家有大恩大德。稻花百年之后，与你合葬，让她和心爱的人永远在一起。

稻花扭过头，看着月光下水生沧桑的脸，把头靠在水生的怀里嘤嘤地哭了。

水生说，我当年就是被放在木盆里在洛河上被爹拾来的。将来我老了，还把我的骨灰放在木盆里，随着洛河漂去吧。哪里来哪里去，也算是圆满。

两岸稻田里的稻穗沉甸甸地低着头，稻子该收割了。

龙肉先生（外一题）

索南才让

龙肉先生，你有过三次生命危险。你将这三次经历视为命运上的转折。你用刻刀和颜料画了三幅壁画，就在你牧场中的那片悬崖之下。有心人可以专门去看，因为你画画的水平绝对不差。你毕业于河北艺术学院，在另外一所大学又进修了一年。你出于尊重自由，选择回到牧场，舒舒服服当起了牧场主。你母亲一气之下病倒了，就再没站起来。回想那些“气死母亲”“杀母凶手”之类的流言蜚语，你，龙肉先生，不置可否，淡然一笑而过之。你仅有一次吐露心声：“欠母亲的命，我会还给她的。”

如同应验一般，你很快遇到了第一次生命危险。

这个危险来得很缓慢，慢到你事先就已知晓。那天你走在一条常年踩踏的路上，可是这条路的某一段地方突兀地出现了一块石头。你想，我怕是绕不过这块石头了。于是你去绕石头，阴面的那部分在并不很倾斜的光线下特别黑暗。这是一块有汽车引擎那么大的石头，但背阴的部分更大，你在此遭受了一条什么蛇的攻击。你看见从黑暗中飞上来一个东西，迎面而来，飞到你的腰的高度时碰到了你的手。这时候你看清楚了。这条蛇咬了你的手背，你陷入了一种持续的恐惧之中，并因此产生了不好的反应。首先你开始觉得晕眩。这时那条蛇完成攻击后已经逃走，你眼前的东西并不是路面，你想这不正常，所以需要坐下来休息，看看伤口，看有没有中毒，毒性是否蔓延。你听说过一句话：青海没有无毒蛇。你觉得自己要死了。你想说点儿什么或者笑出声音来，但你开不了口。是中毒的征兆吗？接着你很清楚地感受到一种痛苦。这种痛使你喊叫了出来，但你不知道哪里痛，就好像有时候你感觉很痒，但不知道是哪里痒，那滋味真难受。你觉得自己流了一摊口水，但低下头，却找不到。西北大地的土地太渴了，任何一滴液体也不放过。你当然没有死，你被一辆车送到了医院，但你一点儿也记不起来这中间发生了什么。

然后是第二次危险。这次你没有任何察觉。当时，你正从医院出来。你住了三天院，但觉得已经足够了，因为你之前从未住过院。住院是另一种折磨，因为你活生生地看到一个人在你旁边的床上死去，看到那些医生和护士冰冷的反应和态度。虽然你知道那是对的，但你接受不了。你过马路时脑袋突然震荡了一下，你感受到了危险，但已经晚了。你很敏锐地发现自己正往高空中飞去，你正在转动，这时候你什么也听不见。世界安静的时候真好啊！你感慨得太早了，你没有感到疼痛，但这会儿你以为自己真的要死了。是啊，被汽车撞飞得那么高，能不死吗？可是老天就真的好像在跟你开玩笑，你虽高高地飞上去，但迟迟没有落下来。这时候你头朝着地面，可以看见一些人在看着你。你想起一句诗：“你站在桥上看风景，看风景的人在楼上看你。”看你的人发出一阵惊呼。你很费力地往空中抬头，发现自己被挂在电线上，你的腿和那些密密麻麻的电线缠在一起。有粗有细、已经很陈旧了的电线救了你。你又逃过一劫。两次劫难紧密连接，你都没有好好消化第一次面临死亡的感受。所以你把这两次劫难放在一起研究。你一遍遍地回忆，想起来很多被忽略的细节。你能慢慢地回忆，因为你有时间——这次你的腿断了。你真幸运，只是断了一条腿，还很有可能不会有太大的影响，你可能不会成为一个瘸子。所以，现在，你已经回到家，你还要躺在床上半年时间。你将思考死亡。你回忆，还原当时的场景，你知道记忆一定在某些地方欺骗了你，或许就在最关键的地方。这你没有办法。你对记忆有了强烈的兴趣。但是更多的时候，你预测未来，预测下一次生命危险，会在什么时候到来。这种预测就如同游戏，又仿佛在做试验。于是你觉得死亡在你身边到处都是。起先你有些不敢接受这样的观念，你试图重新构建健康的观念，可是你很快发现，这就是最健康的——能够直视死亡，不被其吓住。于是你认为第三次生命危险，虽然还没有发生或许正在发生，但已经在改变你。于是你不得不感到惊奇。你又想起一句哲语：人思考得越多，就越显得愚蠢。

雪 光

我跑到窗户前，打开窗户伸出手。雪还没有下来，但我已经感受到了。整个天空像一块脏了的毛毡。我的女朋友收获了一块奇特的石头，爱不释手。“祈祷？”我问。她心不在焉地“嗯”了一声。她那边的窗户一直打开着，异常干燥的晚风吹进来，拂过那些靠着墙的老家具，实木家具上的裂纹仿佛是被这干燥的风吹出来的。好像也的确是。风来到我呼吸的空气里，进入呼吸道的时候仿佛猎猎作响。窗户外面是没有什么草的一面山坡，歪斜着放了一条生铁水槽，旁边是用红砖砌起来的一口井。早在半个月前，井里已经没有水了。三天才能打捞出一小木桶浑浊的水，有一股硫黄的味道。

我的女朋友用这桶水浇了花，我们一起看了一会儿天空。一辆收水费的皮卡车过来了，我带他到自来水水龙头那里，让他自己看。他没有上前拧水龙头，因为他是从一户户牧民家走过来的，他知道是怎么回事。

“有水来了我就交水费。”我说。

他一言不发，在表格上写了几个字，驱车前往下一家。这是春天刚开始的第二个月，他们已经着急地干起工作了。

傍晚，我女朋友说：“念经祈祷怎么样？最好先祈祷一下，祈祷一个晚上。”

“该下雪的时候，我什么都不做雪也会下，而不该下雪的时候我念一千部经书也没用。”

“但你的心敬到了。”

“我一直在敬心。”

我和她这几个月一直都在商量着结婚的事，如果没有这场还不知道规模的干旱，如果没有停水，我们可能已经结婚了。但要是今晚有大雪飘然而至，把局面缓解下来，我们就可以结婚了。她比一年前胖了二十五斤。当她意识到自己胖了那么多的那几天，她痛不欲生。一星期后，她接受了现实，半个月后已经完全扭转心态。她说在这一带，她发现自己依然是最瘦的。没错，即便她重了二十五斤，也不过一百二十五斤。她研究出这个体重配她的身高是最标准的。伴随着愈演愈烈的干旱，她发现自己在减肥。当真是老天帮忙，没有好一点儿的饮用水，她几乎没有好好吃饭的兴趣，瘦得比预期快，但她反而不高兴，因为如果是干旱的原因而让她减肥成功，岂不是说根本和她自身的努力没有关系？再者，她每天看着干旱造成的灾难，女性的温柔好像也被干燥的空气点燃了，她变得难以控制自己。她催促我想办法。她甚至在我表现出不情不愿后自己去了经堂，摆出一副诵经祈祷、不下雪就不罢休的架势。我拦住了她："我去就是了，你去做饭。你看到没？开始下雪了。"

那晚我们一夜没睡，激动得每过半个小时就跑出去一次，看看降雪的速度，看看地上的雪有多厚了。每一次出去，我们都要在雪地里跳一跳，喊一喊，亲一亲。我们仰头站立着，让冰凉的雪花贴在脸上，感受着它们慢慢地被我们的热情融化。

大雪如盖，我们收获的不仅仅是滋润大地的水分，还有落在我们心灵上的精灵雪花，滋润、净化我们灵魂的雪花。如此美好的时刻若白白辜负了是不对的，我想到一个很令人激动的主意。我转头看我可爱的女朋友。心有灵犀，她也在看着我，还给了我一个很甜很甜的美丽的笑容。那笑容里有她的期待、欢喜和幸福。我知道她也想到了。我跑进家里的卧室，在衣柜里找到那个盒子——我珍藏起来不让她看见的求婚戒指。她等待这样一个时刻已经很久很久了，又被老天阻挠了很久。现在，老天给我们营造了浪漫的氛围。

我拿着戒指走向她的时候，那么多精巧灵美的雪花围绕着她，落在她身上。她犹如翩翩落凡的仙女，被幸福的光晕笼罩着。在柔和的雪光中我站在她眼前，轻轻地说出了那句话：

“你愿意嫁给我吗？”

“我愿意。”

大雪吉祥，祝福我们。

故乡古人（二题）

谢志强

花在人在

张之梀升任湖广桂阳知州，张久征是副手。毕竟远离故乡，官场上是上下级，私下里亲如兄弟。两人配合默契，同舟共济，为当地百姓办了许多实事、好事。

张之梀，浙江人，顺治三年（1646年）举人。张久征，江苏人，顺治四年（1647年）举人。张之梀喜养花，一年四季，他的屋里花开不败，做官时和养花时，他判若两人。张久征好收集古董，但只收不藏，很快转手——好物件找好人家。所以他人缘极好。

有一次，张久征说起两人的闲暇爱好，说：你的无用，我的有用。张之梀突然一笑，说：你的有用，太动心思。

两人一起在桂阳为官，第三年，张久征突然调进京城。

张之梀为张久征饯行。喝了酒，张久征说：兄长，我敬佩你的魄力、魅力，可是，单凭政绩还不够。人说，朝中有人好当官。你们余姚人，历来有很多人在朝廷里做高官。我呢，缺的就是这个背景。

张之梀说：你不是已经升上去了吗？

张久征说：还记得我好不容易弄到的那件貂皮大衣吗？

可没见弟妹穿过一次呀。

卑贱之人怎么能穿高贵之衣呢？

人与物，相互依存，屋子要住，衣服要穿，物才好活。

张久征抚抚头，说：实不相瞒，我探听到皇帝宠爱的一个嫔妃喜欢貂皮大衣，我托可靠之人送去，嫔妃甚是喜欢，她得了衣，我谋了帽——官帽。

张之栤沉下脸，说：我怎么交上你这样的朋友？

张久征赴京城时，张之栤没有去送行，从此，跟张久征割断了兄弟情谊。他失望又不解，衣与帽能这样顺利交换？仕途竟能让这样的诡计得逞？

张久征坐稳了位子，来过一封信，要张之栤为了自己的仕途，入京城走动走动。张之栤看后焚了信，不予回复。

张之栤如快刀斩乱麻，干脆辞官还乡。如果说官场是江湖，那么，我就退出江湖。

张之栤回到余姚老家，十个春秋，拒绝来访，足不出户，把自家的老杂院侍弄得如一座花园。

张久征又升了一级，却不忘故交旧情，他托人顺路登门拜访，邀张之栤重出江湖，一个有才能有胆识的人闲着确实可惜。

张之栤隔着院门，从门缝里塞出一封信，权作回复，以便远道而来的人回去有个交代。

一年后，张久征陪同钦差大人巡视浙江，特地来看望张之栤，让一个亲信预先来通报，透露举荐张之栤的口风。

余姚知县胥庭清陪着张久征，来到张之栤的家，门内不应。知县说，我也吃过数回闭门羹，仅得到过一封信，是从门缝里塞出的。

张久征笑了。知县疑惑他为何发笑，本该生气呀。

不得已，知县支使擅长翻墙的差役，从里边打开了院门，心想见了张之栤再表示歉意，毕竟是冒犯。

可是，院中只有花，不见人。静得能听见蜜蜂采蜜的声音，能看见蝴蝶的飞舞。

张久征扑了个空，说：花在人在，不会走远。这位兄长，独善其身，也不该这样啊。

知县派人探察，寻找。回报张久征：张之楙翻墙回避了，后院的墙上支着一副梯子。

张久征不得不离去，临走时说：过了这么多年，兄长竟然还不接受，是我打扰他了，只好摘走他的一朵花，留个纪念。

一夜之劫

夜已深，万籁俱寂。褚三已饥寒交迫，欲起身回家。忽见大路西边有个比夜色更深的人影，步履匆匆。

此条大路，是宁波、绍兴两府之间的要道，平时，来往行人络绎不绝。时值腊月廿八，夜色笼罩，行人稀少。有两拨儿返家的客商，结伙搭伴。褚三不敢轻举妄动。

渐渐近了，借着朦胧的月光，褚三看出，那是一个背着小包裹的老人。褚三此时冲出乱冢，举起柴杈，拦在路中，大声吆喝：拿出银子，放你活路！

老人放下包裹，立在旁边。包裹落地时发出响声。

褚三抓起包裹，像拎一只鸡一样，举到眼前，掂一掂分量。发出的声响立刻让他心生喜悦，说：没白等。

老人浑身颤抖起来。

褚三解开包裹，迟疑片刻，取出两锭银子，放在掌心，托对月光，看了又看，放入怀中。他系好包裹，似乎要刻意恢复原样，递向老人。

老人挪了挪脚，没动身子，一只伸出的手又缩回去，害羞似的躲到背后。

褚三把包裹往路上一撂，说：已近年关，被迫无奈，我拿十两就够了，其余物归原主。

老人反倒后退一步，仿佛地上的包裹是个圈套。

褚三走出几十步远，回头看。老人还像一棵枯树，呆立在路中央，显然惊魂未定。褚三再走一段路，回头，老人已融入夜色里了。

褚三像刚从一个发财梦里走出，他做过多次这样的梦，怀中已焐热的银子证明了这不是梦。他刹住脚，仿佛重返梦境那样，先是疾走，后又奔跑，追了差不多有两里路，那个老人又从漫漫的夜色中浮现出来。

老人停下来，把包裹放在路上，呆呆地立着，说：要拿，你就都拿去吧。

褚三的气息几乎扑到老人的脸上，他看到老人的疑惑和惊慌，说：老伯，我跟回来，并没恶意，前边那段路，很冷僻，有树林，要是再有打劫，你的银子一定不保，还可能危及性命，我想护送你到前边的镇子。

老人说：我以为你反悔了，赶上来呢。

褚三说：我知道，我吓坏了你。

两人结伴，就有了话。谈话冲洗了夜色，似有了光亮。

褚三说他怕过年。半年前，给娘送葬，借了五两银子。三天前，张店主派人捎来口信：年底还不清本息，大年初一要封屋拆墙。他说：家里缺米少盐，哪有钱还债，走投无路，才干此勾当。他还说：这事瞒着妻子，妻子胆小。

老人也坦诚相告：慈溪彭桥人，杭州开了个药铺，此次在绍兴收账，因误了航船，只能徒步回家。他说：官府苛捐杂税，名目繁多，开个药铺，小本生意，勉强养家糊口。

褚三没透露自己家在临山的一个小村庄，说：今夜这十两银子，就算向你借了，日后一定归还。

老人说：若你要做生意，我愿再出银两相助。

褚三说：够了够了，我已惭愧了，要是大白天，我都不敢与你面对面。

两人且行且聊，竟成了忘年之交，不知不觉到了镇前。褚三说：我会去找你。

那一夜，老人第一次笑了。

褚三没告诉妻子那一夜的奇遇，只是说：借了钱，拆东墙补西墙。

还了钱，连本带息，八两银子。过了年，褚三用剩余的二两银子，在临山镇开了个杂货铺。夫妻俩勤劳节俭，和气热情，生意渐好。有一次，褚三上门送还了顾客遗落的银子，一时间传为佳话。

每年腊月廿八，褚三敞着店门，亮着红烛，畏惧噩梦，通宵无眠。妻子也不来打扰，任他静坐守烛。

第三年，腊月廿八，褚三突然提出要去慈溪彭桥村，且携妻儿同行，还叮嘱妻子包上五十两银子。

妻子只是疑惑，丈夫从未说起过那里有亲戚呀，为何还要带如此重的礼？

褚三生怕吓住了妻子，隐去了深夜打劫的劣行，只说了当年借了十两银子的事情：还债，开店。没有“昨天”，何来“今日”。他已打探到老人已告老还乡，说：人家不来要，我们必须上门还。

老人的生日恰在腊月廿八。见了老人，恍如昨日相遇。奉上三十两银子，偿还本息，二十两银子，祝贺寿诞。褚三委婉地表达了谢罪之意。

老人说：多了，多了。又说：不提，不提了。褚三仿佛终于走出了腊月廿八之夜的梦，说：没有那个夜晚，何来我的今天？老人拂手，笑着说：忘了，早忘了。

老人竟宣布褚三是他多年失散的亲戚。他吩咐家人，留褚三一家三口，盘桓几天，过完年再走。

画里千秋（二题）

袁炳发

忧　患

为了在世界华人山水画大赛中获奖，画家从喧嚣的城内来到郊区。画家借住在朋友的房子里，他要在这里完成他参赛的画作。居住条件虽然差一些，但这里安静，日光也不那么强烈，更让人满意的是他居住的木板房门前有一口池塘，里面立着很多高高的蒲草和芦苇，在微风中摇摇晃晃的，散发着一股类似于花儿而又不是花的幽香。而有限的水面上浮着一层绿色的水藻和浅黄色的蒲粉合成的颜色，看上去有些像雨后的草地密密茸茸又十分自然地铺展在夕阳下。

这些很容易让画家产生联想。

画家喜欢坐在池塘高高叠起的褐色土埂上构思，把塘里所有的意象随意地置换颠倒，把蒲草想成长矛，把芦苇想成骨感女人，有时候他也会把池塘干脆想成波浪滔天的大海，把自己的画布想成小船，他想坐一艘随时都可以倾覆的小船漫无边际地漂泊……

他需要刺激，甚至觉得关键的时候画家需要流血。他觉得一幅能够流传千古的作品背后肯定蕴含着大自然对人类的某种需求或者暗示，他需要把自己因为长期作画而麻木的神经细胞激活，他需要一种外力和灵魂对接的灵感。

可是半个月过去了，他一笔没动。他构思了很多画面，把自己的所有审美都调动出来，依然无法令自己满意。

也就是在这个时候，一只猫出现了。他当时想起了最近认识的一个女人，虽然只有一面之缘，但这个女人对他极其崇拜，并且几次通过微信向他暗示。他觉得他们有必要向前走一步。他刚拿起手机，还没等把号拨出去，外面传来一声猫叫，声音其实并不大，但他还是把手机放下了。

猫是一只少见的白猫，脏兮兮的，蹲在窗台上神情戒备地看着他。一看那样子他就知道它肯定是饿了。他向猫招了一下手，然后向屋里走去。

猫悄悄地跟在他身后，似乎对这里的环境很熟悉。画家把自己吃剩的东西放到地上。

猫吃完了东西轻轻地叫了一声，蜷卧在他的脚下，不一会儿竟然发出了均匀的鼾声。这让画家心里生出丝丝的柔情，并且不知为什么忽然想起了自己去世多年的母亲，和母亲背着他干活儿的情景。他忽然觉得自己的心里像有很多虫子在快速地蠕动，他的整个身躯都被一股巨大的漩涡拉着往下沉……

画家赶紧拿起画笔，可女人的电话打进来了，这时他才想起刚才忘记关机了。出于礼貌和对女人的好感，不接显然不合适，可接过电话之后，调整一下自己的情绪，心情又静不下来了。

他还是勉强地画了一张草图，准备慢慢修改。可这时猫醒了，不知什么时候跳到了画案上，正在认真地审视着他。

他实在看不下去了，猫的身上有很多灰尘，毛也粘连在一起。他只好打了一盆清水给猫洗澡。在白色的大瓷盆子里猫十分配合，一声接一声地叫着，向他表示着好感。

他给猫洗完澡后接着修图，在几笔关键的补充后，他觉得这幅画还是很有希望的。他长长地吐出一口气，掏出一根烟点着。猫蹲在地上看着他，轻轻地叫着，干净的皮毛泛着白煦煦的微光。他觉得心里很温暖，看猫的目光也充满柔情。猫似乎受到了鼓励，一下子跳到画案上，用嘴把画笔拱到地上。

猫被画家送到了屋外。他必须静下心来完成这幅作品。

为了防止猫的骚扰，他事先把食物放在窗台上。猫开始很听话，吃完东西隔着窗子对他叫几声，便趴下不动了。

几天以后，画家的作品就要完成了。猫不知为什么忽然不安分起来，经常对着他不停地叫唤。他只好把猫抱到屋里，让它看着自己收笔。

猫好像和艺术通缘，懂得欣赏似的，神态恭谨地看着画家喵喵地叫着。他的心情好极了，一高兴居然把猫抱起来，举到画案跟前。猫立即停止叫唤，神色十分认真地欣赏着他的作品。

他一手抱着猫一手拿着画笔，总觉得还应该在山水中植入一点儿对人类的忧患意识，那样作品才更有深度。可他冥思苦想许久，还是犹豫着迟疑着没有落笔……

这时猫从他怀里忽然跳到画案上，碰翻了墨盒，十几个墨点儿毫无规则地溅到画面上……画家大惊失色，再想补救已经来不及了。

猫似乎意识到自己闯祸了，当他回头找猫的时候，猫早已经逃之夭夭。

画家本来可以再画一幅，但距大赛截止时间显然不远了。回到城里，画家只好把这幅带着瑕疵的作品寄了出去。

两个月以后，画家接到了斩获此次山水画大赛金奖的通知。

评委给出的获奖理由是：他那些不规则的墨点儿，恰好充分地弥补了作品整体意境张力的不足，还蕴藏着模糊的不确定的对人类的忧患意识。

对于这次获奖，画家颇感意外。

翌日，画家再次出城，他要去寻找那只猫。

画　狼

那天金铭还没起床，便接到林场发小的电话，说是他们在清林的时候，抓到一只狼崽。

发小对金铭说，你不是一直想画狼吗？这只狼崽就送给你当画模吧！

金铭听此消息，连饭也没吃赶紧驱车前往林场。

林场坐落在山脉的下梢儿，在两片人工林的挟持中，一条公路逶迤通过直指林场的场部。深秋的天空十分清澈，和陆地上刚刚晕染阳光的老黄色巧妙地结合在一起，看起来既温馨又不失厚重，同时也给人一种亲近大自然的渴望。

还没等金铭下车，发小已经拎着一条鼓鼓囊囊的蛇皮袋子等在路边。金铭谢过发小，简单地询问一下，便在林场的居民区住下了。

这是一头只有不到50厘米长的未成年公狼，所有的雄性特征已经很明显，虽然四肢捆缚着绳索，但是依然狺狺地发出类似于狗的疲惫而又绝望的叫声。当它和金铭对峙的一瞬间，目光极其凶恶，金铭仿佛感受到来自大山深处成年公狼对自己的生命威胁，但金铭还是有些可怜它，甚至是心疼它。

据发小说，狼崽的母亲因为袭击清林工人而被当场击毙，这只狼崽已经成为孤儿。也就是说，一个没有母亲的孩子在未知的生命中要经历多少磨难，它显然一无所知。金铭在和它对视的时候，忽然想起了自己一生颠沛流离的遭遇，竟然不知不觉地流出了眼泪。

金铭是那种草班出身的画家，在美术界风雨兼程二十年，应该说在当地算是腕儿级的画家了。几次举办画展，电视台跟踪报道，为他赢得了很多微友粉丝的热捧。可他知道这些都是虚假的，都是镜花水月的自我安慰，要想得到国家级大咖的认可，必须有极富个性极具思想内涵的美术作品。这时候他想到了画狼。他认为优秀的画家必须有自己独立的绘画域场，像徐悲鸿画马、齐白石画虾就是如此，这是一种根植于画家灵魂深处涂鸦在纸上的神秘符号。

狼这种动物聪明智慧，具有很强的爆发力，无论在怎样的险恶环境下都能求得生存，金铭觉得这正是自强不息的个性写实。可遗憾的是他虽然在林区生活过，也曾多次见到过狼，可对狼的了解还是太少了。

他需要生活，需要对狼有进一步认识。在这样渴望一举成名的大背景下，金铭只有感动。他要做的第一件事就是把带来的新鲜兔子肉剁碎了，装在瓷盆里，倒上酱油，端到狼崽的跟前。

狼崽惨叫着，声音特别凄厉。金铭终于不忍，把捆缚狼崽前腿的绳索解开了。

狼崽看着金铭甩了几下前爪，似乎在示好，又似乎在挑战。金铭抓住这一瞬间立即开始素描。

吃完兔肉的狼崽忽然扬起前爪抓向金铭，金铭躲闪不及，手脖子上立即留下两道血红的印子。金铭有些生气地举起巴掌，可当巴掌举到半空时又缓缓地落下了。

此时，狼崽的目光居然有了温情，那种无所归依的神态就像一个无家可归的孩子，看着十分可怜。金铭顾不得疼痛，立即举起手机把这幅画面收藏起来。

接下来，金铭天天和狼崽朝夕相处，手上的抓伤一茬接着一茬，它明明知道金铭对它并没有恶意，可就是不能接受金铭。

金铭为了和狼崽增进感情，除了在饮食上特别用心，舍得花钱，晚上还让狼崽睡在他的床头，地上还铺了一层厚厚的海绵垫子。

金铭把自己画狼的作品发到公众号平台上，引发了无数微友的热议和好评，都说他画的狼形态很逼真。

一天早晨金铭正在睡觉，迷迷糊糊地忽然感觉到自己的脸上似有虫子在蠕动，他立即睁开眼睛，发现狼崽正在床头，伸出血红的舌头舔舐他的面颊。

金铭吓得一骨碌爬起来，这时候狼崽的两只后腿立起来，两只前爪接连向下弯曲，不断地向金铭作揖。

金铭真的被感动了，一下子蹿到地上双手使劲儿地环住狼头，他觉得有一股温热的情愫在内心涌动，这时候的狼崽温顺得像个孩子一样依附在画家胸前。整体的画面既亲切和谐又有那么一点儿荒诞。

狼和人的心灵应该是相通的。金铭忽然有所感悟，终于找到了画狼的秘密符号。

狼崽好像已经理解画家的需要，在金铭新一轮的绘画中故意摆出各种神态迥异的姿势让金铭选择，金铭在感动中，多次停笔去抚摸狼崽，和它做肢体上的交流。

两个月的时间很快过去，一张浸润着画家智慧和心血的《百狼图》栩栩如生地摆在画家的画案上。金铭激动不已，觉得自己扬眉吐气的时候到了，可他接连报名参加了两次全国性的大型赛事，《百狼图》都落选了。

金铭百思不得其解。

业内一位大咖在评论金铭的画作时，毫不客气地说：金铭画的狼不像狼，倒像是一条狗。

第 4 辑

点灯人

鲍　老

侯德云

一大早，我被手机铃声捅醒，迷迷瞪瞪接了。等我弄清电话那端的人是鲍老时，赶紧做热情状。

鲍老二十年前就退休了，我几乎把他给忘了，没想到他还记得我。

鲍老比我更热情，一句一句把我全家都问候到了，之后，似乎有点儿不好意思，支吾了片刻才说，那什么，你知不知道李光辉的手机号呀？

原来这才是鲍老的正题。

我说，知道啊，鲍老，我给你查哈，查完告诉你，你把电话挂了吧。

我放下手机一看，嘿，才五点刚过。

很快就查到了。我把李光辉的手机号写在一张小纸片上，然后给鲍老回话。

我对数字天生缺乏敏感性，电话号码之类，永远别想看一眼就记住。

我给鲍老回话，听见手机里说：“该用户已将手机设定为来电提醒模式。”也就是说，我什么时候能跟鲍老通上话，没个准数。

我给鲍老发了一则短信，倒头又睡。我平常都是七点后才起床的。

鲍老再无任何动静。

这是七天前的事。谁知过了三天，还是一大早，鲍老又打来电话。鲍老说，你在哪儿呢？我说在家啊。鲍老说，我去看看你好不好？

我吓了一跳，赶紧哼哼哈哈地打岔，说那什么，我怎么敢劳鲍老大驾来看我呀，改日我去看你哈，再说……

再说的意思是，这才几点啊，你真要上门，我会傻掉的，整整一天都会傻掉的。但这想法只在脑子里闪了一下，没敢说出口。

打了几声哈哈之后，我转入正题，鲍老，有事你尽管说哈，我能办的指定去办。

鲍老又有点儿不好意思，连嗓门都软了下来，说，我就是想问问李光辉的手机号。

我赶紧说，鲍老，我给你发过短信了呀。

鲍老说，短信？我不会用短信啊。

我的天，这扯不扯。

我赶紧下床，寻找那张写了手机号的纸片，却没找到。

鉴于上回的教训，我说，鲍老，我再给你查哈，一分钟后，你给我打电话。

鲍老说，几分钟？

我说，一分钟。

几分钟？

一分钟。

如此往来七个回合，我濒临绝望，改口说，两分钟。

鲍老说，好的，两分钟。

这回很顺利，两分钟后，也可能是三分钟后，我把李光辉的手机号当面汇报给鲍老。

我认识鲍老已经很多年了，那时我还不到三十岁，在一家新闻单位混饭。鲍老经常给我们写稿子。鲍老退休前在市委宣传部主抓精神文明工作，笔杆子上有些功夫。早年他就是靠着这功夫，才从乡下调进瓦城的文宣系统。

鲍老跟我们混熟了，喜欢开些玩笑。

鲍老说他刚进城那几年，整夜在灯下苦熬，熬得不行不行的。鲍老给自己编了一套顺口溜："省老婆费灯泡，掉头发尿黄尿，一宿写了个大材料，领导看了吓一跳。"说完嘎嘎大笑起来。我们也笑。

看我们笑得东倒西歪，鲍老谈兴更浓，说起他在城郊住瓦房期间的种种趣事。

趣事很多，至今我还记得的，已经寥寥，却都跟过年有关。

过年了，杀猪，炸油丸，蒸馒头，蒸豆包，做豆腐，除了这些物质层面的准备，精神层面也不能没有，比如年画、供果、香烛、福字、挂笺、对联、鞭炮，都得有。民俗嘛，跟迷信扯不上关系的。

鲍老家每年的对联，都是他自己拟词自己写。院门、家门、屋门，都贴上。都是好词儿，发家致富、幸福安康，什么什么的，用很黑的墨汁，很粗很壮地写上去，瞅着壮实，还喜庆。

鲍老家的猪圈、鸡窝、狗窝上，也都贴着对联。这些对联的内容每年都一样，从不更改。

猪圈的内容我给忘了。鸡窝没忘，狗窝也没忘。

鸡窝上贴的是：

金鸡满架蛋满窝

鸡蛋水我天天喝

横批：连下大蛋

狗窝上贴的是：

白天打盹夜不眠

忠心耿耿保家园

横批：金睛火眼

我们报社几个小编辑一次又一次笑得东倒西歪。

我笑着说，鲍主任，你这对联，不对仗啊。

鲍老不好意思地挠挠头，说，有那么个意思就行了，对不对仗不要紧。

除夕夜，家家户户都放鞭炮，主要集中在午夜前后放。一夜连双岁，五更分二年嘛，喜庆喜庆，乐和乐和，老祖宗的传统，咱不能忘是不是？

老侯至今不忘，20世纪80年代，有那么几年，老百姓放鞭炮都放疯了，改革开放，小日子越过越红火，大家心情好嘛。

鲍老放鞭炮，别有一番情趣。起初，他放的是两毛钱一百响的小红鞭，后来改成一千响的大地红。都不是一次性放完。谁家都没放，他先放，噼啪噼啪噼啪，放了前半截。后半夜，等所有人家都放完，他把后半截拿出去，噼啪噼啪噼啪，再放一通。

鲍老说，这样显得咱家放得多啊。

我当时以为鲍老说的是实话。现在不这样想了。很有可能，鲍老只是随口说说，逗我们玩儿。

两年前，鲍老为离世的老伴儿写了一篇长长的怀念文章，加上儿女写的三篇短文和全家人的几十张黑白彩色照片，自费印成一本书。

鲍老坐到老伴儿坟前，抚着书的封面，哭了很久。

哭过之后，鲍老把书投进火堆，烧给老伴儿。那天是他老伴儿的一周年祭日。

昨天岳父岳母到我家做客，饭桌上不知怎么谈起鲍老。我这才知道，为了打听李光辉的手机号，鲍老费了老大的劲，先找到我岳父，再找到我岳母，又找到我夫人，最后想到我。

那么着急找李光辉干吗？

岳母说，鲍老的外孙女，三十大几了还单着，听说李光辉的儿子也没成家，他想给撮合一下。

噢，是这样。

岳母说，其实两人几年前谈过一回，互相看着不顺眼，黄了。

我说这扯不扯，几年前看着不顺眼，现在就能顺眼？

岳母很严肃地说，那可说不定，此一时彼一时，万一现在顺眼了呢？

喜娘做媒

刘国芳

秋溪镇有个喜娘，是个热心人，喜欢帮人做媒。这天来了一个人，说："喜娘，我女儿也老大不小了，有合适的男孩吗？帮她介绍一个。"

喜娘说："刚好有一个。"

来人说："怎么样？"

喜娘说："好得很，英俊帅气，一表人才。你女儿见了他，百分之百会满意。"

来人说："那麻烦你做介绍吧。"

喜娘的女儿也在，等那人走了，女儿说："那男的我认识，哪有你说的那么好。"

喜娘说："帮人做媒，不好也要说好。"

说过，喜娘去见了男方，跟男方说："我给你介绍个女孩吧，这女孩漂亮好看，秀外慧中。这十里八村的，没有哪个能比得上。"

于是双方见面。但见面一看，男的是个拐子，女的又矮又瘦。

喜娘也不慌忙，先跟女方说："拐要什么紧，俗话说'拐子拐，一肚的拐'。你看咱们这一带，哪个拐子不能干？"

又跟男方说："女孩子矮一点儿要什么紧，矮子矮，一肚的崽。"

喜娘的女儿没事，也跟着来看人，听母亲这么一说，笑了。

喜娘见了，跟问女儿说："你笑什么，难道我说错了吗？"

女儿说："你没说错，但我不能笑吗？"

喜娘不睬女儿，继续说：“一个人不怕拐，不怕矮，只要不呆不傻，就会来事。再说，你们一个有点儿拐，一个有点儿矮，正好般配呀。”

双方居然认可了这话。不久，他们结婚了。

这天又有人来找喜娘，也说：“我有个女儿还没找对象，有合适的，帮她介绍一个。

喜娘说：“有一个。”

来人说：“怎么样？”

喜娘的女儿在旁边，接嘴说：“好得很，英俊帅气，一表人才。”

喜娘说：“我女儿说得不错，真的是英俊帅气，一表人才。你女儿见了他，百分之百会满意。”

来人说：“那麻烦你做个介绍吧。”

喜娘又去见了男方，跟男方说：“我给你介绍个女孩吧，这女孩漂亮好看，秀外慧中。这十里八村，没有哪个能比得上的。”

于是见面。但见面一看，男的矮，女的胖。

喜娘也不慌忙，先跟女方说：“矮要什么紧，矮人都精明能干。你看电视里，矮人多能干。”

又跟男方说：“胖一点儿要什么紧，胖人有福。你娶了她，包你大福大贵。”

双方也都认可了她的话。不久，他们结婚了。

那几年，喜娘做媒成功了好多对，但自己的女儿二十多岁了，却一直没找对象。这天，喜娘跟女儿说：“你也老大不小了，该找一个了。”

女儿说：“还没见到合适的。”

喜娘说：“我帮你介绍一个吧？”

女儿说：“英俊帅气，一表人才，是吗？”

喜娘点头。

女儿说：“你嘴里的英俊帅气，一表人才，我才看不上哩。”

过了许久，喜娘又跟女儿说：“我又认识一个男孩。”

女儿说："也是个英俊帅气、一表人才的男孩吧？"

喜娘说："这个还真的是这样。"

女儿说："我不要。"

喜娘说："去见一下吧！"

女儿说："不去。"

喜娘无可奈何。

不久，女儿忽然跟喜娘说："我有男朋友了。"

喜娘大喜，跟女儿说："好呀，哪天带回来让我看看。"

女儿说："好，会带回来的。"

这天，女儿就把男朋友带来了。喜娘见了男孩，打招呼说："是德明呀。"

女儿看着母亲说："你们认识？"

喜娘说："认识，我本来就是要把他介绍给你呀。"

胖人的荒野

陈　毓

我这个朋友自比胖人。她自言身懒，在桑拿天的 7 月，更是一动弹一身水，索性除了必须做的那一点点事，最喜蜷卧竹榻，手持闲书，享受电扇送来的微风。胖人不喜空调，喜电扇，说电扇送出的风才有山林草木的气息，让人虽处水泥高楼，却有置身旷野的舒畅。

虽说胖人身喜静，但脑子却极勤快，比如胖人此刻就在琢磨，是什么限制了人之外其他动物的快速进化？为什么动物都不能强大到足以和人类抗衡？猴子若是懂得扛起木棍，会瞄准人类的脑袋吗？狼和人的故事里，狼叼住人的衣袖却最终放弃了，不是狼力气不够大，而是狼被那个大喊救命、生拉硬扯住大树不松手的动物完全搞蒙了，这种情景类似贵州山林中那只老虎和那头驴子初遇时的情景。

胖人还担心地球上的人越来越多，多到需靠火拼求生存的那一天。胖人心操得远，胖人因此孤独，孤独的胖人自言自语：或许没事，或许某一天，一块太空陨石直冲地球，砰的一击，地球上的生命全部终止，新生命缓慢轮回。胖人腹诽这些的时候，电视里正在播放现代战争的场面，胖人换台，却看见地球冰冻，这回倒也来得干净，白茫茫的大地一片真寂静。

胖人也观照个体身心，埋怨我们：你们都爱旅行，以为那才是享乐人生，真是笑话，到处都是人造景观，不知道你们热衷个什么。

胖人眼见着听话的人分心，赶紧给予希望：闹市中也有微风，也有清凉，得看你怀的什么心情。胖人继续诱导：当个看客很美妙，而且我自觉是相当棒的看客，我反对语言暴力，却爱慕骨髓里的深刻。待你发现胖人的自信自负，她却忽然叹息——

你看我，每天下班回家，把电视从头到尾反复翻看，躺过十二点，从沙发挪到床上。我买那么多书，福克纳、帕慕克、扬·马特尔、苏珊·桑塔格、库切、本尼迪克特、梅·萨藤、雷蒙德·卡佛……书已堆到天花板，不知哪天才能读完，新书又来了。我睡不着啊，时间在我这里就像无涯的荒野。按说恋爱最易消磨时光，但问题是，我和谁恋爱？我最后只好自恋，我说自恋的人是因为没人恋，信不信由你。

胖人并不等我回答信还是不信，继续诉说：就说男人吧，我总会看到他鼻孔外一厘米处的鼻毛，这真悲哀……

胖人的话让我一惊。

嘿，今天晚报上的新闻你看到了吧？还是胖人在问。

自从认识胖人，我不读报也不担心世界发生了大事而独留我在无知的暗处。胖人批评看到的新闻，你看人类，把土地污染了，把河流污染了，让食物有农残了，却仍在贼喊抓贼。

他们的歪点子咋那么多呢，竟然追求起了“奶瓶女”，你知道“奶瓶女”吗？

我一边飞快移动手指回复胖人，一边按动一扇大门的门铃。

是的，我按的正是胖人的门铃。胖人是个离婚五年的单身女子，她离婚，是因为她那个超有钱的老公让一个“奶瓶女”的肚子大了。可怜“奶瓶女”的大肚子里有了三胞胎男孩……胖人忍无可忍，又十分不忍，于是主动搬出了那幢豪宅。

现在，我来敲胖人的门，我要和她谈恋爱，她说恋爱最消磨时间，可见这是个会恋爱的主儿。

而且我敏感地捕捉到她喜欢我这个三十三岁的男人，这是我们长达一年的网聊里她传递给我的信息，我自知符合她的审美观，我们言语往来，从第一天到此刻，都是如此投机。

现在啊，我要把她从困顿中解放出来，如果我运气好，博得了胖人的芳心，我也将获得胖人以及胖人的梅·萨藤、库切们……和这些人为伍，我十分开心。

当然，在这以前，我没忘记打理我的鼻孔，我想胖人不管如何细心，她也只能看见一个干净如南极天空的鼻腔。

我还知道，自命胖人的胖人其实身材窈窕，姿态娇媚，我们是在实名婚恋网站认识的，谁长啥样有十张个人生活照为证。

点灯人

蔡　楠

你看到村边那个大坑了吗？我爹就是跳进那个大坑淹死了自己。

我叫乜树长，打一生下来就患有一种怪病。不但我有，我弟树根也有。就是一双手的手指粘连在一起，手指间长着一层厚厚的膜，乍一看，就像两只小鸭掌，人们都叫我们鸭掌男孩。父母带着我们四处求医，做手部矫正手术。医生说，这种手术要一直持续到成年后骨骼停止发育。

为给我们治病，我家卖粮食的钱花光了，我爹就去找亲戚借钱。爹还在借钱路上，我爷爷突发脑出血，来不及上医院人就不行了。爷爷出殡那天，奶奶给爷爷烧纸。她不在爷爷的灵前烧，她在屋里烧，她点着了被子和房子，然后大笑，之后又大哭……

我妈说，你奶奶怎么会这样呢？她真是疯了。

我家的房子烧了，爷爷也在火葬场烧了。我爹就被烧得没了魂儿。他整天围着房子转，转够了，就去村外转，再转够了，就觉得那个大坑是房子，就觉得那大坑里的水是床，是被子。我爹一想到床和被子，他就困了，就累了，他就在明亮的月光下跳进了大坑，睡去了……

爹睡去了，娘却睡不着了。她整日整夜地发呆。有时候拉过我和树根来，摸我俩鸭掌一样的手，又把我们的手摊在她的面前，之后，她就用食指和中指比画成剪刀，嘴里咔咔地嚷着，就剪我俩的鸭掌。咔咔完了，剪刀还是她的手指，鸭掌还是我们的鸭掌。娘就对着我俩痴痴地笑，笑过，又大哭！

哥，娘怎么会是这样呢？树根哆嗦着问我。

我想起了奶奶，想起了娘说奶奶的话。我就对树根说，咱娘可能也疯了。

说这话的时候，我就把家里的火柴打火机都藏起来了。

为了活下去，我的亲人们把我们一家四个病人分开了：娘和树根由外公外婆照顾，我和奶奶去了姑姑家。

听人说，每个人头上都有一盏灯。灯亮着，人就活着，灯灭了，人就死了。我爷爷和我爹头上那盏灯已经灭了，可我头上那盏灯呢？我奶奶、我娘、树根头上那盏灯呢？没灭，但我怎么看不见它们亮着呢？

直到我在姑姑家遇到王红心妈妈，我才知道，我头上那盏灯是需要点燃的。而红心妈妈就是那点灯的人。

那时候我还叫她红心阿姨。从大家的嘴里，我知道她是位人民警察。工作之余，多年致力于志愿服务，事迹都上了报纸电视。可我知道这些离我很远，何况我不愿意让一名漂亮的女警察看到我的鸭掌。当她来到姑姑家找我时，我逃了。

我逃回了自己的家。

红心阿姨追来了。我知道她是举着火把追来的，不管我逃到哪里去，她的火把都会指引着她追到我。

那时候，外公和外婆回了他们家，我正想给我娘和树根做点儿饭吃。柴火是湿的，锅是锈的，做什么吃呢？我掰着鸭掌犯了愁。

这时候，村干部领着红心阿姨进屋了。我躲到了被奶奶放火烧过的门后面，但还是被红心阿姨拽了出来。

红心阿姨的手是神奇的手。她的手带来了衣服、书本还有吃的。她说，孩子，先吃个驴肉火烧吧！

我伸出了鸭掌。我接过驴肉火烧，去送给我娘和树根时，却发现他们手里已经有了。

我们一家吃着驴肉火烧，红心阿姨收拾着屋子。我们吃饱了，屋子也被她收拾齐整了。她拿过一件毛衣，给我穿上，我却把目光投到了她带来的书上。我不认识别的，我知道里面有一套是《小猪佩奇》。我用鸭掌夹过一本《小猪佩奇》，红心阿姨却叹了口气，你是该上学了，可眼下，你们最需要的是治手！

就在那个冬天，我穿着红心阿姨给我买的新毛衣，和我的弟弟树根又一次住院了，是红心阿姨联系的大医院，在市里。有骨科专家为我们做手术。

术后，我俩粘连的手指竟然被分开了。

当我们被推出手术室时，我看到提着饭盒走上前来的红心阿姨。我举起缠着绷带的双手说，红心阿姨，我能不能叫您红心……妈妈？

能！孩子，以后我就是你俩的妈妈——

我看到，红心妈妈的脸就变成了我娘的脸。

妈妈，手术费……手术费，还没交呢！树根比我小，但这小脑袋瓜考虑问题倒比我多。

红心妈妈笑了，报纸登了你们的消息，社会各界有一部分捐款，医院里也减免了一部分费用。别担心，孩子们，你们安心养病吧。

后来我才知道，红心妈妈把她被评为省级先进工作者的奖金也捐给了我们。

那时候，我觉得我头上的那盏灯亮了。树根的那盏灯也亮了。

一个月后，我娘头上那盏灯也被点亮了。在红心妈妈的帮助下，一家精神病康复医院免费给我娘开始治疗。

灯亮了，新的人生就会开启。出院以后不久，红心妈妈和她的爱心服务队，把我和树根接了过去，我们被安排在市里的学校读书了。学校不仅给我们免除了一切学杂费，还成立“一分钱爱心基金”。每天，600 多名师生每人都为我们哥俩捐出一分钱。

现在，多年过去了，我已经在这家学校读完了初中。

今年中考前夕，我迎来了 16 岁的生日。

红心妈妈带着她爱心服务队的叔叔阿姨们来给我过生日。她将一张银行卡递到了我的手里，树长，这里面有 19753 元钱，是从我 2010 年认识你和树根之后，众多好心人给你们捐的，有的连名字也没留下。这些钱我一直给你存着，今天给你办了张银行卡，密码就是你的生日。

那天，我拥抱了红心妈妈，我含泪许愿：红心妈妈点燃了我头上的灯，我将来也要做一个点灯人，让世界上所有的人都生活在光明里。

马语者

申 平

那匹黑马，已经闯入他的梦境好几回了。黑马瞪着一双愤怒的眼睛，前蹄刨地，嘴巴嚅动，好像在对他说着什么。可是他一句都听不清，也听不懂。他非常奇怪，这匹马是从哪里来的，曾经跟他有过什么恩怨。他半生养马无数，但是对这匹黑马却一点儿印象也没有。

他隐约觉得，这不是什么好兆头。

果然，他接到了侄儿的电话，说今天拍马场出事了，马群“炸群”了。平日那些温顺的马儿，忽然变得狂躁不安，也不知道是哪匹马带头嘶鸣一声，马群立刻就像接到命令似的，开始向四面八方奔突逃窜。这倒不怕，山谷四周都有围栏呢。可怕的是它们竟然疯狂地冲向那些“拍客”，撞倒的撞倒，踢伤的踢伤，现场一片混乱。

黑马！

他的脑子里立刻打了个闪念，把这事和梦里的黑马联系在了一起。他一边开车往拍马场赶，一边在分析判断，难道这匹黑马是神马，是特意前来提醒我什么的？

出了城，走了高速又走乡道，一路上都可以看见他为拍马场做的广告。他为拍马场付出的心血和成本，由此可见一斑。眼看“拍马事业”蒸蒸日上，他终于可以回到城里遥控指挥了，怎么会突然出现这样的事故呢！

前面的山谷，就是他花重金打造的新景区拍马场了。景区围绕“拍马”这一中心，兼营骑马体验、马术表演等许多服务项目，平日里人气很旺，今天却冷冷清清。他不由得着急起来。

侄儿正在景区门口等他，他下了车，开口就说：黑马！咱的马群里有多少匹黑马？

侄儿瞪着眼看着他，好像还没反应过来：黑马，黑马咋了？

肯定是黑马带头作乱！他说，走，带我去看看马群！

二人走进山谷，直往山的最里面走。那里，就是养马的地方。路上他们经过拍客平台，他不由站住，详细询问出事的情况。

“拍马”，是他一手创办的新兴行业，就是把越来越没什么用处的马匹收集起来，放养在这山谷里，专门供摄影爱好者拍照。不是那种一人一骑摆姿势拍照，而是要营造万马奔腾的场面。每天，都有各地的拍客来到这里，买票入场，等时间一到，上百匹马儿就在马倌儿的驱赶下，居高临下从山谷里冲出来，声若巨雷，气势宏大，令人震撼。马群还会冲过一片水域，马蹄下水花四溅，那些拍客要的就是这种效果，门票再贵也要来拍这种场面。

现在他们走进了马群，开始审查黑马。黑马有十几匹，他一匹匹地看，希望能有一匹和梦境里一样的黑马，但是没有。他最后对侄儿下令：把这些黑马都处理了吧。

处理掉黑马以后，马群还真的平静了几天。但是这天夜里，那匹黑马又重回他的梦境。这一回，黑马显得更加愤怒，前蹄刨地迸出了火花，眼睛里充满讥讽，身上的颜色也开始不断变化，一会黑，一会红，一会花。紧接着，就如放电影一般，他的梦里又出现了许多马匹，一会儿是声势浩大的战争场面，无数战马载着战士们冲锋陷阵；一会儿又出现了农村的场景，马儿在卖力地拉车犁田……最后竟然出现了他的拍马场，拍客们在排队买票，然后他们举着相机、手机，追逐着马群拍啊拍。黑马嘴巴嚅动，好像在斥责他，但是他还是一句没听懂。

早上醒来，他感到头痛欲裂，忽然意识到大事不好，急忙命令侄儿，今天不要开放拍马场了。可是侄儿却说：票已经卖出去了，如果停业，要赔很多钱的。最后，他还是被金钱打败了。

这一天，他亲眼看到了马群“炸群”的情景：随着一声巨大的嘶吼声响起，一匹匹马儿突然变成了一支支利箭，纷纷射向四面八方。更有几十匹矫健的马儿，扬鬃奋蹄，山呼海啸般朝着拍客冲来，那些拍客一时间连跌带爬，喊爹叫娘，屁滚尿流……

这天，他惶恐不安地处理完“后事”，很晚才睡，刚一闭眼，就看见那匹黑马又来了。这一次，它的鬃毛都竖起来了。他慌忙俯身下拜，连连道歉，大声说道：马神啊，我知道你是马神，求你放过我的拍马场吧！不错，我确实在依靠马群赚钱，可是我对马群也不错啊！再说我的本钱还没收回来啊！他看见黑马高昂着头颅，居高临下轻蔑地看着他。后来黑马又开口说话了，这一次他竟然听懂了，只听黑马说道：你们人类，真的是太自私、太贪婪了！你们想尽花招，究竟想把我们马族压榨到什么时候为止呢？

他打了个激灵，突然醒了。恍然间，他好像明白了什么，又好像什么也没有明白。第二天，他咬牙做出决定：关闭拍马场，还马儿自由。

大妞的红灯笼

非　鱼

过年前，大妞就开始惦记她正月十五的灯笼了。

先从大姑父画的窗花说起。

大姑父人长得不太周正，身体瘦小，走路一步一趔趄，没多少力气，地里的活儿做不好，但他手巧，会在纸上画窗花，在布上画门帘。一进入腊月，大妞就喜欢去大姑家，一脸崇拜地看着大姑父画画。

一张八仙桌摆在屋中央，摆满了小碟子、小碗，里面盛着各色颜料。大姑父告诉大妞，这是胭脂红、桃红、洋黄、绛色，那是翠绿、洋蓝、纯黑。大妞喜欢帮大姑父打下手，把裁好的白粉连纸条叠成方方正正一块，压出印儿，再展开。大姑父嘴里叼一根毛笔，手里再握一根，毛笔先在水里蘸一下，再在小碟子里蘸一下，落到纸上一点一拧，一片花瓣或是一只小鸟头就出现了。一条花花绿绿的窗花画好了，大妞负责拿到一边摆放整齐晾干，等大姑父拿到集市上去卖。

大姑父画一天，大妞紧跟着忙活一天。有时候，趁大姑父吃饭，她会偷偷拿起笔，在剩下的小纸条上乱画。大姑父看见，笑呵呵地说她："不是这样画的，我来教你点梅花，画棵草。"

其实，大妞的目的并不在学画，她是想要窗花。大姑父赶集回来，卖剩的窗花挑出好的，下一个集再卖，那些一般的就送给大妞："喏，拿回去玩儿。"

大妞怎么舍得玩儿？那么漂亮的花草小鸟，她可舍不得。

拿回观头村的窗花，一些被娘挑出来糊了窗户和风门，剩下的，大妞又分出优劣，按照和自己关系的好坏，一人一张分给她的手下喽啰，以赢得对他们的领导。眼看着就快过年了，大妞压在炕席下的窗花没剩下几张了，她就又去找大姑父，得攒够正月十五要用的。

吃了“破五”的饺子，年就算过完了，大妞开始操心她的灯笼了。她天天催，小和尚念经一样。娘翻出旧的竹门帘，把竹篾剪成一拃长的小段，用白线牢牢扎紧，扎出一个小兔子、小鸭子或多面体的框架，用大妞攒下的窗花糊了，再涂上颜料打扮一下，一盏漂亮的小灯笼就成了。

当然，大妞的灯笼一个可不够，她得要仨，从十四到十六，一晚上一个。她太费灯笼了。

娘有时候会让她去找大姑父要点儿颜料。过完年，大姑父就闲了。他问大妞：“要颜料干吗？”大妞说：“做灯笼啊！”

大姑父说：“我给你做荷花灯。”

大姑父把白粉连纸裁成长方形，拿出小碟子，倒点儿水和桃红颜料，再用小刷子由深到浅刷了，刷完晾干，一张一张叠起来，裹在酒瓶上，再拿结实的线均匀地一圈圈缠了，用手把纸从上到下使劲儿拉下来压实，解开线，一片一片的瓦楞纸就做好了。

大姑父手蘸糨糊，在深桃红的一端一拧，一片粉嫩翘起的荷花瓣做好了。十几个花瓣做好后，一片叠一片糊在灯笼骨上，成了一盏漂亮的荷花灯。

大妞拎着大姑父做好的荷花灯，一路走着晃着回去了。

迫不及待地等到正月十四，天还没黑透，大妞就催娘赶紧准备萝卜灯，那是送往大门口和路口，给逝去的亲人照路的。大妞要负责把那些萝卜灯送完，才能打着自己的灯笼出去显摆。

大妞十四晚上就要打着大姑父做的那盏最漂亮的荷花灯出去。一出院门，看见后沟的美婷嫂领着一群孩子去转老椿树，大妞赶紧追过去，跟在队伍后面，听美婷嫂嘴里念念有词：“转转，转椿树，顺三匝，倒三匝……”后面的她也听不清楚，反正跟着队伍转就是。

转完，才开始夜晚的重头戏。打着各种形状灯笼的孩子们都集中在场院上，小小的场院被一团一团红点燃，被孩子们的喧闹点燃，比过年还热闹。他们互相比，谁家的灯笼好看，谁家的难看。被说难看的孩子脸上挂不住，故意来回晃着灯笼，把小蜡烛晃倒，灯笼烧着，只剩个灯笼底和铁丝，挑着回家了。

大妞仗着大姑父做的荷花灯又大又漂亮，大呼小叫，满场院地跑。看见谁的蜡烛快倒了，她就故意去撞一下，把人家的灯笼烧着。那个孩子哭了，她跑了。当然，她也会遭到一些男孩子的围攻。大家故意去吹她的蜡烛，拿灯笼底去撞她的灯。到夜深回家时，她拎回去的，也只剩一根小木棍下的铁丝和一块木头。娘说："这女子也不知道随了谁，疯得没边儿没沿儿。"

好不容易熬到正月十六晚上，大妞手里还拎着一只娘做的兔子灯，好多小孩子的灯笼已经烧光了，没有灯笼可打，只能端一块白萝卜灯充数。

她突然听见美婷嫂在喊："杜家沟有戏，谁去看戏？看戏的跟我走了。"

看戏这么热闹的事怎么能少了大妞，她冲美婷嫂大喊："等等我，我也去！"又惦记着手里的灯笼要送回家。灯笼照路，只能看见眼前，原本熟悉的路，大妞着急，一路小跑，从别人家的崖头上跑下去，一下子掉进邻居的地坑院里了。

据邻居说，正在窑里，听见扑通一声响，出来一看，先看见灯笼着火，接着看见大妞在地上踢着脚大哭小叫的；还没问清楚咋回事，她就爬起来往院外跑，一边跑一边大哭。

后来，娘问大妞："哭啥？"她说："哭我的灯笼烧着了，哭怕跟不上看戏了。"娘又问："那掉进别人院里你不疼？"大妞说："疼，顾不上。"

他们没有看见过

赵 新

这是一个很真实的故事。这个故事拿到今天来讲，好像有些过时了。

又觉得它没有过时，还是说出来好，必须要说。

那一年沟里村 58 岁的老茂大叔盖好新房以后，又从城里买了一台尺寸大、收视效果好的名牌彩电，日子过得既红火又热闹，既舒坦又踏实。可是高兴了不到两个月，新的麻烦就来了，在忍无可忍的情况下，老茂大叔脸红脖子粗地和女人吵了好几次，心里非常不痛快。

吵到高潮时还摔筷子摔碗，噼里啪啦地砸家伙。

女人还声泪俱下地说："离婚，坚决离婚，谁不离婚谁是老狗！"

全都是为了那台新买回来的电视机，全都是为了个人喜欢看的电视节目。

老茂大叔的女人叫桂姐，桂姐比老茂小了 8 岁。这个女人很有天赋，嫁给老茂前和嫁给老茂后都是村剧团的台柱子。她扮相好看，嗓门儿洪亮，演谁像谁，唱啥是啥，只要戏瘾一上来，不吃不喝不睡觉，也能在舞台上连续表演，嗓门儿照样好听，动作照样好看。有人说她曾经在县剧团演过大戏，她很谦虚地摆摆手说："没有没有可没有，我这两下子二五眼，哪会有那样的福气。"

因了这个爱好和特长，彩电买回来，桂姐最喜欢看电视上的文艺节目，比如京剧、评剧、黄梅戏，比如豫剧、晋剧、河北梆子，比如歌舞、小品、二人转，比如魔术和杂技。有时候看得手舞足蹈，有时候看得如痴如醉，有时候看得声泪俱下，有时候看得忘乎所以，甚至忘了自己。

老茂大叔不懂戏曲艺术，不喜欢演员们在舞台上扭扭捏捏装腔作势。他上高中时是学校篮球队的主力队员，他就爱看体育节目，什么篮球足球乒乓球，什么长跑短跑跳马跳高，什么游泳跳水花样滑冰，什么单杠双杠自由体操。他认为运动员们那都是真本事，那都是真功夫，人家为国出力为国争光嘛，拿了冠军当然值得尊敬，当然值得骄傲！

一个戏迷一个球迷，双双对对聚在一起，住到一家了。

所以就有了那些麻烦，有了那些争吵：吵的时候吵得很凶，吵得势不两立；吵过以后又家长里短，说说笑笑，你好我好。

这天晚上吃饭的时候，老茂大叔又给女人盛饭又给女人夹菜，前前后后都很殷勤，盛汤端水都很周到细致。他笑皱了一张脸，悄悄地和颜悦色地说："我说桂姐啊，你宰相肚里能撑船，你就让我一马，今天晚上有场体育比赛，是女排姑娘们的精彩表演，现场直播！"

女人不动声色，还在慢条斯理地吃饭、喝汤、剔牙。

他说："老伴儿，中国女排所向披靡，气壮山河，肯定能赢。她们斗志昂扬，不畏强敌，长我志气，让我骄傲……"

女人说："老茂，对不起，我也告诉你，今天晚上有场戏曲晚会，上场的全是名家名角。他们的唱腔如同行云流水，动作好像下凡嫦娥……"

他赶紧让步："那好那好，那咱们两个一人一半儿，你看一会儿，我看一会儿；你看你的晚会，我看我的球赛；你先看半个小时，我马上接着……"

女人说："哎呀老茂，一个男人家你什么时候学会讨价还价，与我平分秋色了？咱们家里我是一号我当家，不用别人指手画脚！"

想了想他还是让步了。在他们这个家，女人是一号。

背过身来，他心疼得掉了两眼泪水，过去好几天啦，都好像丢了什么。

还有一次是看田径比赛，运动员们跑百米。从头到尾跑下来，那才能用多长时间呀，那是多么激动人心、多么让人热血沸腾的场面呀，可是女人坐在那里就是不动弹，把持着电视上的戏曲节目舍不得换台，他也只好作罢，只好里走外转地哎呀几声感叹几声而已。

能打吗？能骂吗？老夫老妻了，情深意厚了。

那就让她一步，等待她的觉悟和转变吧。

忽一夜，桂姐要看电视时，桌面上没有了那台阔大屏幕的电视机，屋子里也没了那个对她关爱有加的老汉赵老茂。女人很着急，在院里喊了几声“他爹他爹”，没人答应；在街里喊了几声“老茂老茂”，也没人答应。女人沉不住气了，想到老汉的恩爱和诸多好处，眼里扑簌簌地掉下泪来。

有人告诉她，老茂大叔从街里一直往东去了，怀里好像抱着一件什么东西。

这是阳春三月，天气很好，月色很好。沿着弥漫着桃杏花香的街道，女人走到村外，看见了跪在父母坟头的老头子。供桌上没摆任何供品，只有那台牌子叫得很响亮又很好看的电视机。

女人的心猛地疼了一阵，柔声叫道：“他爹！”

老汉大吃一惊，回过头来：“哎呀，是你？”

女人说：“怎么，我就不能来吗？”

老汉说：“你是我老伴儿，当然能来。就是有些突然，太突然了！”

女人不服，提高嗓门儿反驳：“老头子，你才突然呢，你才太突然呢。你怎么突然跑到坟上来了，害得我到处找你！”

老汉说：“老太太，实话告诉你，我昨天晚上做了一个梦，又梦见爹了，又梦见娘了。爹和娘都问我：‘小子，什么叫电视机呀，你能搬过来，让我们老两口开开眼，仔仔细细端端正正看看吗？’听了爹娘的话，我就把电视机搬了来，请二位老人好好看一看，好好瞧一瞧！”

他又补充说：“爹和娘命苦，走得太早，咱们村里又是深山老峪，电视机嘛，他们真的没有看见过。”

女人伸手拉起老汉来，声泪俱下地说：“老头子，别说了，我明白了，明白了！”

寻找母生树

符浩勇

他被空姐委婉动听的广播声惊醒，飞机正在向琼州海峡南岸俯冲，机舱里开始骚动起来，他下意识地去摸摸裤袋，却什么也没有摸到，于是又摸遍身上所有的口袋，仍是一无所获，手机哪里去了？难道真的丢失了？他第一反应是急忙从机舱行李架拿下背包，打开翻找起来。他翻检了好多次，包里没有任何发现，还是细细地又翻了一遍，仿佛翻检本身就能给他带来一些安慰。他又想，手机或许是放在行李箱里托运了，他并没有拿或带手机登机的记忆，所以他确信手机不至于在飞机上被盗。

五天前他因公派参加了一次保密工作会议。今天是归程。本来他可以等到明天才回来的，但机票只有下午的。今晚九点是最后一个航班，他决定提前返程。因为是临时决定，下午会议一结束，他顾不上吃晚餐，就急忙收拾行李，匆匆告别师友，便乘上网约车前往机场，穿越长长的队阵，办理托运和登机手续，过了安检，就直接到登机口登机。在机舱找到座位坐下，就顿感疲惫袭来，像要累垮骨架。他闭上眼睛前，对陌生的邻座说，机上用餐时让空姐别打扰他，他想享用旅途三小时多的睡觉时间。如今一觉醒来，飞机已靠近终点，他的手机却不翼而飞。

他脑海里迅速回想起与手机最后接触的记忆。这次他参加的是保密工作会议，议程除了安排一个上午领导做报告提要求，其他时间均安排讨论，与会期间都不准带手机，要么关机放到住处或放置会议室外屏蔽设备里。与会者总是等到散会时才能拿到手机，很多人都收到单位或家人的未接电话，而他却不多。是两天前还是三天前了，他刚开完会，有一个陌生的却是海岛区号的固定电话打了进来。他按下接听键，是一个年纪不小的女声。

能帮我个忙吗？女人说，仿佛风吹过沙子的沙沙声。他问，有什么事吗？那女的好像迟疑了一下，低声说，我迷路了。他愣了一下，还是问了一下对方的位置。女人说，我不知道，若是知道就不麻烦你了。他有点儿气闷，说那你在哪个区，旁边有什么高的建筑？女人无声。他又说，路牌呢？女人明显焦躁了，说我不知道啊，我找不到路牌，我手机和钱包都丢了，我就在这儿等你！他有些恼了，说什么都不知道，那你让我怎么找？！手机里传来女人的喘息声，说，我在一家烟杂店，店前有一棵母生树，很远你就能看到！他不禁又好气又好笑。女人忽然又说，那就算是我拨错了吧。他听得出女人声音里的失望。那你，还来不来？女人怯生生地说。女人说打错了电话，看来是脑子有些问题。他挂下电话，脑海里却浮现出另一个画面，那是他老家村口一棵粗壮葳蕤的母生树。

他下了飞机，拿到行李箱，把箱里搜罗了一遍，没有；又习惯地摸了摸背包，没有；又摸了一遍裤兜，确实没有。他再一次在心里确认丢手机的事实。来接他的朋友说，我帮你拨一下手机吧。他把自己的手机号码说了一遍，朋友终于拨过去了，他的手机竟然正在通话中。朋友按掉后，又拨了一次，这次，干脆关机。他反倒有些平静了，说掉在外地陌生地还好，一个手机也不值多少钱，但里面的信息太重要了。

瞬间，他忽然想到那个打电话给自己的女人，他竟然把她扔在了一个陌生的地方：夜色四垂，渐渐笼罩了几间疏疏落落的房子，一家低矮的烟杂店前，一棵粗壮的母生树下，一个女人在等待中心急火燎。他想给那女人打个电话，却发现忘记了那个座机号码。他开始有些理解那个女人了。她虽然没说出名字，但显然是认识他的，且把他当成了可以托付的人。是他忘记了她，从而让她失落，不愿说出自己的名字。他竟然忘记了一个如此看重自己的人。他心里烦乱得厉害。

夜里，他翻覆在床上，那个忘记的座机号码忽然从记忆里浮了上来。他连忙按下新买的手机拨了过去。电话拨通了，传来一个沙哑的男声，你找谁？他愣住了，他根本不知道找谁！迟疑道，我找个女人。对方不耐烦起来，你谁啊？他说，你那是不是一家烟杂店？门前是不是有一棵母生树？三天前有个女人在你那里给我打过电话，她还在吗？对方很警惕，说，你什么意思？没这人！说完挂了电话。

夜深了，他杂乱无章地做了一夜梦，梦见了给他打电话的那女人。那女人站在一棵母生树下，她还在等他。他赶到时，突然，母生树倒下了，地上枝叶狼藉。他发疯似的扒开枝叶，没有找到女人，却找到了自己丢失的手机。

次日一早，他匆匆踏上回乡的班车，一路上，他靠窗望出去，公路两边的高楼渐渐少了，树木倒是多起来了。路边有绿的夹竹桃，还有红的美人蕉……等他醒来时，车子就快进村了，村前有一大片农田。田里是快要收割的稻子，乡亲们三三两两地正忙着收割，偶尔会惊起一些飞鸟，迅速散落在蔚蓝的天边。他抬头望向那些飞鸟，它们忽然之间坠落，斜刺坠入一棵枝叶繁茂的母生树上。

哦，那就是村口的母生树！他不由自主飞跑起来，远远地，就看到了仿佛早已熟稔的村子。

天长地久

安石榴

他们是一对夫妻，结婚五十多年的一对老夫妻。往往，他们都能把自己吓一跳，怎么会在一起五十多年呢？天哪，这么多年！

她是什么时候懂得长久的亲密关系的呢？就是说，懂得这样一种关系是十分重要的呢？这个问题她确实想过，她觉得没有一件大事，比如地震、洪水、癌症、破产或巨大的成功，这些足够让人看透人生的大事件。这样的事情在他们之间从来没有发生过。平凡夫妻百事哀，这才是真相，他们的日子一路过下来总是磕磕绊绊的，困难重重，麻烦不断，但也没有到某种困难的极限，远远没有，说到底他们遇到的也都是平常事。

当然，这是她现在的想法，年轻的时候——那是相当长的一段时间，简直就是好多年，他们的日子大部分都是针尖儿对麦芒的，比如儿子生病了，怎么治病，两个人最需要团结一致的时候，也会闹分歧闹到他放弃了——居然可以做到放弃了，就是不管不问了，所有麻烦都推给她。这种事多了，这件事只不过是一件中档的事儿吧，比这大的也有。她认为他亏欠她，无论如何是亏欠她的。但还是把日子过下来了，至于这是为什么她也没有仔细想过，她的确想自己的时候少，非常少，她就是这种人。真的是这样，她不是个精明的人，甚至都不能说是个聪明的人，她知道这个，倒也并不把自己看得过低，因为她真心不认为这是什么缺陷。

她是什么时候开始了解他的呢，那种真正的了解？她也没有记得很清楚。

她就是了解了他，也还是觉得他亏欠她。直到了解了自己——她是什么时候开始了解自己的呢？她也不记得了，也没有什么标志性事件，慢慢发生的吧？这是一件缓慢发生的事情，她开始了解自己，然后全明白了，天空都越来越蓝、越来越美那种。于是，她把一切都归零了，仿佛他们之间什么麻烦都没有发生过，当然那是不可能的，但她非常理性地、智慧地抛弃了他们之间那些叫作恩恩怨怨的累赘，他们两个的日子就过得非常轻松、非常美妙了。

人们总以为夫妻之间的事儿是双方的，实际上并不绝对，常常是，一个人也可以改善两个人的关系。没错，是改善，而不是改恶。后来——不是稍后，而是很久之后，他也意识到了这样真好！当他意识到这个的时候，他们已经到了耄耋之年，彼此是无论如何都不能分开了。因为，分开了，另一个怎么活呢？他们这时候真真切切地懂得了陪伴的含义。不过，此时他们已经分房独睡好多年了。她的觉轻，别说他的呼噜声，就是他转个身，床的颤动也会惊扰到她的睡眠。而她总是喜欢早起，不想打扰到他。

一天深夜，她忽然醒来，睁开眼睛，借着墙壁上的夜灯，她看见他站在床边哆哆嗦嗦的，动手掀她的被子，她连忙坐起身，又向一边挪动了身子，这样，两人就躺在一起了。她抚摸着他的胸腹部，让他平静下来，直到他呼吸平稳，冰凉的身体温热。

他说话了："我刚才做了噩梦，吓醒了。"

她还是困倦得很，没有说话，等他继续说下去。

他说："好像是我们去什么地方旅行吧？坐火车，卧铺车厢，到站之后我们下车，下车之后，我忽然发现你拿了别人的水果袋子。我知道你这是拿错了，我们的水果袋子被我放在拉杆箱里了，我赶紧拿着它反身上车，给人家送回去。我回到了我们那个卧铺车厢，把水果袋子交还给人家，还说了几句道歉的话，这时候，火车开了，开起来了，飞快。这可了不得了，我立马吓出一身汗，惊得一屁股坐在地上，喊起来：可坏菜了，我老伴儿还在站台上呢！我老伴儿还在站台上呢！我这一喊，就把自己喊醒啦。"

她在黑暗中咧开嘴笑了，说：“难道你不知道我可以坐下一趟火车或我们打个电话约一下？”

他说：“做梦嘛，梦里哪会想到这个。”

她握着他的手，稍稍用了一点儿劲儿捏了一下，说：“你放心吧，你尽管放心，我尽量活得比你久一些，死在你后头。嗯？”

她爬起来，探过身子将他那侧的被子掖了掖，然后躺下来，他在被窝里找到她的手，两个人就那么握着，慢慢睡着了。

摆书摊的老人

范子平

德化街摆地摊的多，熙熙攘攘人群绊腿。我不得不下车推着走，刚推几步，一眼瞟见一位老人也在摆摊，摊位上却是摆放的书，还有好几摞旧杂志。老人一转脸，我认出是市一中的退休教师李正。他可是全省的名师啊，还上过电视台，当过人大代表呢。

我上前打了招呼。李老师转身道，周林老师呀，你怎么来这里？买菜？我说，你可别在周林后面加老师二字。我教书时，您没少辅导，我就是您的学生。他说，那时你教书的悟性挺高呀，在青年教师中很拔尖，我给市教研室推荐过，可惜你又不教学了，要不然——他的话戛然而止。

我顿时无语。是呀，我调市直机关十几年，成天也是忙忙碌碌，就是弄了个“副科级科员”，可以说是一事无成。我找话道，你怎么不让孩子跟着你？李老师苦笑着说，我自己出版的书，想送他们一套，儿子闺女和孙子都赶紧摆手说不要不要，我能让他们来跟我干这个？

好一会儿了，李老师的书摊无人问津。虽也不时有人过来，但都是利用他书摊前的空位跟相邻的杂货摊主交流。这个杂货摊倒是顾客盈门，是卖手机包、手机护屏、手机链之类的东西。

我随手翻翻摊上的书刊，说这些杂志还有您的批注啊。李老师说，咱就是教教学读读书，看着书有想法了就随手记点，别的啥也不会。我说我记得您家里几个书柜满满的。李老师说是呀，孩儿们也笑我不会置产业。这辈子就是爱逛书店订杂志，攒下不少书，原想捐给学校，毕竟在那里几十年——约好时间，到时候却不见人影，催促好几次，咱自己都觉得没意思了，估计不会要了。后来联系区里图书馆，才捐出一大部分。还剩下些杂志啊，还有些史学书。也是，人们都忙着抠手机，有几个想翻看咱这些古董？

终于有两个穿蓝色校服的少年过来了，一高一低。高个子把自行车支好，到这里弯下腰翻着杂志看目录。低个子一脚点地说，走吧，练习册还做不完呢。

高个子说，你先走，我再看看。低个子学生就骑车走了。高个子又细细地翻阅一阵，最后拿起一本《大众史学》，估重似的在手里掂量几下，问，老爷爷，多少钱一本？

李老师说，原书定价都是十块，旧书，三块钱。

学生说，那好，这里边讨论洋务运动的有四篇，我最喜欢不同意见互相辩驳的文章。

李老师说，好啊，我注意到你拿那本《史学月刊》也看了好一会儿，上边也有你相中的文章吗？

学生不好意思地挠挠头说，是的，我相中的多了，好几本杂志，可我没带够钱呀。

李老师说，这样，你先把这本《大众史学》的钱给我。

学生先摸出两块硬币，手又在衣兜里掏呀掏，捏出一张一块钱的纸币，皱巴巴的，一起合放在手心里递给李老师。

李老师把钱认真装进自己衣袋里说，那本《史学月刊》你也拿走，还有，你再挑选一下，看看有你喜欢的文章，你就把杂志带走——这些都不再要钱了。

学生开始有点儿吃惊，后来欢喜地说，真的？那咋好意思？

李老师说，没有啥，我就喜欢爱读书爱思考的学生。学生又挑选了五六本，递给李老师看。李老师接过来，一本一本认真审视一遍，掏出一条小毛巾将书擦拭一遍，连侧面也细细擦拭了，又将杂志里几张折了角的页码板正过来，恐怕反弹，使劲按了两按，然后才用一张牛皮纸认真包装好，递给学生。

学生连声说谢谢爷爷，跨上自行车飞也似的跑了。

我开玩笑说，你这书本大降价，一本连一块钱都不到啊。李老师说，咱有退休金，不图这几个钱，但也得要个钱。你不要个钱，这年头，会有人抱走当废纸卖，那还不如我自己喊收破烂的到家去呢。肯出这几块钱，他就舍不得糟蹋它，能下功夫来翻看。

我知道许多人都是换新房才处理旧器物的，就问，您老是要搬新家？要不，这么急着处理干啥？

他长叹一声道，我这个年纪还搬什么新家！就是搬新家也舍不得处理书刊啊！别看这些书刊，有的都陈旧发黄了，有的带着灰尘，可都是我手指头拨捏过多少遍的，说到底都是心肝宝贝啊！一辈子了就是落些这，真要离开他们，心里就像缺一块儿似的。

我奇怪了，看着他说："那你——"

他轻轻地拍一下自己的胸脯，压低声音说，我这里不行了——

我说，你是患病了？

他说，是呀，一查出来就是肺癌晚期。这病吃麦不吃秋的……

我这才注意到他脸色发灰，还透着红点儿，赶忙说，不要相信那个体检，再复查一下。

他说，去省城大医院了，我同学在那里当主任，确诊，不会有错的。

他说，老伴儿走那一年我就想了，人早晚都有这一回，人生一世草木一秋。儿子闺女家过得都还中，也没啥可挂念的，就是忧心自己这些书刊，带不走，得给它们一个着落。

我默默地站在那里许久，才跟他握手告别说，李老师，您保重。

他又笑了，说，今天到底还有个学生来，这一趟没白来！

婴 泣

田洪波

阿布沁河从完达山那丹哈达拉岭的峡谷中奔流而下，汇入滔滔乌苏里江。虽不时拍出惊天涛声，但依然难掩时断时续的婴儿啼哭声。啼哭和着涛声，似奋力争宠，大有誓不罢休之势。

沿着阿布沁河左岸的羊肠小道，在荆棘丛中艰难跋涉行军的抗联七军，每人脸上都挂着焦虑。眼前的形势是，敌军就在身后不远处紧追不舍。

放下地图，将军迎向抱着婴孩的女战士小青，做出要抱孩子的手势。小青见将军眉头锁成“川”字，身体本能地向后缩退。

将军瞪眼，我是他的父亲！

怎么了？小青身旁的将军夫人柔声地问。

将军挥手让小青先走。他看着怀里的婴孩，叹了口气。这样会很快暴露目标的，三百多人的队伍啊，不能让这么一个小家伙儿给毁了，你说呢？

夫人眼里盈泪，那怎么办呢？孩子什么都不懂啊，再说他吃不到奶水，怎么会不闹啊！毕竟才刚刚满月！

将军喉结咕咚了一下，强忍泪花。将军不是不知道，孩子生下来时，是用沟塘水冲炒面喂食的，他根本就吃不饱啊。

将军喊来警卫员。把那个东西给我，说着做出吸烟的姿势。

警卫员犹豫了。那个东西是给受伤做手术的战士们准备的，它可以麻痹人的神经，让人变得安静。

将军眉头的“川”字变得狰狞。怎么，想造反吗？不由分说，将警卫员身上的挎包抢了过去。

踅进茂密的树后，警卫员听到夫人在啜泣。此时小青也赶过去，眼光在警卫员身上睃。得到警卫员肯定，小青狠狠跺了下脚。这已不是第一次给那个小生命尝食那个东西了，他才多大呀，却要经此劫难？

重新回到队伍中时，襁褓中的孩子睡得安详。

小青抱着孩子，眼泪奔涌，走了一段路，赌气地质问将军，孩子的名字想好了吗？

满腹心事的将军摇头，还没来得及。

小青想发作，忍了，沉默半晌后说，要不就叫路生吧？反正是在路上生的，有纪念意义。

警卫员提议叫抗生，有人附和叫林生，一时七嘴八舌。最后，被将军制止了。

休息时，将军把孩子又抱过去了，他背靠大树，跟孩子窃窃私语。

夫人嘴唇抖动着说，他挺喜欢孩子呢。小青也红了眼圈，谁说不是呢！该死的鬼子，挨千刀的鬼子！

晚上宿营，夫人抹着泪，从窝棚里走出来了，身后跟着将军。夫人靠在树上轻声啜泣，将军温情地做着解释。这一幕都被警卫和小青看到了，但他们不敢过去，只能远望。将军说了很多，夫人终于点头了。将军似乎信不过，让夫人再次保证。夫人用手捶打将军，一下下捶在将军的胸膛上。警卫员和小青看湿了眼睛。

翌日，队伍接到情报，敌军追兵已迫近队伍，必须加速转移，保存实力。

空气立时紧张起来。率先做出反应的是孩子，他不断哭泣，似乎要把满腔怨气发泄出来。小青怎么哄也不成，一时手忙脚乱，满头大汗。夫人闻声赶来了，左颠右颠，依然无法止住孩子的哭声，泪水就在两个女人脸上纵横。恰在此时，将军大踏步走过来了，将孩子抱入怀里。很奇怪，孩子居然不哭了。将军把脸摩挲在孩子的小脸上。

将军抱走了孩子，小青想跟着，将军不让，将军赌气似的说，怎么，当父亲的抱一会儿孩子不行吗？夫人说，让他再抱会儿吧，我……已经答应他了。小青惊问答应他什么了，夫人连忙摇头掩饰说，没什么。可是眼泪在她脸上闪烁起来。

小青觉得不好，急忙去追将军。喘着气找了大半天，才在阿布沁河岸边一丛深草棵处，寻到将军的身影。

但见将军呢喃着什么，然后大手一推，一个柳条编织的篮筐里，躺着甜甜酣睡的孩子，顺着湍急的河水向下游漂去。孩子睡得真香啊。这分明是熏足了那个叫大烟的东西，才会有这样的结果啊！对着孩子的嘴和鼻子，将军对他熏了多久？都对他说了什么？他连父母的面孔都没记得牢，就要从此诀别了吗？

小青发疯似的欲上前，被夫人和警卫员拉住，小青死命咬住了警卫员的手。

柳筐渐渐漂远，由于水流的冲击，孩子的布衫已经撕开了一角。

将军高大的身躯站在阿布沁河边，突然，扑通一声，他跪了下去，喊出一声，孩子，爸妈对不起你呀！

阿布沁河涛声阵阵，很快淹没了将军的啜泣，只有柳筐顺着河流越漂越远。

小青狠命地捶打将军，将军雕塑般不动。

马走驹

江 岸

刘邓大军千里挺进大别山之后，遭到了数倍于己的国民党军队的围追堵截。部队从上到下全都明白，千万不能和敌人硬拼，只能采取机动灵活的运动战方式，借助山区地形的掩护，和敌人周旋，寻找可乘之机，歼灭敌人有生力量。

在这种军事方针指引下，二纵某旅在和敌人简短接触几次之后，好不容易跳出了敌人的包围圈，来到豫南殷城县黄泥湾休整。

行军途中，旅长那匹一向温驯的坐骑菊花青，不知道怎么了，竟然不吃不喝，尾巴翘得像旗杆，还总是咴儿咴儿地引颈嘶鸣，差点儿将旅长摔下马背。

旅长纳闷儿地说，这马怎么回事?

给旅长养马的是鲁南人大老张。他原来是个庄稼汉，是个养马的行家，后来参军了。他说，报告旅长，估计这是临时征用的战马，还没来得及阉割，它这可能是发情了。

旅长拍拍马脖子，戏谑地说，我说老伙计啊，你要是想结婚，也得挑个好时候啊。眼下，这可怎么办呢?

大老张笑嘻嘻地说，马要是走驹了，必须尽快让它配上种，它才能安稳下来。

等到宿营地以后，你去附近村庄找一找，给它找个如意郎君吧。旅长命令道。

也只能这样了。大老张说。

一路上，菊花青的后臀上连绵不断地分泌出黏稠透明的液体，宛如亮晶晶的丝线，挂在屁股上，掉下去一截，又涌出来一截，绵绵不绝。

到了黄泥湾，村庄里空无一人。旅长命令部队不要进村，在村外休整。大老张悄悄摸进一条山沟，好不容易在树丛里发现一位老大爷。原来，听见远远传来的枪炮声，村里人早都躲到山上密林里去了。

大老张问老大爷，这附近村庄里有没有人家养马？

老大爷说，我们这山里养牛耕田，养驴拉磨，从来不养马。

大老张又问，那你知道谁家有叫驴吗？

老大爷说，过去，村子磨坊里倒是有一头叫驴，但这兵荒马乱的，早就没影儿了。

大老张垂头丧气地回来了。

入夜，大家突然听到一阵急促的马蹄声，如擂鼓一般敲击着地面，直奔黄泥湾。

战士们纷纷抢占有利地形，子弹上膛，刺刀出鞘，准备迎战，却发现远远地驰来一匹马，马背上空空的，没有骑手。

马跑近了，大老张看出来了，这是一匹非常高大的骏马，夜幕下辨不清颜色。骏马拖着半截缰绳，风驰电掣一般跑过来。骏马跑过大老张身旁的时候，大老张伸出胳膊，试图拽住马缰绳。可马缰绳却如一条滑溜溜的蛇，从大老张手掌里划过，那匹马腾空而去。大老张还没有反应过来，骏马已经停在了村口拴着菊花青的枫香树下，将鼻子凑近了菊花青的臀部……

原来，这是一匹健壮的公马，分明是受到了菊花青沿途抛洒的爱液的吸引，一路寻芳，踏迹而来。

旅长围着骏马查看一番。这匹高头大马膘肥体壮，肯定不是驾辕拉车的普通农家马，应该是一匹战马；能够骑乘这匹战马的人，肯定不是普通士兵，应该是高级军官；马身上并无明显汗迹，表明马奔驰的路途并不遥远；马是从东边跑来的，那个方位不可能出现我们自己的部队。旅长立即判断出，距此不远的东边某个地方，应该驻扎着大批的敌人。

侦察班赶紧摸过去，路上，碰到了几个跑得上气不接下气的敌军士兵，将他们活捉了。很快，他们就如实交代了，跑过来的是他们师长的坐骑枣红马，这畜生不知道中了什么邪，咬断缰绳，冲出人墙，逃跑了。他们几个人就是奉命来找马的。

一个侦察兵押着俘虏，送回旅部。其余人继续向前侦察。相距黄泥湾大约五公里，在那条狭长的山谷里，满满一沟敌军，正在埋锅造饭呢。

如此大好战机，岂能轻易错过？经过旅长简短的部署，一场夜袭战就这样打响了……

东方欲晓，战事顺利结束。

曙光中，菊花青和枣红马亲密地依偎在一起，还在耳鬓厮磨呢。

旅长从战场上大踏步走过来的时候，大老张正在给它们添草料。大老张说，报告旅长，菊花青已经和它的俘虏入过洞房了。

旅长拍拍菊花青的脖子，哈哈大笑着说，老伙计，你这次为革命立了大功啊！菊花青垂下脑袋，伸出粉红的舌头，舔舔旅长的手。

旅长又拍拍枣红马的脑袋，说，小伙子，你临阵起义，投诚我军，从今往后，咱们的部队就是你的新家啦！枣红马似乎听懂了，喷了一下响鼻，晃了晃脑袋，仿佛在回答旅长的话。

一堂解剖课

戴　希

上人体解剖课，深入细致地了解和认知人体亦即人类自身，起初觉得新鲜有趣，学习热情高，精力也很集中。但时间一长，接触的老是：“心脏位于胸腔纵隔内，两肺之间，呈圆锥形，大小近似本人拳头，重约 200 克”啦；“成人共有 206 块骨头，按其所在部位分为躯干骨、颅骨和四肢骨三部分，躯干骨有 51 块，颅骨有 29 块，四肢骨有 126 块”啦；“小肠是吸收营养物质最主要的部分，食物经过小肠，基本完成消化与吸收”啦……诸如此类没完没了的基本知识，在书本上学过之后，又去解剖室反复解剖用福尔马林保存的人体标本（实际上就是人的尸体），便愈来愈觉得枯燥甚至恶心了。你没有闻过福尔马林吧？那种刺鼻难受的气味让人畏惧！

大一那年，幸亏方冰教授教我们人体解剖学。美貌如花又善解人意的她，对我们学习上表现出的情绪变化，早已洞若观火。

那天鸟语花香、阳光明媚。方教授迈进教室时，却是一脸温和的笑意。要知道，方教授做学问极其严谨，平素的表情也很沉静的。同学们感到惊讶，觉得眼前一亮，便齐刷刷地注视着她。

“同学们，你们是不是觉得上解剖课乏味？”走上讲台，方教授和颜悦色地问。

“是！”有同学响亮地回答。

“那好。”方教授神秘兮兮地说，“我们对人体的生理结构解剖得够多了。今天呀，我就用你们做标本，来解剖人类的心灵和情感！”

“用我们做标本？”

“解剖人类的心灵和情感？”

同学们先是一愣，教室里又立马热闹起来。

“怎么解剖？”有同学迫不及待。

“我请同学们做张试卷——两道选择题？”方教授一双玉手轻轻撑着讲台，用柔柔的目光征求同学们的意见。

“好！”同学们异口同声。

试卷发下来，上面真的就两道选择题。

第一题：他非常爱她。她的容貌闭花羞月，身段婀娜俊俏，气息清纯甜美，性情温和善良。可是有一天，她遇上了车祸，经过住院救治，虽然保住了性命，但脸上留下了难看的疤痕，身体也有些残疾。请问，他还会爱她吗？

可选答案：（A）一定会；（B）一定不会；（C）可能会也可能不会。

第二题：她非常爱他。他不仅长得帅气、品行出众，而且已是大名鼎鼎的企业家。可是天有不测风云，他的企业突遭致命打击而破产，他现在一无所有！请问，她还会爱他吗？

可选答案：（A）一定会；（B）一定不会；（C）可能会也可能不会。

“嘿，有趣！”同学们略一思忖，很快就交了试卷。方教授让曾卓和晓雪上台，一个唱票，一个监票，在黑板前公开统计答题情况。

结果：第一题选答案（A）的学生占10%，选答案（B）的学生也占10%，而选答案（C）的学生则占80%；第二题选答案（A）的学生占30%，选答案（B）的学生占20%，选答案（C）的学生占50%。

“看来，女人比男人重感情。或者说，在情感天地里，女人的青春美丽比男人的声名财富更加珍贵，更为重要。是这样吗？”方教授看看答题结果，眨了眨眼。

有的同学眉头一皱，点头，但多数人沉默不语。

“我在想，你们都认为这两道题中的‘他’和‘她’是对恋人吧？”方教授不动声色地问。

“那当然！”同学们脱口而出。

“可题目中并未指明‘他’和‘她’是对恋人呀！”方教授启发道。

“但我们的直觉已经告诉我们！”同学们仍然自以为是。

方教授微笑着摇头：“世间之事，恐怕没这么简单吧？”

“难道第一题中的‘他’和‘她’就不能是父女关系？第二题中的‘她’和‘他’就不能是母子关系吗？”方教授进一步点拨道。

“是啊！我们怎么想不到这一层呢？”拍拍脑门，同学们恍然大悟。

“能想到就好！”方教授感叹道，“现在，把第一题中的‘他’和‘她’定位于父女关系，把第二题中的‘她’和‘他’定位于母子关系。你们又会怎样答题呢？”方教授又一次给同学们发试卷。

教室里气氛庄重肃穆，静得只有笔尖在试卷上掠过的沙沙声。方教授还注意到，同学们眼眶湿润，眼里都有亮晶晶的东西。

试卷很快收齐。这次统计结果：第一题与第二题，选答案（A）的学生都是100%，没有一个学生选择答案（B）和（C）了！

“看来，在我们心灵和情感的深处，父母之爱都是最可信赖的！实际上，也只有父母之爱最无私无畏、最永恒坚定、最崇高伟大！所以，同学们，无论何时何地，你们都要想到父母的爱；无论何时何地，你们都要善待自己的父母啊！”看看答题结果，方教授颤抖着深情地说。

光阴荏苒，逝者如斯。许多年过去，不知为什么，那堂解剖课仍然历历在目，让我们常忆常思，心河上总泛起粼粼的碧波……

鹊　起

津子围

天气好的时候，老庞总是出现在街心公园，坐在斜角那条磨出本色的长木椅上。从青草发芽到落英缤纷，从树叶遍地到雪地暖阳，时间长了，不仅很多人认识老庞，而且连梧桐树枝上的喜鹊，见到老庞都会不停地欢叫。

椅子另一端坐的是苏颖奶奶，她和老庞谁都不瞅谁，眼睛望着前方，仿佛前方有无尽的景色和岁月。他们的眼前是一片老街区，是整座城市最早生长的地方，难得地保留了下来。从空中俯瞰，那里成了四面围着高楼的“天井”。老建筑的年龄很大，外墙虽然已经上了包浆，但有着温暖祥和的气场。

“喂喜鹊了吗？”苏颖奶奶问了一句。

老庞好一会儿才说话：“早晨喝的牛奶有点儿凉，烧心！”

“小不点儿去幼儿园了吗？”

“这个月的退休金昨天到账的！”

两人你一句我一句，前言不搭后语。

“生二女儿时你不在身边……”苏颖奶奶说。

“昨天下雨了吗？前天，前天好不好。”

“我说二女儿，你扯什么雨！”

“你老糊涂了？老二不是儿子嘛！”

“你才老糊涂了呢……那时候你一出海就是三四个月……”

“我从没出过海……那是支援三线建设……”

“海上三线？”

“说你糊涂了还不服气，海上哪有三线？是西北，大西北！”

“编，老了老了，怎么还会编了呢？”

“我虽然不算铁骨铮铮，但也是一条硬汉，好几次都要见到死神了，咬咬牙，还是挺过来了。”

“你是条硬汉，家里可苦了我了，一家老小，省吃俭用，那些日子都不知道是怎么挨过来的。”

“你是不容易，付出的太多了，你劳苦功高，是这个家的大功臣总行了吧？”

“我可不图你表扬……要说苦累，你也苦累，我记恨你的是，你从不把我放在心上……一两个月也不写个信，好不容易盼到一封信吧，写得跟电报似的，就说生老二的时候吧……”苏颖奶奶开始唠叨了，一旦进入唠叨节奏就不容易停歇，还不免掺杂着抱怨。说到一半儿，一只喜鹊落在苏颖奶奶脚下，她连忙去照顾喜鹊，喜鹊飞走了，苏颖奶奶问：“我刚才说到哪儿了？”

老庞瞅了瞅她，沉着脸说：“说完了！”

夕阳暖融融地照在公园的树上、草坪上、椅子上。苏颖奶奶过来搀扶老庞，贴着老庞的耳边说：“我真是倒了八辈子霉，怎么偏偏嫁给了你，受了一辈子罪！”老庞侧过脸偷笑着，如孩子般顽皮地伸了一下舌头。

一连几天，老庞没见到苏颖奶奶，他似乎找不到谁去问问，身边显得空空荡荡。“老东西，跑哪儿去了呢？”

不知什么时候，苏颖出现了，有些迟疑地走到老庞身边。苏颖问老庞：“您是庞大爷吧？”

老庞愣愣地看着苏颖，他一时又记不起自己是谁了。

“我是苏颖，是我奶奶让我来找您的。”

“你奶奶？”

苏颖似乎明白了，蹲在老庞跟前，问：“大爷，您是不是总坐拐角这条长椅？”

老庞摇了摇头，又点了点头。

“经常跟您坐在这条长椅上的老太太，是我奶奶。”

老庞点了点头，又摇了摇头。

“我奶奶周五进医院了，昨天晚上才醒过来，她让我给您捎个信儿。”

“你奶奶住院了？要紧吗？”

“现在没事儿了，已经过了危险期……”

“你刚才说你奶奶……也坐在这条长椅上？”

“是啊。”

“经常坐在这条长椅上？”

“是。”

“你确定？”

“以前我从远处看见过您，见您和奶奶聊天，只是没这么近距离……”

“走！”老庞用力站起来，“……哪家医院？”

“我奶奶没想让您去探视，她只是让我给您传个话儿。”

“走，你带我去！”老庞拉住苏颖的胳膊。

苏颖不好违拗，只好拉着老庞的手。这时，他们身后传来清脆的铃声，驻足间，自行车锻炼者从他们身边快速闪过。铃声使得老庞的意识水洗过一般清晰起来——老婆自行车把上挂着尼龙绸菜袋子，站在街口对他微笑，那是她最后一个微笑，是的，他老婆在 20 年前就离世了。

老庞步履蹒跚，跟着苏颖向外马路走去。两只喜鹊倏地从草地上飞起，跟随在老庞和苏颖身后，仿佛将要起舞。

初　心

侯发山

为了庆祝建党百年，矿上打算表彰一批优秀党员。最终结果报到我这里时，其中一份名叫华威的员工的材料引起了我的极大兴趣——华威在大学期间入党，如今 45 岁，有着 25 年的党龄。他毕业后主动要求来到矿区，根据他的文凭和矿上的用人制度，原本该分配到科室，他却坚持下矿井。在井下待了两年后，为了让他发挥自己的专业特长，被矿上抽调到生技科，从科员到副科长再到科长。让人钦佩的是，从进生技科那天起，他就坚持每天下井，少则两小时，多则一个班……

大家不要误会，我虽是矿长，但有六个分矿，两万多名工人，孤陋寡闻在所难免，老实讲，中层干部我都认不过来。整天开会，考察，接访，根本没有时间到一线去。偶尔到一线去，全副武装的工作服，难以分辨出是张三还是李四。两天后，我约见了华威。他算是中年人了，依然身板挺直，两眼黑亮黑亮，十分有神而且纯净，有种让人乐意亲近的亲切感。

我一边翻着华威的材料，一边好奇地问他：“华威，听说你当初填报大学志愿时，几个志愿填的都是矿业，非矿业大学不进，这是为什么？”

华威笑了，有点儿不自然地说：“我的母亲是煤矿工人，可能我的骨子里有着矿工的血缘吧。”

我问：“档案上显示你是 1976 年 12 月出生的。你是唐山人，地震那天，你母亲在哪里？她当时已经怀孕四五个月了吧。”

华威说："母亲后来给我说，她当时就在井下。"

"她躲到井下去了？"我惊诧地问道。

华威摇了摇头。接下来，他给我讲述了当时地震时的情形。

母亲是煤矿办公室的一名普通工作人员，是写文字材料的，应该算是文秘。1976年7月28日，那天她值夜班，吃过晚饭在办公室看了一会儿书便下井了。这个矿从新中国成立初期，就形成了科室人员下井和矿工一起作业的制度。平时，母亲也经常到井下去，值班更是如此。凌晨三点多地震发生时，矿井也随着大地一起震颤，几乎是转眼之间，所有的井口都坍塌了，幸运的是，井下的七八十名矿工除了惊慌，除了落一身煤灰，毫发无损，一点儿事儿都没有。不过，强烈的震感还是使矿工们惊慌失措，有的哭起来，有的傻了一般呆坐着，有的嚷嚷着要写遗书。就在这乱成一团糟的时候，我母亲站了出来——她不但是值班人员，而且还是一名党员！她安抚众人的情绪，维持现场秩序，同时让带班的班长去寻找逃生的通道。幸运的是，他们找到一个直径不到一米、有简易梯子的通风口……在母亲的指挥下，大家有序逃了出来。母亲是最后一个出来的。她爬出来后就晕过去了，等候在井口的其他矿工把她抬到了安全地带。

我感慨半天，又问华威："你的父亲呢？他做什么工作？"

华威叹了口气，说："我的父亲在那场地震中走了……父亲也是一名矿工，那天他休班，去陪母亲值班。母亲下井后，他就留在母亲的办公室。地震那一刻，办公楼被震塌了。"

我下意识地问道："冒昧地问一句，你母亲后来没有再找一个伴儿？"

"没有。母亲说，她是一名矿工，危险系数高，不定哪天说走就走了。她不想给其他人再增加负担……"

"你的母亲真伟大！"我由衷地赞道。

华威说："我小时候，从没感到孤单过，矿上那些叔叔伯伯，还有阿姨，他们当中有的是党员干部，有的是一线矿工，经常到我家去，给我送好吃的好玩的。我上学期间的学费，都是矿上替我交的。"

我忽然间什么都明白了，明白了华威为什么要来煤矿上班，为什么坚持每天下井的缘由。

第二天，矿上就下发了一份文件，要求科室人员包括所有高管每周至少下矿井一次。我签发这份文件的当天，就戴着安全帽、穿上工作服下到了八百米深处。

琴师老裴

刘立勤

我们那个地方虽小，却是秦楚交界之地，南北移民相融杂居，唱戏的腔门颇多，有人唱汉剧，有人爱秦腔，有人喜欢花鼓，还有人唱现代京剧。老裴原来在汉剧团拉京胡，也学会了用一个萝卜填几个坑。他工京胡，也精通高胡、板胡和二胡。

小时候看戏不在乎戏剧音乐，不关注乐队也不理睬琴师，只是追求热闹，爱看武戏，咚咚锵锵咚咚锵，热闹非凡。懵懂少年了，喜欢看文戏，并不是懂得文戏的精妙，为的是感受小旦花旦飘飘摇摇风情万种的神情撩拨起来的情愫。到了成年以后，才学会真正看戏，喜欢演员唱念做打的功夫，喜欢文武场面的音乐，也开始关注琴师老裴，迷上他那悠悠扬扬如泣如诉变幻莫测的琴音。就是不看戏，不听戏文，我也常常是浸淫其中不愿醒来。

老裴三十多岁吧，面容清瘦干净，头发一丝不苟，喜欢穿青色或者白色开襟便衣，布条盘做的纽扣扣得严严整整。每次演出前夕，他总是第一个走进乐池坐在自己的位子上，拿出一块白布敷在左腿腿面，再把京胡或者是高胡、板胡置于其上，左手虎口扶琴、手指压弦，右手执弓，腰杆笔直目不斜视地盯着鼓头陈麻子，等待他的号令。一俟鼓槌落下，在那万马奔腾的锣鼓声中，奇妙的琴声飘逸而出，有时似激流奔涌，有时像幽林清溪，有时犹如流云飞泻，让人心旌摇动。那时，再看台口上的老裴，随着节奏的变化，更是神态万千。他一会儿微闭双眼沉醉状；一会儿腰弯如弓头发激越奔放，真担心他拉断了琴弦弄折了琴弓。看到他如醉如痴的神情，我生出一种奇怪的想法：找一块砖头拍了他，心里忌恨他怎么会把琴拉得这般美好。

老裴是独行侠，喜欢独来独往。喝酒，摆龙门阵，从来不见他的影子。上班提着琴匣来，下班背着琴匣走——琴是他自己买的。没事时就在琴房练练琴，有空了回到宿舍读读书。有一段时间流行走穴，大小演员和乐队演奏员都喜欢去歌舞厅唱歌伴舞玩音乐捞外快。大家喜欢拉他去，他不参与也不反对，自在独行。老裴名头大，上面来了大领导，吃饭时想请他拉拉曲子凑凑兴，他还是不去，弄得领导很不高兴。他是凭本事吃饭的人，领导虽不喜欢但也奈何不得他。

老裴不喜欢捧领导的场，有时却会到广场表演一曲。广场有个二胡自乐班，老裴溜达过去，偶尔会在那里拉上几曲。有时拉《赛马》，有时拉《二泉映月》。要是遇上高兴的事儿，他会拿上高胡，拉《步步高》，拉《旱天雷》。自然，他也会应观众要求，用京胡拉《智斗》抑或是汉调二黄。老裴的琴声总能穿过喧嚣的市尘深入人心，让人心境平和如痴如醉，忘了今宵何夕身在何处。

老裴也在西关的宏华桥下拉过琴。那里有一位残疾老人，靠拉琴卖唱度日。他的琴极差，拉琴的手艺更差，拉出的声音如同刀划玻璃电钻破石不堪入耳，拉多少天也挣不来一顿饭钱。老裴时常戴一顶破草帽，坐在老人身边拉上几曲，吸引来好多的人，老人的破盆里就有了不菲的收入。遗憾的是那里是交通路口，逢着老裴拉琴，总会有开车的人因迷恋他的琴声而酿出车祸。老裴听从警察的建议，送了老人一把好琴，又给老人支了几招，老人的曲子就拉得有模有样了。

老裴儒雅，又有那么好的手艺，奇怪的是他一直单身。有人说他年轻时喜欢一个女演员，女演员却攀上高枝把他给撂了，他伤透了心；也有人说他喜欢上一个有夫之妇，思之不得而选择独身。当然，也有其他稀奇古怪的说法，人们有时关心别人胜过关心自己。我也曾经问过耍丑的老肖，他骂我咸吃萝卜淡操心。我本不是八卦之人，再也懒得打听。可我知晓喜欢老裴的人多，其中不乏一些妙龄少女和年轻妇人，有人甚是主动，而老裴跟谁都不来往，和谁也不来电，更不给谁创造绯闻的机会，只求自在安宁与世无争。

树欲静而风不止，一个女老板相中了老裴。女老板倒有几分姿色，年龄比老裴还小十几岁呢，积蓄了不少的银子，期盼能和老裴共享人生。她驰骋商场无往不胜，但在老裴面前屡败屡战求之不得。女老板觉得十分无趣，趁剧团事业改企业的机会，杀伐决断投巨资控股剧团，想以此要挟，以为这样就能得到老裴的垂青。那年，老裴都五十挂零了，得知女老板的作为后，来了个不辞而别，自此了无音信。

老裴走后，我再也没有听过那么纯粹干净的琴声了。无论是在京城的音乐厅还是乡野民间，或者是佛门净地。

石书记的承诺

李伶伶

老肖在山上捡了一捆松枝，下山前又去看了武建国。

老肖看到武建国的墓前放着鲜花和果品，知道是石书记又来过了。老肖把松枝放下，把鲜花和果品重新摆摆，把墓碑周围新长出来的草铲了，然后坐下来陪武建国待一会儿。老肖经常这样陪着武建国，一陪就是三十多年。

日头偏西的时候，老肖背着松枝，拖着一条残腿回家了。他看到窗台上放着蔬菜、肉和点心，知道石书记又来看他了。老肖把东西拿进屋后，没有急着做晚饭，而是坐到炕上，看起了炕头墙上贴着的年历。墙上一排贴着四张年历，每张年历上印着一年十二个月的日期。从第一张的 10 月份开始，每个月份都有一个日子用油笔画了一个圈，那是石书记来看武建国的日子。老肖数了数，算上今天，正好三十个圈。没想到石书记能坚持这么长时间。

老肖在今天的日期上画完一个圈后才开始做晚饭。老肖家里就他一个人，他结过婚，媳妇生孩子时难产大出血，孩子没保住，大人也一起去了。老肖很难过，后来就没再娶。当然，没娶的原因，不只是难过，还是因为这里太穷了。岭上村山多地少，种地的收入仅够维持温饱，村里的姑娘留不住，村外的姑娘不进来，村里的人口越来越少，光棍儿却越来越多，全村只剩 41 户人家，像老肖这样的单身汉就有十来个。不过现在就剩他一个了，因为其他人都在石书记的动员下搬到山下去了，听说这两年日子都好过了。

老肖确实也有点儿心痒，可是他舍不得武建国和他父母。当年抗洪抢险时，武建国为救他被洪水冲走。老肖在心里立下誓言，会一直陪着武建国，并给武建国的父母养老送终。退伍后，他来到武建国的老家岭上村，照顾武建国父母的生活。如今，武建国的父母已经入土，他可以安心地离开了。可他就是放不下心，武建国的父母没有别的孩子，他也没有后人，想到将来连个烧纸添土的人都没有，他总觉得对不起他们。

晚上，老肖躺在炕上翻来覆去睡不着觉，想完武建国又开始想石书记。老肖没想到石书记真是个说话算数的人，当初对他许下承诺，会经常来看武建国，还真的做到了。如果以后石书记一直这样做，他也不能太难为人家了，人家大老远地从县城来到大山里，就是为了让他们过上好日子。人家是来帮他的，他不能不知好歹。可是他也听说了，像石书记这样的干部不会长期留在村里，干满三年就走了。石书记要是回到县城，还能再来看武建国吗？再说，他的腿自从那天夜里给武建国父亲去山下找大夫摔瘸后，他就干不动重体力活儿了，搬到山下又能做什么？还不如留在山上陪武建国。这么想着，老肖决定还是不搬。

老肖种地之余，就是守护埋有武建国和他父母的这座松林。松树大多是老肖栽的，山上土少石头多，树扎不下根，栽下十棵能活一棵就不错了。老肖栽了三十多年才活下来三百多棵，能有这片绿荫确实很不容易。

这天，老肖又来山上看武建国，看到石书记正把鲜花放在武建国的墓前。石书记没有一点儿当官的架子，在村里走东家串西家时都是一个人，从来不用人陪。老肖转身想走，被石书记叫住了。

石书记问，你为什么总是躲着我？老肖说，你不用白费口舌了，我是不会搬走的。石书记说，村里就剩你一个人了，万一哪天你病了都没人知道。老肖没说话。石书记说，老哥，我真是为你着想，你一个人在山上生活多不安全。如果武建国地下有知，他也不会同意你这么做的。老肖说，可是，把他们一家三口留在这里，我也不放心啊。石书记说，我跟你说过，我会经常来看他们的，我如果没有空，会让别人来的。老肖说，你马上就要离开这里了，等你走了，谁还听你的？石书记说，这件事我已经交给你们村的书记了，他答应我，会来给武家人扫墓的。武建国是烈士，为烈士扫墓是我们应该做的事，还会一代代地传下去。

听石书记这么说，老肖稍稍放下心，说，可是我这身体、我这腿，搬到山下又能干啥？石书记说，这个我早就替你想好了，你的腿不好，吃不了大力，养猪养鸡都不行，不过可以养鸽子。山下现在有养鸽户二十多家，每家最多养二百多对鸽子，已经形成了规模，每月都有人上门来收鸽子，饲料有人送上门。鸽子价格这几年比较稳定，收入比种地好多了。你还有什么可担心的？老肖说，你说得都挺好，可是我没钱买鸽子啊。石书记笑了，说，这个你不用担心，养鸽子的本钱村里帮你出，不过是借给你的，等将来你挣钱了，得还给村里。老肖也笑了，说，那当然得还。

五年后，老肖成了岭下村最大的鸽子养殖户，不但住上了宽敞明亮的房子，而且还找了个老伴儿。已升任县委副书记的石书记来村里走访，老肖拽着石书记的手不肯放，非要请他吃饭。石书记看着老肖和村民们都生活得这么好，觉得自己当年来这里当扶贫第一书记时，提议把岭上村整体搬迁到岭下的决定是对的。石书记说，饭就不吃了，我们一起去山上看看武建国吧。老肖听了，心里涌出一股暖流，石书记真是好人，这么长时间还没忘了武建国。

老肖哽咽着说不出话，把石书记的手握得更紧了。

回　家

赵文辉

大巴车自焚的第八天，他回到生活了 36 个年头的小镇，趁着暮色，急匆匆地往家赶。一想到即将扑入怀中的一双儿女，还有与他一起白手起家打拼这么多年的妻子，他的双眼马上潮湿，喉咙也像被什么东西堵住了。

他和妻子一直在卖麻辣香锅，生意做得风生水起：一个实体店外加七个商超摊位，每月流水下来 30 万。他们的店铺被收录在南太行旅游手册里，美团上密密麻麻的好评每天都在增加，外地游客进入小镇后会觅踪而至。他们打算进入全国连锁模式，招募加盟商，但是不知道从何下手。一家餐饮培训机构吸引了他，他决定去学习招商经验。他是从服务区被漏乘的，当时一个劲儿地骂自己不争气：该死的拖延症！手机、身份证、钱包全被大巴车带走了，车上一个熟人都没有。他想打电话求救，又突然放弃了。生活需要一个急刹车，需要“停下急驰的脚步，等一等我们的灵魂”。他忘了在哪儿看过这句话，很符合他一个人在高速路上步行回家的心态。

他并不知道大巴在离开他一个小时后就撞到隧道的洞口自焚了，车上无一人幸免。当他一头撞进小镇东边他家的独家小院，看见大门两侧的白色挽联，还有一张全开白纸上的知客名单时才大吃一惊。他猛然想起刚才过红绿灯时一个外卖小哥惊讶地看着他，接着惊慌失措地往前冲去，全然不顾红灯的危险。外卖小哥一直在替他们送麻辣香锅。

这时一声熟悉的咳嗽声传来，房门开了，他赶紧藏到房前的竹子后面，怕吓着家人。他思忖着要不要明天天亮后再出现。出来的是他的妻子，他差点儿就要喊出声来。妻子绕过两只铁皮箍成的移动锅台和在这一带白事上经常出现的大案板，去关街门。他想起每次参加葬礼，他都会控制不住吃两大碗米饭，地锅熬的大烩菜太好吃了，全镇的饭店都做不出那个味儿。显然，这次“白事”之后，这些东西还没有送走。他记得父亲母亲的葬礼一结束，他就把锅台大案板送走了，可是现在他“死”了，谁来做这些事情？他的心突然像被人使劲揪了一下。他要真死了，妻子怎么办？还有他的一双儿女。

妻子进屋了，看着她富有活力的肩膀，宽大而坚实的臀部，他无限伤感。他环顾一下住了不到两年的别墅，竹子和假山，带有全自动喷水装置，夏日里能喷洒出完美的弧线。如今已过初冬，褐色的枯荷占据了整个水池，在水面底下还有未来的冰在等候着。院子很大，西南角建了一个车库。上个星期的上个星期，倒车出库时他把心爱的奥迪 Q5 擦出一道小划痕，心疼了好几天。他还记得买回这辆车时，儿子和女儿是多么兴奋。他们盯着速率表和里程表看，要求摸一摸方向盘。这几年，当他和妻子找不出更好的理财方式时，一口气买下五间公寓，用来租给那些单身女子和想甩掉什么人的人。行情很不错。

这时屋里突然传来一阵激烈的争吵声，他听出有一个声音是不属于他的家庭成员。他一惊，扑到窗子上往里面看。沙发上坐着一个男人味非常浓的男人，留着足可以让他再年轻十岁的飞机头。和这个男人并排而坐的，是他的妻子。他们之间的距离，正是他每次和妻子一起看电视的那个距离。灯光下他把妻子仔细地看了又看：蜂蜜色的皮肤，大大的眼睛，一张丰满而弧线优美的大嘴。他看见妻子在削一只硕大的梨子，汁液饱满酥甜酥甜的砀山梨，薄薄的黄色梨皮被削成螺旋状往下缓缓悬坠。

那个男人在训斥他的儿子：“你爸爸不在了，谁来照顾你们？我有这个责任！”

“我爸爸没有死！我们家不需要你！”他看见儿子小脸憋得通红，在同那个男子争辩。几天不见，儿子前额添了一个小虫叮咬的丘疹般的疱肿。他惊讶地发现儿子鼻子上有结痂的血块。两岁的女儿站在哥哥身后，全身颤抖。她甚至还够不到家里放置棒棒糖和老式面包的厨房搁架，自己还拧不开果粒奶优的瓶盖子。他抱着她的时候，她会紧紧搂着他的脖子。

这时男人冲他的女儿伸出一只手："来，乖，听话的乖，叫爸爸！"女儿往她哥哥后面退缩得更厉害了。

妻子开始说话了："不要勉强孩子们，孩子们慢慢会适应的，你就是个急性子！"她又转过头劝说两个孩子："你们的爸爸没了，往后咱一家全靠你叔叔了，咱们不能没有一家之主！"妻子有一张过于诚恳的脸。她的话还没有说完，儿子拉起女儿走了，迅速进了他们自己的房间，狠狠地关上了门。

他望着妻子那只举在半空的右手，手里握着削皮器。那只手因为常年握勺而结满厚厚的茧子。她是一个很能吃苦的女人，一年四季，从没离开过炒灶。她做的麻辣香锅无人能比。她的炒勺就是全家的财富。

他决定去看看儿子和女儿。他悄悄地往另一间窗子移动，碰到了那张知客名单，不看他也知道，总理事的还是三爷和老村主任，多少年了一直是这两个老头儿，他俩似乎都在长生不老的药水当中浸泡过。每一场白事结束，老村主任都要称赞大烩菜、白酒和娘家人的祭礼。

儿子坐在床边，怀里抱着加了黑框的照片。儿子表情凝重，在忍不住抽泣。女儿跪在床上，帮她哥哥擦眼泪。他突然神志清醒，后悔这次"急刹车"刹过了，但是他知道自己也许会收获另外一种东西，他决定从这次危机中找到决心和力量。他的手无意间碰到窗台上的一柄斧头，是他出差前新买的，打算把竹子旁野生的杂树砍掉。斧刃闪着冷光，像一头沉睡的豹子。

他又移过去。妻子在和那个男子合吃那只砀山梨，一递一口。妻子高高的颧骨，大大的眼睛，似乎因近日的悲痛而显得浮肿的脸庞上出奇地显出当姑娘时的艳丽。他一下子就捕捉到了。那个男人已经没了火气，像个男主人一样吃完梨子，又用一张地方加油站赠送的抽纸擤了擤了鼻子。男人不是别人，是自己的发小，哥们儿中的哥们——就是那种一天抽掉两包红旗渠香烟、坐下来能干掉一瓶"牛二"和一件"雪花"的朋友。他对这位发小的记忆，就是只要他遇到麻烦或与人口角，发小就会拎着一对大拳头第一时间赶来。这些年，发小离婚后一直跟着他，是司机兼采买。发小知道他每天的流水，并没有流露过羡慕之意。

后来，发小和他妻子一齐站起来，沿着他平时和妻子走向卧室的路径上楼，发小那结实的背影，透出某些可怕的东西。

客厅的灯“啪”一下关了，沉寂充满了这座院子。冷气顺着青石板升上来，渐渐包住了他的脚踝。真相在黑夜里可以活跃。

王老太太的马拉多纳

戴　涛

刚退休时，我喜欢早上起来先到小区外的河岸边跑几圈，再看一会儿钓鱼，然后回家用早餐。这天起床突然感觉腰不行了，只好放弃了跑步。吃完早饭，我还是想动一动，于是在小区里艰难地散步。在路过安装有健身器械的场地时，我决定进去看看，锻炼的器械还真不少，有练上身的，有练下身的，我是要找练腰的。

还真被我找到了，它的大名叫"钟摆扭腰器"，我站了上去，开始慢慢地扭动着不太听话的老腰。这时一位老太太也站了上来，和我面对面地扭了起来，她边扭边问我："侬也住在这个小区？"

"是的。"

"那以前怎么没看到过侬？"

"以前我没有到这里来锻炼过。"

"哦，要锻炼咯。"

"是的。"

"侬看足球哇？"

"很少看。"

"那侬晓得马拉多纳哇？"

"当然知道。"

"他死了，昨天早上，心肌梗死，他还小啊，才 60 岁。"

“想不到您老人家也这么喜欢足球。”

“不要叫老人家，我比马拉多纳也只大28岁，还小，侬叫我王老师吧，退休前我教过40年的书。”

“好吧，王老师，我真没有想到您会喜欢足球。”

“我说不上欢喜足球，是我的孙子特别欢喜马拉多纳。”

我扭得有些累了，便从器械上走了下来，老太太也跟着走下来，我坐到一旁的椅子上休息，老太太也坐了过来。

“我想继续跟你说说我的孙子，我孙子小时候矮矮胖胖的，他最喜欢听别人说他长得像马拉多纳，1990年的足球世界杯决赛，那是在半夜踢的，因为有马拉多纳的阿根廷队参加，我的孙子吵着非要看，他爸妈可不愿意陪着他熬夜，只好我来陪啦。真没想到这么小的小人半夜精神还这么好，整场球赛没有打过一个哈欠，更让我想不到的是，马拉多纳输了球他却哭了，我还真没有见过我的孙子哭得这么伤心。”

老太太说到这里，她自己也开始伤心了。

“他当时只有7岁啊。和孙子看了这场球赛后，我也开始了解这个叫马拉多纳的阿根廷人。1994年的世界杯，阿根廷本来是可以拿冠军的，可马拉多纳被查出吃了麻黄碱遭到禁赛。没有了他的阿根廷队肯定是输球，唉，不争气啊。其实他也还是个小人，一个聪明又调皮的小人。还有，侬晓得哇，马拉多纳来过上海的……”

老太太讲到这里似乎突然想起了什么：“哎哟，我要回去做饭了。”

“您还要给家里人做饭？”

“不是的，我是给自己做饭，下午我约了一个小姐妹，我们一道去华山路长乐路走走，踏踏地上的落叶，然后到新天地喝杯咖啡。”

第二天差不多是同一时间，我在健身器械的场地上又见到了老太太。

“王老师好。”

老太太看是我，马上兴奋得拿出手机给我看：“我孙子从美国发微信来了，依看，感恩有您，奶奶感恩节快乐。”

老太太边读边笑，笑容里充满了幸福。

“您有多长时间没见您孙子了？”

“差不多十年啦，自从他和他爸妈去了美国。”

老太太继续看着手机，里面正播放着她儿子一家人在美国过感恩节的视频，老太太看视频时依旧笑容满面。

第三天的上午，我在健身器械的场地上没见到老太太，又在整个小区走了好几圈，还是没有看见她。

第四天还是没有见到。

到了第五天，我在小区里走路时碰到了小区的物业经理，我忍不住开口问他：“你认识我们小区一个姓王的老太太吗？80 多岁，应该就住在健身器械场地旁的楼里。”

物业经理说：“知道，她走了。”

“走了，去美国了？”

“什么美国，去天堂了。”

“怎么突然就走了？！”

“这个王老太太和她一个小姐妹约定好的，每天早上她俩都会通一个电话，如果谁不接电话，另一个人就要赶过去，她们都有一把对方的钥匙放在物业公司，她的小姐妹前天没打通王老太太的电话，就跑到我们物业来拿钥匙，结果打开房门一看，王老太太倒在地上，人已经走了。”

“什么病这么快？”

“是心肌梗死。”

物业经理说完便走了，可我还呆呆地站在那里。我在想，王老太太在天国能遇到马拉多纳吗？如果遇到的话，她会跟他说些什么呢？

打　彩

戴智生

老家有个习俗：端午节宴请亲友，摆的是流水席。

所谓流水席，就是来一拨儿人上桌菜，再来一拨儿人再上桌菜，开席无定规，菜肴是一模一样的。宾客用过的碗筷，主人决不肯立刻清洗，皆堆积在门前的木盆里。谁家用过的碗盘摞得高，就证明他家亲朋好友多，既是面子也是荣耀。

亲友酒足饭饱，观龙舟，打扑克，悉听尊便。

我有好些年头没有回去了。

父亲生前，带我回去过几次。父亲从小随爷爷在城里安了家，老家还有父亲的一位堂弟。按理说，我应该称父亲的堂弟叫叔叔。“做我女儿吧。”叔叔似真似假。他有两个儿子，没有女儿，婶婶打趣道，他们百年之后，女儿打发“八仙王”的垫肩布，就指望我了。叔婶说的是久远的事，我只当是玩笑话。

那时我还小，我们两家来往密切，叔叔上街常来我家落脚，带点儿辣椒或鸡蛋，我家也会送他些火柴肥皂。叔叔家有喜事，一定请父亲到场，奉为上宾。

父亲英年早逝，叔叔同我们一样悲伤，葬礼上几次哽咽落泪。他全家人都来了，忙前忙后，抬棺柩的“八仙王”也是叔叔带来的，丧事由他一手操办。之后，叔叔来得少了，自从我有了继父，叔叔好像再没来过。

我出嫁时，也忘记了通知他。这么些年，忙工作，忙家庭，我几乎忘记了这位乡下的叔叔。今年端午节，一早接到一个电话，苍老的声音呼我小名，我辨不出声音，叔叔自报家门，开口就邀我去他家看龙船，并说有车来接我。

这令我颇为意外，也有一点点为难。

我知道老家有个习俗，出嫁女回去看龙舟，是要打彩的。怎么说，我也算村里出来的姑娘。打彩是给自家上船的兄弟披红绸，还得打爆竹、买烟、送红包，慰劳全船的人。不花上两千块，面子上过不去。

同老公商量，他倒也大方：饿肚子也要争口气!

我们准备去银行取钱办礼品，叔叔的两个儿子竟然上门了。两兄弟轮廓没有变化，进门就姐姐姐夫叫得山响。他们是专程来接人的，茶也不喝，火急火燎地拉我们上了面包车。

我说："东西还没准备好呢。"

大弟说："老爸有交代，人去就行，什么都不用准备。"

上了车，我嗔怪他们："知道我的地址，平时也不见你们来家坐坐。"大弟说："老爸腿脚不便，我们前几年在外打工，回来没两年，合伙办了加工厂，都忙。这不，刚打听到你的地址，今天就来了。"大弟按了一下喇叭，接着说："现在村里日子好了，打了三条龙船，要热闹一下。我们也要划船，特意早点儿来接你们。"

我心里立马打起鼓，好像龙舟竞渡时的"咚咚锵"。

二十公里的县道，半个钟头就到了。小弟先下车，跑回家拿出一挂鞭炮，噼里啪啦一阵响，烟雾还没散尽，我看见叔婶站在门旁。叔叔已有点儿佝偻，凝重地点着头；婶婶手拿一把勺，满脸的笑容已见皱纹。他们明显有了老态!

房子不是以前的老屋，都是新盖的楼房。

路过的邻里问："谁来了？"

"街上的亲戚！"婶婶高声地回答。

"啥亲戚？"

"女儿呗！"

婶婶一只手牵住我的手，引我进了屋。屋里还有不认识的人，大家让开了座，弟弟递烟倒茶，叔叔陪我们坐了下来。他目不转睛地看着我，嘴里不停地说道：“来了就好！来了就好！吃了饭让弟媳带你们去看龙船。”

我又想到打彩的事，便讷讷地说：“可我……可我还没有准备打彩的礼。”

“准备好了，准备好了，我帮你们准备好了！”

“这怎么行，该我出的我出！”

“知道你们不容易，我们自己人还计较什么喽！”

叔叔的话，让我有些汗颜。我说：“真不好意思！你看，你是长辈，而我却空手而来。”

“人来了就好。我们不是东西亲，是人亲！”叔叔一板一眼地说，双眼突然泛红，竟先流出两滴老泪来。

赳赳老秦

肖建国

油灯忽闪，一条黑影已站到大帐之内。

我大骇，唰地抽出腰刀，厉声喝道，谁？

来人微微一笑道，孟将军无须惊慌，我是咸阳派来的救兵。

我忙唤卫兵，燃亮壁灯。

面前就一老者，身穿交领窄袖长衫，头包方巾，儒雅中透着刚毅。我验过手信，不假，确实是咸阳来的。

兵呢，来了多少？我抬头向帐外张望，此时天已蒙蒙亮，除了站岗放哨的侍卫，看不到其他人。

兵呢？我又问。

就在你眼前啊。老者笑容不变，双眼直视着我。

开什么玩笑，我可是要和匈奴人打仗的。

我知道，你已和匈奴打了两次仗，一次小胜，杀敌八十，自损二十。一次平手，双方各有伤者，没有死亡。十天前，匈奴增兵万余人，你只有一千多，故退守上郡，依靠城垣坚固，闭门待援，请王派兵。

这老头儿，知道的事还真不少。可我没心情夸他，我要的是兵。没有兵，上郡难守，咸阳也将遭到威胁。

兵呢？我提高嗓门儿，明显充满着火气。

就在你面前。老者不再笑，很严肃地回答。

就你一个人？

是。

你来救我们？

是！

按手信上的命令，老者是我的上司，我应归他管辖。我这样咄咄逼人，他分分钟有斩杀我的权力。想到这一点儿，我忍不住打了个寒战。

孟将军，老者说，依我三天的观察，你现在缺的不是士兵，是士气。

士气？面对十倍于我的匈奴大军，没有足够的兵马，我们只有傻气。要知道，匈奴人骑马，很多都不配鞍，屁股就像长在马背上一样。人马一体，自由伸缩。手中挥舞的弯刀，呼呼生风，要多快有多快，让人不寒而栗。

老者说，看来，你还是没有醒悟。现在天也快亮了，你带着手下的将领和亲兵扮演匈奴，我就是大秦士兵，咱们来一场较量如何。

你一个人？

是的。

我手下有六员大将、八名亲兵，再加上我，可有十五人啊。这老头儿，难道真的是身怀绝技？我从上到下再三打量他，那神态、那筋骨，怎么看都不像练家子。

孟将军，现在我命令你，带上人跟我来后山。老者不怒自威，说完走出大帐。

我让卫兵火速叫齐众人。

首先来到大帐的是李岩，他是我最得力的干将，骁勇善战，曾单人独骑杀出匈奴的包围。我把刚才的情况详细说了一遍。

他说他已观察我们三天了？

是的。

他进到大帐之内，你竟然没发觉？

是的。

李岩的两个反问，让我头皮阵阵发麻，不由得冒出冷汗。

李岩说，这位老者确实不简单。

来到后山，老者已摆开阵势，他手中竟然拿了一根木棍。老者说，是单打，还是群上？这简直是欺人太甚。我一抽腰刀，就要上前。李岩一把扯住我说，老大，他可是我们新来的头儿啊，敢这样单挑我们，必有杀手。要不，我先上，你也好有个退路。

李岩放下长矛，也折了一根木棍。

老者说，听清楚了，规矩是戳到为止！现在开始。

老者边说话，身子边往前欺。话音刚落，已接近李岩，手中木棍迅速直伸，一下子就戳到了李岩的胸口。李岩还没反应过来呢，就输了。

你这叫偷袭，不行，重来。李岩不服气。

老者抬起木棍打到李岩嘴巴上，战场允许你重来吗，你这个死人。

鲜血顺着李岩的口角流了下来，李岩倔强地抬起头，双眼冒出怒火。

不服气是不？好，你们这些狗杂种一起来。扰我边塞，杀我民众，今天不把你们这些狗杂种碎尸万段，我死不瞑目。老者越说越激昂，木棍再一次打在李岩的脸上。

李岩怒不可遏，扭头大喝一声，兄弟们，上！

这次，老头儿撒腿就往后撤。

想跑，没门。除了我，大家嗷嗷叫地冲了上去。

然而，才跑出四五步，猛听得轰隆一声巨响，我的手下全部落入陷阱内。原来老者早在道路中间做了手脚。他一人跑过，陷阱的覆盖物还能够支撑。可我的将士们一起跑过去，必定全军覆没。

难怪，他敢单挑我们一群人。

难怪，他选在天刚亮时分。

难怪，他有意这样激怒我们……

见众人落入陷阱，老者抡起棍子向我冲来。老者边冲边大声高歌：赳赳老秦，如日方升，保国安民，不惜生命。我若后退，子女何存，父母何生？

老者字正腔圆，铿锵之力穿越层林，群山回应，如同裹挟着千军万马奔腾而来。我此时呆若木鸡，心中一片茫然。老者毫不客气，抡起棍子向我打来。

一下，二下，三下……

疼痛赶走麻木，羞辱激发血性。我本能地挥出手去，原本想斩断他的棍子，没想到，弯刀一个上撩，却插进了老者的胸膛。

老者看着我，脸上带着笑。

我放声大哭。

老者断断续续地说，孟将军，你缺的不是士兵，而是士气。提升士气要靠智慧，更要靠不怕死的决心。我……就是给你搬来的救兵。

从陷阱里爬出来的众人，围在老者身边，哭成一团。

白　鸦

邢庆杰

那对白色的乌鸦从空中扑向他的一瞬间，朱老三忽地从梦中惊醒，直挺挺地坐了起来，脸上、身上全是汗珠子。

窗外，电闪雷鸣，雨声如瀑。

奇怪，好多年前的事了，咋又梦见了呢？

朱老三翻身下床，右腿画着半圆，一瘸一拐地走到饭桌前给自己倒了一杯白开水。

大前年的一天早晨，朱老三起床的时候，右腿忽然就不听使唤了，西医、中医都看了，也打了无数针，吃了无数药，大半辈子的积蓄都花光了，也没能治好。

朱老三重新躺到床上，却再也睡不着了，外面的雷雨声倒没有影响他，他的脑子里，全是那对白色的乌鸦。

朱老三是护林员，已经干二十多年了。护林员主要职责是防火灾防盗伐。盗伐树木是要被判刑的，所以，真的敢来伐树的人并不多，最让他头痛的，是那些来砍树枝的半大孩子，他们专趁他中午打盹儿的时候，选个离他远一些的地方，猴子一样蹿上树，专拣手腕粗细的大树枝砍。等他听到动静赶过去时，他们早就拉着树枝跑远了。

那年月，农村穷，老百姓买不起煤，冬天取暖做饭，全靠晒干的树枝子这种“硬柴火”。自家的树枝不够烧，就打起了集体林场的主意来。朱老三原则性很强，他自己决不上树砍树枝子，而是用绳钩子把树上已经枯死的树枝子钩下来用。这样当然不会收集到大量的柴火，但朱老三还有一个办法：拆鸟窝。一个硕大的鸟窝，足够一家人烧半个多月的。这是朱老三的特权，因为鸟窝都筑得非常结实，短时间内是不可能弄下来的，别人都没有机会。

那年冬天，朱老三的儿子刚刚出生，家里那三间四面透风的房子更需要取暖。他就把那个多年的鸟窝拆了。那个鸟窝真的很大，他从中午一直拆到太阳西斜。当拆到最里层时，竟有了意外的收获，里面有四只鸟蛋。他把鸟蛋放在口袋里，就顺着树干溜了下来。

朱老三用地排车把拆下来的柴火运到家里，这时候太阳已经落山了，整个天空红彤彤的，让寒冷的冬天有了一丝暖意。他正从地排车上往下卸柴火，忽然面前掠过一阵冷风，他下意识地缩了缩脖子，一只鸟儿贴着他的头皮飞了过去，头皮火辣辣地疼，用手一摸，满手掌的鲜血。他惊恐地抬起头，只见两道白色的影子冲他俯冲下来！他从地上抄起一根木棍，迎面抡了出去！鸟儿惊叫着，留下了几片白色的羽毛，落在了对面的房顶上。是乌鸦，两只罕见的纯白色乌鸦冲着他愤怒地鸣叫！他忽然明白了，下午拆的鸟窝，应该是这两只白鸦的，是它们寻仇来了。

那天晚上，他把四只鸟蛋煮了，给妻子补充了营养。两只白鸦在他的屋顶上叫了一夜，吵得他和妻子一宿都没睡好，孩子更是不停地哭叫。第二天一早，孩子发起了高烧，请来村里的赤脚医生，折腾了一天，也没让孩子退下烧来。第三天，等他把孩子送到镇卫生院时，孩子已经没了呼吸。妻子当天就精神失常，几天后在村后的河里淹死了，也不知是失足掉河还是投河自尽。

朱老三把鸟枪装满弹药，开始找那两只白鸦寻仇，但那两只白鸦再也没有出现过……

天快亮的时候，朱老三打了个盹儿，醒来时太阳已经一竿子高了，推开屋门，朱老三吃了一惊，门前的水洼里，躺着两只白色的乌鸦。望着曾经的仇家，朱老三竟没有丝毫复仇的快感，而是从心底升起一阵兔死狐悲的伤感：它们也老了，经不起大的风雨了。

他踩着一地的泥泞，走出院子，吃惊地发现，院子外的小路上，也躺着十多只死鸟，有燕子、麻雀、啄木鸟……昨天晚上的风雨太大了，无家可归的鸟儿都被风雨打了下来。

把所有的鸟儿都埋葬之后，朱老三的心情变得异常沉重，脑海里不断闪现着二十几年来他拆除的那一个个鸟窝，他第一次感觉到，那是谋财害命，是作孽……

朱老三开始行动，是三天以后的事情了。他找出了祖传的木匠家什，伐倒了两棵枯死的榆树，用大锯把它们锯成板子，开始在护林屋里造鸟窝。他有祖传的手艺，整个鸟窝，没用一颗钉子，所有的木板都是扣起来的，板子之间的缝隙全部用蜂蜡封得密不透风。鸟窝的出口处，上下各安上一个巴掌大的平板，上面的遮雨，下面的供鸟儿站立。他对自己设计的鸟窝非常满意，就按这个样品，日夜不停地做，困了就睡一会儿，饿了就啃个馒头喝点儿水。一个多月后，他把所有的木板都用完了。他数了数，共做了四十八个鸟窝。

朱老三也老了，他休息了一天，扛着一副轻巧的竹梯子，把鸟窝一个一个地安在林场的树上。他的口袋里装着浸泡透的小米，每安装好一个鸟窝，他都撒一把小米在鸟窝入口的木板上，吸引鸟儿来这里安家。

朱老三用了十几天的工夫，才把四十八个鸟窝均匀地安在了林场的各个部位。最远的地方，离护林屋有三四里路。在来来回回的路上，他欣喜地发现，最早安装的几个鸟窝，已经有鸟儿出入了。

在安装完鸟窝回来的路上，他忽然觉得有什么地方不太对劲儿，停下来仔细想了想，却想不出来，就继续走了几步，这才发现，自己的右腿不知什么时候不画圈了，恢复正常了！

他的目光停留在一棵枯死的槐树上，心里估算着能做多少个鸟窝。

冬　夜

薛培政

那年，村里还没通电。腊月过半，连下两场雪，接着又刮起西北风，天刚擦黑，街上就不见人了。

一盏昏暗的油灯下，长根爹喝了碗玉米面地瓜粥，点燃自卷的喇叭筒烟卷后，又陷入沉默中，唯有唇边的烟卷一明一暗地闪着猩红的光。

长根娘斜躺在被窝里，吃力地喝了小半碗粥，就说喝不下。她瞅了瞅正啃着窝头和咸菜的几个孩子，又把目光转向男人，半是恳求半是催促道："当家的，要不，再出去问问，看谁家还杀年猪，大过年的，咋也得让孩子们尝点儿荤腥不是？"

"唉！找谁问哪？"长根爹重重地吸了一口烟，苦着脸叹道。

"都是俺这不争气的身子骨儿闹的，这一年吃药打针花的钱，该买多少肉呀！"长根娘说着，又落下泪来。

"你看你，又来了，人吃五谷杂粮，哪有不生病的？等天暖和了，病好起来，落下的饥荒，咱慢慢还。再说，离过年还有些天，总有杀猪的人家。"长根爹说罢，起身套件厚棉袄，戴上顶狗皮帽子，两手一揣要出门去。

"爹，俺也跟你去！"见爹出门，长根把窝头往桌上一搁，就要起身。

"小孩子家，你跟着干啥咧？"见爹心烦，长根也不敢犟嘴，悄悄地朝着娘使眼色。

长根娘说："让他去吧，黑灯瞎火的，也好跟你做个伴儿。"

见爹不再坚持，长根便跟在爹身后走出门去。

长根爹见不得女人落泪。以前，身材瘦小的她像个壮劳力，没白没黑地操持。也许是劳累过度，今年春上她一病不起。大小医院没少进，打针吃药也不见轻，后来让邻村的中医看对症，这才好转起来。为给她治病，该卖的东西都卖了，能借的钱都借了，还落下一腚饥荒。

其实，长根爹一直操心着割年肉的事。往年这时，他早去找杀猪户凑猪份子，预订下要割的年肉了。

这年，因家里没有钱，他也气短三分。进腊月，他面上没事儿人似的，可心里却像猫抓一样。

长根舅家杀年猪，可借人家的钱还没还上，咋有脸张口？长根堂叔家也杀年猪，人家开春要办婚事，急等着用钱，也不便张嘴……长根爹思来想去，只等生产队决算分红后，再借支买年货。

这年队里决算迟，等借钱到手时，已过了杀猪旺季，他着实作难了。

夜深人静，灯熄犬吠，村子里漆黑一片，抬头是黑黢黢的天，低头是黑洞洞的胡同，只有呼呼的风在叫。

爷儿俩呆呆地站在树下，长根爹一句话不说，一支接着一支地吸烟。

过了一会儿，一阵咳嗽声传出，前边那座小院里亮起灯。那一缕微弱的灯光，让站在黑夜中的爷儿俩眼睛顿时闪亮了。长根爹低头望他一眼，使劲儿抹把冻僵的脸，拖着像灌了铅似的双腿，带着他朝前走去。

嘎吱嘎吱踏着积雪，爷儿俩循着灯光，来到罗瘸子家门前。长根爹抬手想拍门，可抬了几次都没拍下去。他曾经和罗瘸子有过节，犹豫着转回身去，可没走两步，他又突然折回身来，终于牙一咬脚一跺，拍响面前的木门。

罗瘸子是个鞋匠，靠交钱向生产队买工分。他家孩子少，日子略微宽裕些。他心热人善，每年喂成的肥猪，总拖到年跟前屠宰。有人笑他发善心照顾穷汉子，他也不否认："都是乡里乡亲的，能拉一把就拉一把。"

见他们上门，未等长根爹张口，罗瘸子说："知道你这一年过得不易，家里又摊上病人，给你留了五斤。别嫌少，将就着过年吧！”那一瞬间，长根忽然觉得一股暖流涌遍全身，鼻子酸得想掉眼泪。他见爹张了张嘴，想说些什么，也被罗瘸子抬手打断：“啥话也别说，先把年过好，日子长着哩。”

回家的路上，风夹着细沙般的雪粒，打得脸上生疼，爷儿俩竟不觉得冷。进院后，长根爹没顾上喘口气，就朝屋里喊：“孩他娘，咱家年下有肉吃了！”

沉寂的屋子里，顿时有了生气。快一年没吃肉的孩子们，一个个从被窝里骨碌碌地爬起来，一张张小脸就像一朵朵含苞待放的花儿。

几个孩子叽叽喳喳乐够后，又钻进被窝睡下了，长根却翻来覆去睡不着。1974 年冬夜里那一缕灯光，就像烙印一样刻在了他的脑海里。

多年后，创业成功的长根，成了一名远近闻名的慈善家。

第 5 辑

日照春山早

日照春山早

宁春强

就要退休回家了，我在忙着清理办公室属于自己的东西。书柜里的两听陈年茶叶，让我一下子陷入了沉思。我仿佛又看到了老马那双充满着渴求的眼睛。

老马已去世多年了。以前，作为分管单位人事工作的我，几乎每个工作日都能见到老马。老马大号马廷奎，一年四季都穿着一身泛旧的中山服，头戴一顶蓝帽子。敲过门之后，不管你应不应声，他都会顾自走进屋来。

“我的那个事，快有眉目了吧？”款款地坐下后，不等你回应，或许根本就没指望你会有什么回应，老马便信手拿起一张报纸看起来，一看就是小半天。仿佛他的到来，仅仅是为了读报，办事倒是次要的了。

老马要办的那个事，是退休改离休。而办离休有着严格的政策规定，必须是新中国成立前参加革命工作的老干部。我们曾多次认真审阅过老马的档案，他是 1953 年参加工作的，不能办“退改离”。

道理讲了无数遍，可老马依旧坚持天天来办公室问。他总强调新中国成立前他是从事秘密工作的，因此档案中没有记载。“我姐夫可以为我做证。”老马每次都要搬出他的姐夫。

我多次苦口婆心地劝导他说，如果你姐夫证明你新中国成立前参加革命工作有效，那么，我也可以证明我父亲具备退改离条件。这样的话，岂不是人人都可办离休了？

老马无语，呆呆地望着我，半天，长吁了一口气。

因为常来，同事们和老马就都混得很熟。冷不丁哪天老马没来，大家反而觉得缺少了点什么。一次，单位搬家，大家说这下子老马好几天找不着我们了。不料，话还没说完，便发现老马已在新办公楼里，正帮着我们打扫走廊的卫生呢！

后来，老马迷上了写信。借上笔和纸，戴起老花镜，老马端坐在我办公室的茶几上，蛮认真地写。内容全是他所谓的当年从事地下工作的经历。我读过几封老马的信，内容竟像真的一样。他是不是看谍战片看多了，产生幻觉了？

不料，一连数日不见老马来。是想通了，还是另有原因？又过了两个多月，几下敲门声过后，老马步履蹒跚地走了进来，手里居然拿着两听茶叶。“我的那个事，就给办了吧。”他目光直勾勾地盯着我，脸很是灰暗，人也消瘦了许多。“这茶叶您先尝尝。”说罢，老马陡地咳喘起来。

我不知道该说些什么是好，更不知道该如何拒绝他的这两听茶叶。那或许是老马的全部寄托。在他看来，我收下了这两听茶叶，就等于给他以希望。那就先留下吧，日后再想办法退还给他。

“谢谢。”我冲他点了点头。

老马欣慰地笑了，半是激动，半是感激。“我拿几张报纸回去看，下次来再还给你。”我赶忙应许。

之后，我再也没有见到老马，也没有听到有关他的任何消息。直到有一天，一位文静的陌生老者，敲门进我的办公室。

“打扰了。”老者自我介绍说，“我姓罗，是马廷奎的姐夫，他去世了，不会再来叨扰您了。生前他一直劝我来为他做证，可我又能证明什么呢？”

老罗满头华发。“马廷奎跟我讲了几十年了，说他新中国成立前是搞地下工作的。那时，他们都是单线联系。”他喝了口我递过去的一纸杯开水，目光举向天花板。“可是，他的上线牺牲了，马廷奎无法与组织取得联系，成了断线的风筝。”

我无语，不知道该说些什么是好。

“他独身了一辈子，无妻无后，有的只是好多张奖状，挂得家里面满墙都是。”老罗的脸上呈现出一丝不易察觉的笑意，“他在阀门厂当了一辈子工人，年年都是先进。晚年他要办离休，也不是为了待遇，只是想让组织明确他的身份。”

见老罗准备起身，我赶忙把老马的那两听茶叶，摆放在他的面前：“这是马廷奎的，劳烦您带回去吧。”

“就留个念想吧，谢谢您当时没有拒收。直到临终前，马廷奎都对他退改离的事情满怀信心。”老罗从衣兜里掏出一封信，“这是他临终前，嘱托我一定要转交给您的。”

我收下了老马的遗书。信封里是一张白纸，纸上只有五个字：日照春山早。

我的心蓦然一动，像被什么东西击中了一般。我本家的三大爷，新中国成立前曾做过地下工作。他老人家在弥留之际反复念叨的一句话也是：日照春山早！

这是当年地下党的接头暗语吗？我呆住，满脑子都是老马那双明亮的眼睛。

共享晚餐

万　芊

才下榻，肖能就从东道主提供的资料上，看到了一个熟悉的名字：丁楠。来自上海。肖能估计是她。

没想到，这次新品研发招商的竞争对手，竟会是她：十几年前一次夏令营的竞技对手。

肖能知道对方研发团队的实力，与自己的团队不分伯仲、各有千秋。如果硬拼，他们各自成功的概率都只能在百分之二十左右。而他们共同面对的是三个实力强劲的海外研发团队。

这让他不由得想起那次难以忘却的夏令营。

十几年前，肖能参加了一次华东地区的高中智能综合竞技夏令营。营地设在连绵的大山里。报到第一天，肖能被安排在一个五人小组，接下来的十天里，他将与其他四位同学组团参加竞技项目的测试。

晚餐前，肖能和大家一样领到了统一配发的简单行装。教导员非常明确地告诉他们，第一天晚上的晚餐，他们将安排在学员小食堂凭餐券用餐。他们的餐券，就在他们各自的行装里。只是他们五个人中，有一个人没餐券。第一天晚上，大家就要面对百分之二十饿肚子概率。还有，在这四周的大山里根本没有任何小商店可以购物。

互不相识的五人顿时面面相觑。谁都期盼着开营第一天好运能眷顾自己。

甲男生是个小胖子，率先在自己的行装里找餐券。他一下子就找到了那张幸运的红色餐券，欣喜着，生怕被别人抢走似的，没看谁一眼，自顾跑进那个小食堂。

乙女生神色有些紧张，怯怯地在行装中翻寻，手忙脚乱，一时没找到，急得眼泪都快流出来了。最终，她还是幸运的。当拿到红色餐券时，她的脸一下子通红，她为自己最初的失态而羞愧。

丙男生，大大咧咧，他干脆把所有的东西一股脑儿倒在地上，那张红色餐券赫然其中，他为自己的坦然、不屑一顾而得意。

小食堂外，就剩下丁女生和肖能，肖能反而不急了。他明白，今晚他和丁女生饿肚子的概率是对等的，一半对一半。如果他们俩不合作，将同样会面临百分之五十的风险概率，但不管这一半降临在谁身上，谁都是百分之一百的不幸。他不愿这个不幸发生在自己身上，同样也不愿意她“落难”。

肖能以平和的口气主动和丁女生打招呼：“嗨，我叫肖能，来自苏州。”

丁女微笑着回应：“我叫丁楠，来自上海。”

为缓和一下紧张尴尬的气氛，肖能开了个玩笑，说：“没想到，我们成了一根线上的两只不敢蹦跶的蚂蚱。”

丁楠说：“其实，我的饭量不大，我可以多匀一点儿米饭给你。你不要有太大压力。”

肖能说：“其实，我吃菜也是不讲究的，我可多匀一点儿菜给你。”

丁楠提议说：“那你先找一下你的券。”

肖能想了想说：“为了公平、对等，我提议我俩抓阄。谁抓到，谁先找。”

丁楠觉得这个办法可行，于是在两个纸团中，抓了一个，她先，于是她开始找自己的餐券，竟然一下子就找到了。

两人击掌祝贺，一起坦然走进小食堂。

这时，那三个人，像捡了什么便宜似的早已匆匆离开了。

肖能和丁楠各自兑现了自己的承诺。饭菜一分为二后，肖能吃到了大半的米饭，丁楠吃到了大半的菜肴。

就在这时，肖能发现了一个小秘密，小食堂里的豆腐菜汤是免券的。于是，肖能舀了一碗汤，尽可能地把其中的豆腐、菜渣集中起来，又小心地把这碗珍贵的汤推到丁楠面前。丁楠笑笑，另取了一只空碗，一人一半。

用完餐，两人在小食堂前的小路尽头坦然分手。

填饱了肚子，一夜好梦。

第二天晨会，教导员给五人第一项竞技项目打分：甲男生、乙女生、丙男生，不及格；丁楠、肖能各五分。

十天转眼就到了，丁楠、肖能最终获得了这次华东地区高中智能综合竞技夏令营总分并列第一。

离别时，肖能找到丁楠，说有一样纪念品要赠给她。当肖能掏出一张红色的晚餐券时，丁楠诧异了。肖能说，这是我后来在自己的行装里无意间找到的。说明这是夏令营精心设计的一个考核项目，并不是真的要让我们挨饿。因为互信、合作，我们有幸得了高分。

招商会报到的当天，肖能果真见到了丁楠。海外留学的经历，让丁楠更成熟，气质不凡。有了十几年前的合作，肖能直接破例跟丁楠提出了合作研发的意向。他俩都明白，五个竞争团队，那三家可谓势均力敌。而他们虽各有短处，但也有明显的长处和优势，正好互补。

接下来，肖能和丁楠以百分之四十的概率，幸运地打败了那三家竞争对手，又以各自最强的实力联手，分工合作，在最短的时间里，圆满完成了新品研发，其结果大大出乎东道主的意料。

之后，肖能和丁楠把这种合作模式，称作“共享晚餐”式合作。靠这种“共享晚餐”式合作，他们在同行中脱颖而出，成为那个行业中两个并驾齐驱、长短互补、不容小觑的龙头研发团队，创造了一项又一项令人瞩目的辉煌业绩。

写字的老人

邓建华

广场的地面砖很周正，拼在一起，真像一幅巨大的字帖。

华灯初上，有位驼背老人手提装有清水的旧油漆桶，肩扛一米长的毛笔来了。这个姿态，让他本来有三分猥琐的样子，在灯影下，变得有了七分生动。

驼背老人不管别人怎么看他，只要是晴天，他就准时来，先是摆好水桶，硕大的笔头蘸上清水，就提笔开始写字，工工整整地将字写在方格的地面砖上。欧体，飘逸、洒脱。书《满江红》，或《登鹳雀楼》。大热天，他常常穿一条西装裤，一件背心，一口气能写上百字，也不见他歇，甚至他不喝一口水，不抽一支烟。清水的字，让那有些呆滞的广场充满韵味。有人散步，匆匆走过广场，陡然发现地面上遒劲有力的字，赶紧收住脚步，围着字细细看一番，“啧啧啧”赞叹不已。有几个半大不小的孩子，止不住加速度的轮滑，碾压过老人的“作品”，也不见他抬头喝止。他还是那样从从容容地写，腰不痛手不酸的样子，着实叫人惊叹。等到广场舞大妈们开始张罗着，将音响设备推过来，驼背老人才开始收拾自己的笔“墨”。他将六七斤重的笔在桶里反反复复淘洗，将笔锋上每一根不服的白毛，扯拉得顺顺溜溜，再将有些脏的剩水，提到不远处的金桂树下，小心浇灌。我一直觉得那棵树与别的树不同，如果说那一排树是一个班的学生，这棵树就有点儿它们中“学霸”的骄傲样子，是喝多了那些“墨”水吗？

有段时间天气不错，驼背老人天天来，我也就天天去广场溜一圈。

有人问，您收不收徒弟啊？这么好的本事。老人偶尔搭腔，说，哪天没饭吃了，可能会！

书法家协会的主席听说有这么一位老人，派人寻了过来。来人看着老人写了十几分钟字，面带羞愧小心翼翼地说，如果请您加入我们书法协会，您老愿意不？老人头也不抬，瓮声瓮气地说，哪天没事干了，可能会的！

驼背老人的这点儿怪脾气，彻底调动了我的好奇心。我想要读懂他。他是谁？天天这么练，他要干什么？

许多人围着他转。我围着他的字转。他，还是一声不响地提笔写字，不关心所有的疑问和好奇。

这天，天有点儿闷热，他每每写到第三行字时，第一行就已干了，所以总是只能见到有两行字，伴着他缓缓前行。倘若此刻有一个航拍器，拍下这种场景，老人就像一只慢慢蠕动的蜗牛，爬行在日复一日的轨迹上。

我忍不住说，要能写在纸上，该有多帅！老人说，有天到了那步田地，可能会的！

我不理解那步田地到底是哪步，就说，毕竟啊，写在地上的清水字，一瞬就不见了！老人将笔蘸满清水，写完“浪淘尽千古风流人物”几个字，才接过我的话说，是吗？那刻在石头上的字，也只一瞬就不见了。我看见那几个字，转眼就风干了，不知道怎么回答。

老人见我没有再说什么，就笑道，我没有在写字啊，你没有看见我只是在扫地吗？他照例在他该收场时，洗笔、拨锋、泼水、扛笔、提桶而去。我很纳闷，扫地？！

后来在一个小区的传达室，我碰见他，只是，他没提笔，而是握一把不太利索的竹扫帚，在认真地打扫外来车辆粘带进来的纸屑，那一丝不苟的神态，很熟悉。

我迎上去，说，您好啊，您在这里扫地？

老人头都没有抬，有一句话却有力地蹦出来，扫地？你没见我在写字吗？

老三匪队

丁新生

清朝末年，陉山一带有一支匪队，装备精良，人强马壮，攻城掠寨时，一律赤膊上阵，个个心黑手毒，都是拼命的主。无论是富人还是官府，提起这支匪队，皆是谈虎色变。

这支匪队很特别，匪徒皆为家庭的老三。之所以这般古怪，都与大驾有关。大驾姓胡，名汉杰，是新郑县胡庄的胡家老三，他以凶狠狡猾、刁钻古怪著称，从驾杆那天起，立下一个规矩，只有家庭男丁排行老三者，才有入伙资格。其因是，他坚信老祖宗留下的“老大憨，老二奸，最坏的数老三”这条俗语，凡入伙者，胡老三都会对其进行考察，凡不符合要求者一律退回，曾有一些冒充老三入伙者被撵下山，县城东陈庄的陈大牛就是其中一个。

陈大牛，只因家贫，从小随父母讨饭，受尽了人世间的屈辱，十六岁那年，父母饿死在讨饭路上。后来他拜一位厨师学艺，因经常受欺负，两年后弃师流浪。一天，陈大牛听说胡老三匪队在新郑、长葛、禹县三县交界地方名气很大，连官府都不敢惹，每次攻城掠寨，抢来的银两论功行赏，不但可以大碗吃肉，而且还可大秤分金，于是化名陈老三入伙。胡老三看他仪表堂堂，还听说他学过厨师，分配他到厨房当起火头军。陈大牛来到伙房后，担水扫地，洗菜淘米，劈柴烧火，样样活儿抢着干，他做的菜色香味俱全，因而博得众匪称赞。

半年后，胡老三率领匪队偷袭禹县的王寨，那天正逢庙会，众匪扮作赶庙会的人混进寨里，趁村民晚上看戏时候，里应外合一举破寨。

当晚，胡老三论功行赏，有的分得金银财宝，有的分得贵重物品。轮到陈大牛时，胡老三说，兄弟应该成个家，让陈家早日续下香火，我把王员外的二小姐赏给你。陈大牛听后心花怒放，立即跪下磕头。

消息传出来，众匪怨声四起。按惯例，凡有显著战功者，才能享受这样的重奖。陈老三只是一个火头军，他没资格！

胡大驾听说后立即把众匪集中起来，让小匪坐筐中过秤称体重，这是胡老三多年坚持的一项制度，每半年一次。过完秤平均每人增加三斤半。胡大驾问道，这几个月伙食咋样？众匪异口同声说，不赖！胡又问，这次攻寨，夜里急行军八十里累不累？众匪回答，不累！胡再问，没有陈老三行吗？众匪沉默了。胡大驾道，陈老三把你们养得个个像头熊，没他咱们能够顺利攻下寨子吗？众匪怨气顿消。

再说陈老三兴高采烈地来到洞房，只见一个姑娘坐在床沿上泪流满面，听到脚步声后止住哭声，抬起头，杏眼喷火，喝道，你是何人？为啥进入我的闺房？陈老三顿时脸上发烧，说不出话来，好半天才结结巴巴地说明来意。姑娘怒道，你们这些强盗，杀了我的父母，抢走了金银财宝，还想霸占我！你若再往前走一步，我就死给你看！只见她从袖内抽出匕首，一下子对准喉咙。陈老三大惊，急急摇着手，忙后退数步。姑娘一番话让他感到羞愧难当，恨不得钻入地下，一转身跑出门外，抽了自己两个耳光，更不敢往房中多看一眼。就这样陈老三靠着院中的老榆树，不知不觉睡着了。

忽然，有人把他叫醒。他睁开双眼，发现天已蒙蒙亮，一小匪说大驾叫他。陈老三来到胡大驾跟前，只见胡大驾满面怒气，吼道，陈大牛！陈大牛一听大吃一惊，大驾已知道他冒充老三，于是忙跪下苦苦哀求，不愿起来。胡老三道，你敢欺骗我！说着把手枪砸在桌子上。陈大牛看胡老三已铁了心，只好磕了三个头下山。

1925 年某天，队伍剿匪，仅一日时间，胡老三匪队被歼，胡老三被生擒。

行刑前胡老三心想，自己为何翻了船？死也要弄个明白，于是提出要和队伍的长官见个面。一个英俊魁梧、肩上扛着一个金星的军官来到他面前，喊道，大驾，还认得大牛吗？

是你！胡老三大惊。

陈大牛说，感谢大驾曾收留半载，在那段日子里我感到人生之路选对了，可是门进错了，很是后悔，于是略施小计下山。

胡老三叹了口气，脖子一挺说，我认栽！

两个大兵把胡老三吊起来，鞭子狠狠地抽在他的身上。胡老三的叫声渐渐由大变小，由小变无。

湖畔天鹅

陈宏伟

有个采风活动在港区举办，可那是一个现代化的航空新城，是否有“风”可采，令人生疑。朋友眨着眼睛说，那里有芦苇。蒹葭苍苍，白露为霜。我瞬间被说服。看芦苇这件事情，被朋友披上《诗经》的美丽外衣，显得单纯而有诗意，让我兴致萌发。虽然我平日做的很多事情，事实上并没有足够的理由。

我们可能是在一年中最寒冷的一天抵达的。港区如同一个宽阔的特色小镇，几乎没有高层建筑，看到的是新垦的花园、整齐的厂房，还有挖掘机轰轰作响的工地，车窗外不时有巨鸟般的货运飞机从天空滑降，带给人一丝新鲜和激动。道路上很少有行人，我不禁猜想，许多年轻人大概正在富士康一般的工厂车间里忙碌。人与流水线结合，那是一种有规则的忙，有序的忙，不同于老城区街道熙熙攘攘的忙。

入住的是一家假日酒店，在大堂刷脸登记时，听旁边人议论，之前有个漂亮的空姐，夜里在航空港乘车被滴滴司机杀害，空姐当晚住的正是这家酒店。我听了浑身一颤，顿生不寒而栗之感。这里原是一个近乎沉睡的山村，自从港区划定于此，山村不断被惊扰、被唤醒，原来的本地村民化身城区的市民，许多尖锐的、陌生的、意想不到的事情都会发生，车马喧嚣、霓虹繁华，当然还有空姐遇害的惨痛事例。我没敢跟采风团的女士们说，担心她们听了半夜会被惊醒。凭窗听风，港区的夜晚给人异样的感觉，这里是现代化的航空城，飞机翼尖、尾尖的频闪灯不时从夜空划过，可远处又刻意保留有大片山野之地。凛冽的寒风如同从山谷的隘口刮来，能将人的睡梦击碎。

次日上午，我终于看到了那片芦苇。“港”字毕竟有三点水，似乎为了使港区名副其实，这里凭借山势围坝蓄水建成了一个湖泊。湖岸是一栋栋风格迥异的外国园林建筑。我们从电瓶车上下来，走进那片芦苇。在手机的滤镜之下，枯黄的芦苇显出金黄的色彩。可惜我的老旧手机大概也惧怕寒冷，室外的冬日令它的金属机身愈加冰凉，刚拍了几张照片，就罢工黑屏了。就在这时，我看到了它们，从芦苇荡里游弋出来的两只美丽的黑天鹅。采风团的女士们立马兴奋起来，仿佛隐秘的喜悦突然被触动，她们发出声声惊叹，真美啊，黑天鹅！黑天鹅！朋友想模仿天鹅的叫声呼唤它们，他张大嘴巴想了半天，又尴尬地低声问我，天鹅是怎样鸣叫的？“昂昂昂”，很难听，很沙哑。我说，你就捏住鼻子大声叫喊“昂”就行。朋友看了看采风团的女士们，可能觉得有损形象，悻悻作罢。

黑天鹅原产于澳洲，在发现它们之前，人们以为天鹅都是白色的。随着第一只黑天鹅的出现，这个不可动摇的信念崩溃了。黑天鹅的存在寓意着人世间总存在着不可预测的事情。它在意料之外，它总能改变一切。这两只芦苇荡里的黑天鹅，似乎警告我们不能相信已有的经验，一切都可以被颠覆。万物服从于寒冷的意志，寒风之中我冻得瑟瑟发抖，然而黑天鹅好像并不怕冷，它们不像我们簇拥在芦苇丛前照相时，笑脸如同咬牙强装的假面。它们游得安逸、悠闲，仿佛这里原本就是它们的家园乐土，是它们的永久栖息地。可我们知道，这个湖泊刚建成不久，只有一两年时间，或许更短。

黑天鹅为什么不飞走？朋友忽然问道。

是啊，它们为什么不肯飞走？我们的好奇心被挑起。

一位女诗人冲湖面喊道，黑天鹅，你们不向往大海吗？

我们被这个简单的问题所困扰。同行的女导游皱眉苦思，她整个行程都在回答我们许多刁钻古怪甚至不可理喻的问题，唯有面对这个关于天鹅飞翔的疑问，她也摇了摇头。

这个湖泊固然很美，但天鹅是什么，是“鸿鹄”的“鹄”啊，“燕雀安知鸿鹄之志”，你不仅善飞，而且是飞得最高的鸟类之一。曾有一部名为《迁徙的鸟》的外国纪录片，摄影师驾驶小型飞行器在高空跟踪天鹅的千里迁徙，他坐在飞行器上可以随时用手抚摸正在振翅飞翔的天鹅的脖颈。中国古人将不切实际的幻想比喻为“癞蛤蟆想吃天鹅肉”，为什么是天鹅？就是因为天鹅能够高飞嘛，当然还有它遗世独立般的美。寒风吹过芦苇，黑天鹅慢悠悠地向湖中央游去，它们既像是在逃避，又像是纯粹为了觅食。它们不时将美丽修长的脖子探进水面，寻找水生植物和藻类，我们采风团在它们眼里大约只是一群聒噪无聊的另类。

对我们而言，黑天鹅天然高贵、纯洁和自由，然而它们不肯飞走的事实，如同让我们看到了一幕骗局，与那些人造的草坡、悬崖，还有石头的、木搭的、不锈钢的异国建筑一起。我不愿意相信黑天鹅不会飞，就像我坚信它们不会退化。人类饲养的家鹅并不是由天鹅驯化而来，而是来自大雁。而天鹅永远是天鹅。

返程的路上，我坐在大巴车上昏昏欲睡。窗外满天冬日的阴霾，难以分辨什么时间。恍惚之中，我掏出充满电的手机，发现女导游往我们的采风群里发来了她的答案：

黑天鹅不肯飞，是因为它们被剪去了五六根飞羽。

为了防止它们飞逃，每年春天都要剪羽一次。

群里并没有人回复女导游，好似安静的湖面。我将手机装回衣兜，想重新陷入昏睡。那两只黑天鹅浮现在眼前，它们被剪去飞羽，如同为那个人造的湖泊献祭，令人悲伤。然而，或许在黑天鹅看来，这个世界无处不牢笼，飞与不飞又有什么区别呢。这样一想，我就睡着了。

羊蝎子

李　方

因为小弟的腰疼病在固原及周边的诸多正规医院、江湖郎中那里始终没有得到靠谱的诊断和有效的治疗，小病大养，反而养成大病，甚至让小弟忧虑成疾，我就决定利用休年假的机会带他去 301 医院进行彻底检查，并施以相应的治疗。

301 医院是中国人民解放军总医院的通俗叫法。对军队医院，人总是从心理上有一种莫名的信任感。当然，我有个在北京某部任职的同学，他与这家医院有着千丝万缕的联系，这是我决定带小弟去北京 301 医院最重要的原因。

但固原并没有直达北京的航班。我们是先直航到天津，然后乘动车再去北京南站。在动车上，同学发短信说：原本今天值班的是政委，但政委临时有事，换我值班，不敢擅离，因此委托朋友小王前来接站。

他同时发来了小王的手机号。

车一路顺畅，很快驶过了夜色中的 301 医院，直达同学单位门口，军队上的同学和公安上的同学都站在单位大门旁边的羊蝎子店前等着我们。

吃羊蝎子没问题吧？虽然简陋了一点儿，但今天不巧轮换值班，不敢走太远，又吃不准你们什么时候到，也不敢到别处订座。不过，羊蝎子你们宁夏人常吃，应该会合胃口的。

进屋落座。

羊蝎子是羊龙骨部位的通俗叫法。俗话说：吃猪不如吃牛，吃牛不如吃羊。

而羊身上最美味可口的就是羊脊椎。将脊椎一块一块拆开，形似“丫”字，那块块骨头就像是张扬的蝎子，故名羊蝎子。生活在宁夏的人，如果说没有吃过羊蝎子，那就不是地道的宁夏人。

小弟与我的两位同学不熟，也因为身体的原因不能饮酒。公安上的同学就劝他：那你好好吃菜。你不是腰椎不好吗？这是羊的脊椎，你就多吃点儿，吃啥补啥。

我只是频繁地与两位同学碰酒。要知道，我们已经整整四年没有见面了。

你也尝一块北京的羊蝎子啊，别光顾着喝酒。军队上的同学劝我。

我就象征性地从翻腾着的红油沸汤中捞起一块羊骨头来吃，果然没有宁夏的羊蝎子味道好。

饭局结束，我们往医院旁边的宾馆走去，我肚子里面像是塞进去了一个小水桶，哐当哐当响。

小弟说，你装了一肚子的酒。

第二天诊断完毕，结论是稀松平常的腰肌劳损，并无大碍，情况好到医生连两片药都不愿意开。不像小弟以前去的那些医院和碰到的江湖郎中，他们想尽办法塞给你两大包都装不下的药。人民军队就是好啊。

我和小弟心花怒放，想疯狂地庆祝一下。我想起了在宁夏和我一起吃羊蝎子庆贺她离婚的一个女人。

这个女人离婚后就离开了银川，来到了北京，感觉她就像是跟银川这座城市闹别扭、离婚了一样。

我在月坛医院附近，你们过来吧。

足足坐了四十分钟的出租车，我们才见到她。

她坚持要去一家火锅店吃火锅。

北京的羊蝎子不能跟宁夏的比。一是味儿膻，不像宁夏黄河滩的羊，吃的是中草药，喝的是矿泉水，拉出来的羊粪豆都是“六味地黄丸”；二是肉质柴，没有宁夏的羊肉嫩。她说。

她在宁夏的时候，我们就是酒友，只要相聚，非两瓶高度白酒不能结束。她拿到离婚证的当天，我正好在银川，我们就到玉皇阁北街的盛世花园酒店点了一锅羊蝎子，两瓶高度白酒。没有其他人，也没有其他菜。酒喝完了，沉寂下来的锅子里漂浮着一层红白相间的肥腻的羊汤，还有桌子上相隔不远的两碟羊骨头。

你怎么样？在北京还习惯吗？我问。

在哪儿都是生存，不是生活，无所谓好坏和习惯。她说。

但起码心情不同。这儿应该比银川环境要好一些，收入高一些。

其实都差不多。挣得多，但吸的霾也多。小弟的病看得怎样了？月坛这边有家骨科医院，其实比 301 还要看得好，我有个朋友在里面，要不要联系再查一下？

小弟连忙笑着摆手说：不用不用。我是心理负担比病情更严重，现在检查了没啥事，负担就没有了。

她微笑着说，也是。主要是心情。转过头端起酒杯对我说，哪？我们再走一个？

咣！

在银川，还有你跟我可以这样喝；在北京，没人跟我这样喝的，我也不想喝。她干了杯中酒，抽起一支烟。埋在锅气烟雾里的她的脸，看上去更年轻、更真实一些。

我和小弟在天津滨海国际机场候机的时候，她发了条微信给我：

哪里的羊蝎子都一样，没多大差别。当你吃尽了肉之后，剩下的，只有坚硬的骨头。

纸　条

李永生

他和她牵手了，他们都很珍惜这份姻缘。

他们两人都年近不惑，都属于离异再婚，尽管如此，他们婚后生活的甜蜜程度，一点儿也不亚于他们曾经的初婚。他们都觉得是老天眷顾，让他们彼此拥有。

他有一个八岁的男孩儿，她带一个七岁的女孩儿，他们都把对方的孩子视如己出。

他们享受着生活的阳光和世间的诸多美好，伴随着孩子们的成长，在相敬如宾中度过月月年年……没有哪个人看到过这两口子闹别扭，连他们的儿女都骄傲地说，我爸我妈从没红过脸。

其实，他们也有过不愉快，生活嘛，马勺锅沿，磕磕碰碰也是常有。只不过，他们不让隔阂升级，不让人看出他们的不快。毕竟都有过一段失败的婚姻经历，他们更懂得什么是彼此原谅和珍惜。

有一次因为他办错了事让她耿耿于怀，她想发作，但还是忍住了，后来她给他写了张纸条，放在他们卧室的床头柜上——

今天你做的这事，是不是事先没考虑好……

他很快看到了这张纸条，开始自责，马上拿起笔来，在纸条背面回复了她一句——

对不起，这事怨我。

有了第一次，就有了第二次、第三次，慢慢地，纸条传话，成了他们的习惯。

——我妈生活不讲究，以后她有什么不对的地方你告诉我，由我转告她，你直接告诉她，她会磨不开面子。

她明白了，乡下婆婆正在他们这里小住，她对婆婆一些不好的生活习惯曾当面善意地提醒了一次，或许惹得婆婆不高兴。她马上在纸条背面回复他——

好的，下次注意。

他们越来越觉得这种方法真的不错，不便直说的那些话，让纸条“说”出来，既不伤对方面子和自尊，又不让自己难为情。

——给你妹妹钱，干吗要偷偷给，我不是小气人！

其实，有些纸条，也没必要回复，只要下次注意或者改过来就好了。但他们还是尽量每条必回，以显示对这件事的重视和对对方的尊重——

怨我，下次由你亲手给她。

他们也曾经中断过一段时间的纸条传递，结婚几年后，最初的新鲜感没了，夫妻交流也就不那么讲究了。但很快，他们又把它恢复了。他们已经习惯了看完纸条先冷静片刻再提笔回答，现在当面提醒，当面解释，少了那份思考和冷静，有时“话赶话”，惹得俩人都不痛快。

纸条继续传递。

——当着那么多人的面，你怎么能朝我“立”眼睛呢！

——因为我眼睛小，“立”起来显得大。

…………

一开始，他们还都客客气气，他一本正经地问，她一本正经地答。后来，慢慢地变得不那么严肃了，他们学会了幽默，单凭那么一逗，先把对方心里那股火气消去一半。他们都觉得，自己是挺有幽默细胞的一个人，只是过去没有激发出来。

时光捻指，三十多年过去了，刚过完七十岁生日没多久的她，先他而去了。

俩孩子不放心他单独生活，要接他和他们一起住，但他没答应，他说他要守着这所老房子，这里面有你妈妈的味道呢。

他总是想念她，想得眼眶潮乎乎的。那些纸条，他没有丢弃，一张不落地保存着，这些宽窄长短颜色新旧不一的纸条，被橡皮筋捆成几捆。他把它们都拿出来，开始重读。他不是一张接一张连续看，他舍不得这样，就如同咀嚼美味，要小口小口地细嚼慢咽唇齿留香，不能在嘴里囫囵打个滚儿就吞咽下去，于是，他每天只看三两张。

每读一张，他便开始回忆这张纸条是哪一年的什么季节为什么写的。不论先看到纸条的正面还是背面，读完后都要先想想另一面写的是啥呢。想起来了，翻过纸面，把想的内容和眼前的字迹对照一下，如果一致，他会高兴地笑笑；如果想不起来或者记错，他也会摇头笑笑，心里说，老了，记不清了。

——今天你做的这事，是不是事先没考虑好……

——对不起，这事怨我。

他读得心里热乎乎的……

——我都成老豆角子了，除了你，谁稀罕？

他一时记不起来她为啥说这句话，想了半天，才依稀记起二十年前，有个姓陶的一年四季扎条破领带的秃顶老头儿对她“图谋不轨”，让他打翻了醋瓶子。翻过纸条一看，果然没错——

以后老陶教你练剑时别让他靠着你身子，让人笑话。

他不好意思地嘿嘿笑出了声。

晚上，他会把看过的纸条在她的遗像前烧了，让她在另一个世界和他一起重温一起走过的岁月的绵润温和与美好。

父母用纸条交流，孩子们是知道的，如今父亲又在读纸条中排解寂寞，他们对他的担心减少了许多。

他走得很安详，他是在烧完最后一张纸条后安然“睡”去的。

孩子们泪眼婆娑。

儿子哽咽着说："其实他们这种交流方式，和是不是聋哑人也没什么关系呀！"

女儿说："当然没啥关系，这只是他们自己的独门爱情保鲜秘籍。我们是不是也该这样！"说完这对早已结成夫妻的异姓兄妹相拥在一起。

驯　马

欧阳明

看着牧场上蹦跶的马驹，格鲁禁不住又皱起了眉头。

这马该驯了，再拖下去驯起来就难了。到时若是驯不好，说不定哪天就跑出去变成野马了。格鲁心里想着。

其实格鲁就是驯马的高手，只可惜现在上了年纪，没气力和马驹犟了。驯马，其实就是看人和马谁犟得过谁。现在，他唯一的希望，就是儿子能马上回来。

儿子也是驯马好手。打小，格鲁就带着他放牧，教他骑马、赶羊。后来又教他驯马。儿子不愧是牧民的儿子，一学就会。如今，儿子的骑术和驯马的能耐，在整个牧场已无人能比。

可儿子不在家。翻年后，儿子就去了百多公里外的县城。说只是去看看，可去了就没回来，留在县城，在城边一家牧家乐表演骑术，月收入还不到 3000 元，比在家放牧的收入少多了，几次叫他回来，他都不听。格鲁搞不懂，县城究竟有什么东西那么吸引儿子。

老伴儿也上了年纪，家里的牛羊需要儿子回来帮着照看。这片牧场养育了格鲁家的祖祖辈辈。子承父业，是牧民的传统，他必须劝儿子回来。他不能容忍这片一望无际的丰美牧场，在自己这代人之后，就看不到牛羊了。

格鲁打电话给儿子，叫他赶快回来商量建新房的事。

格鲁建新房，是为了给儿子结婚用。他想用新房把儿子留下来。格鲁希望儿子能娶山那边的乌兰。乌兰是个漂亮勤快的姑娘，还很懂礼貌。

儿子回来了。格鲁叫他先驯马。儿子用绳子套住马驹，飞身骑了上去。马驹想把儿子摔下来，狂跳着箭一样射向远方，但很快就回来了。回来的马驹，不再任性，温顺得像一个听话的孩子。

儿子小时候，也像马驹一样倔，不时还和人打架。格鲁怕他毁了，骂他，抽他，讨好他，给他讲祖先的故事，终于有一天，儿子懂事了，成了格鲁的好帮手。

晚饭的时候，格鲁劝儿子别再出去了。可儿子始终摇头。格鲁很失望，一怒之下，一口把一大碗酒干了。

第二天，格鲁就开始建新房。建房的木料几年前就准备好了。周围的牧民都骑着马大老远过来帮忙。

一天，两天，十天，十五天，一个月，新房终于建好了。其间，儿子想走，却不好意思说。房子建好后，儿子就走了。

儿子说，他想在县城边上建一个最大的牧家乐。格鲁想劝他，却没说出口。他知道儿子这种年纪，就像刚驯服的马驹，骨子里还保持着一股野性，来硬的肯定是不行，得慢慢磨。

走就走吧，总有一天受了挫折就会回来了。格鲁相信，这一天超不出半年。

可是半年很快过去，儿子一直没回来，还真建了个牧家乐。开业那天，儿子专程开车回来接他去了。牧家乐里有骑术和民族歌舞表演，还有牧家特有的饮食，那些来自全国各地的游客，稀奇得不得了。

牧家乐里比草原上过节还热闹。儿子和他的一帮朋友，沉醉在这种热闹里，眉开眼笑。

格鲁不喜欢闹闹嚷嚷的日子。他对儿子说，这地方太小了，马都只能跑圈，在牧场上，头顶蓝天白云，想跑多远就多远，多自在啊！

儿子说，自在是自在，可那样的生活，天天一个样，太寂寞太单调了。

格鲁不知道什么叫寂寞单调，放牧时，即便是一个人，听着羊叫马嘶，内心都充满了喧嚣，也充满了希望，那场景，热闹着哩。

格鲁放不下家里的牛羊，住了一晚，便要回去。儿子说叫车送他，他拒绝了。他计划赶车，到了站点，再步行回家。

儿子送他的时候，带了个女孩。女孩很漂亮，儿子说叫图雅，他们计划年底结婚。

一切都没按格鲁的想法去办，他不知道该说什么好。想了半天，说，想牧场了，就回来！

儿子说，放心！我是牧场的儿子，牧场永远是我的家。

这话让格鲁有了些安慰。归程中，他在想，那个以前只有一条街的县城，怎么变得那么大了，大得连他都找不到方向了。同时，他也想起了一碗酥油茶。他清楚地记得，十岁的时候，父亲带着他进城，午饭时给他叫一碗酥油茶。那茶有一种家里做的酥油茶没有的香味儿，越喝越想喝。只可惜，如今他再也想不起那是一种什么香味儿了。因为从那以后，他就再没来过县城。

我在你的生命里

徐　东

我是一名内心敏感、想象丰富的作家，但最近几年却没有写出什么像样的东西。

我甚至放弃了收入可观的工作，为的是想要写一部长篇巨著。

我为那部长篇小说开了上百个头，可没有一个开头让我满意。我被想要写的作品折磨得吃不下饭，睡不着觉，很快就由一个胖子变成了一个瘦子。我在镜子里看着瘦骨嶙峋的那个人，都开始怀疑那不再是自己了。

我站在书架前抽出一本书翻翻又放下，我坐在电脑前想写点儿什么却又放弃，在房间里来来回回地走动，像一只被关在笼子里的野兽焦躁不安。有时我强迫自己走出去，走在大街上却并没有明确要去的地方。

人到中年的我在阳光里也会喜欢阳光明媚，在乌云下也会盼着阴雨绵绵的诗情画意，在大街上看着人来车往也会喜欢城市的繁华美丽。而我所喜欢的一切又无所谓喜欢，仿佛我那颗心已经在现实与想象的双重燃烧下渐渐变成了灰烬。

写作使我身心俱疲，有时我什么都不想做，什么都不愿意想，对什么都心意沉沉地不感兴趣。我放任自己，躺在沙发上抽烟，看着烟雾袅袅，没有思绪。我会羡慕那些充满朝气与希望的年轻人，我也想像他们那样。是啊，我也曾像他们那样。那时我从一个地方到另一个地方，只需要一个想法，一张车票。那时我经历过顺境也经历过逆境，做过正确的选择也曾经犯过错。那时年轻的我根本没有意识到年轻的重要。

有一天晚上，我梦见自己回到了过去，梦中出现了一个和我年轻时非常像的人。

年轻人对我说，我认识你，你是一位作家。

我奇怪地问，你是怎么知道的呢？我的脸上又没有写“作家”二字。

他说，因为我是从前的你——我这一次出现在你的梦中，想对你说的是，存在是不会消失的，消失的只是一个人对自己对他的世界的记忆，可事实上你认为消失的仍然还继续存在着，只是并非以你认为的形式。你最大的问题在于，你对自己总是不满意，总是怀疑自己，否定自己。要知道，存在大于人所能意识到的存在本身，这正如作品大于人们阅读的作品本身——我的意思是说，你要坚定地相信自己，也只有相信自己才有可能继续写下去。

我摇摇头说，我被写作折磨得够呛，为什么一定要写呢？我本来可以不是一名作家，可以不写，但是我过去竟然写下了那么多的东西……

他笑着说，谁都难以与过去断然割裂为两个存在，所以无论如何你都会写下去，即使有些作家江郎才尽，后来再也没有写作，可他实际上仍然在内心写着——事实上所有的放弃都是假的，之所以造成这种情况，重要的原因在于……

我急切地追问，在于什么？

他说，在于你以为自己不再年轻了，失去了那颗怦然跃动的年轻之心——再会吧，亲爱的朋友，请不要忘记我就是你，过去的那个你，也就是我，我永远在你的生命里。

梦醒后我从床上爬起来，兑了一大杯温开水，咕咚咕咚一口气喝了下去。

我抹了抹嘴巴，打开电脑，噼里啪啦地开始敲字。

茶油薯包子

练建安

大年初五，一大早，我和族弟该回福州了。

县城东区，阳光明媚。

族弟启动了“大众”马达。我坐在副驾驶位上，伸手窗外，和亲朋依依惜别。

“阿建，阿建……你等等，等等……”

哦，堂姑！在她的小儿子拥军的搀扶下，拄着拐杖，提溜着一个沉甸甸的红塑料袋，颤巍巍地走来。

我急忙跳下车，迎上前去。

“姑，你……”

“给，茶油炸的薯包子。”

“姑，你这么客气。”

“不是给你的，给俺阿爸的。”

“你阿爸？”

“俺阿爸。拥军，条子给你哥。”

拥军憨厚地一笑，摸出一张纸条，递交给我。

福州第一干休所，王钢。另有一串数字，是电话号码。

“姑，你在福州还有个阿爸呀？”

“姑不说瞎话。”

拥军说，他也是前几天才知道的。山茶油好找，找大薯可就难了，他还是到乡下朋友家找来的，做种的。表哥，你多费心了。

我将塑料袋郑重地放在后备厢里，一再表态，保证完成任务。

车出发，渐行渐远。后视镜里，我看到堂姑依旧站在原地，好像还在擦拭眼泪。

这一天，是返城高峰。高速路上，只见小汽车排起长龙。

族弟说，姑是个怪人，过去呀，村里人来县城，总是不爱搭理人家。

我说，那些年，村里人进城，爱找熟人。姑是一个普通职工，哪有那么多闲工夫？我是农村娃，进城读书，堂姑就很照顾我。

“噢。”族弟适时转移了话题，不再谈论此事。

回到福州城，已是夕阳西下，我和族弟分手。

干休所在工业路，好找。没有费多大的周折，我来到了王老的身边。

干休所的小花园内，霞光映照。

王老身穿65式老旧绿军装，半躺在轮椅上，头发花白，耷拉着。一位中年护工，静静地站立一边。

“王老，王老，有人来看你啦！”

王老动了一下。

“王老，有人来看你啦！”

“呵，呵。”

“有人来看你啦！”

“哪里……来的？”

“武平。”

“武平？”

“武平！”

“呵，呵，好，好啊！”

我靠近，弯腰，恭恭敬敬呈送上“礼物”。

“我的堂姑，练招娣，你的女儿，送给你的。”

王老双眼发亮：“你说……什么？招娣？”

“招娣，练招娣。”

王老扭动腰身，护工忙上前扶持。他坐了起来，双手按在油腻腻的红塑料袋上，嗅嗅，放下，又拿起，嗅嗅，鼻翼翕动，脸上露出无比幸福无比欣慰的笑容，喃喃自语：“谢谢！谢谢！”

回家后，我和妻子说起了这件事。妻子是本地人，家乡“人情世故”多半由她打理。听完，她笑了，说，你真是个书呆子。

新中国成立初期，闽西土匪猖獗。为巩固人民政权，省里派出老百姓称为“大军”的英雄部队进驻各县剿匪，其中259团进驻武平。县志记载：“境内土匪被彻底肃清，共歼灭土匪3143人。”

负责武南片剿匪的“大军”营长就是王老——王钢。在一次追歼股匪的战斗中，他救下了一个五岁的放牛女娃。山窝里枪声四起，小女孩儿吓得钻入茅草丛哇哇大哭。战斗结束，王营长抱起了小女孩儿。他们都觉得特别投缘，特别亲。就这样，堂姑练招娣就成了王营长的干女儿。

老人们说，在那些日子里，人们常常看到，王营长牵着干女儿的小手，走在老城的旧街上，一人一张小板凳，一人一块现炸的茶油薯包子，边吃边笑。

部队归建。此后，王营长和我堂姑家还有联系。后来，堂姑上学，招工，后嫁入县城。堂姑生了儿子。王团长在千里之外捎来一套小军装。堂姑的回礼，就是茶油薯包子。

村里有条溪流，山洪暴发时，木桥板就会被冲走。生产大队就想建一座水泥桥。村里人请堂姑给省里当大官的阿爸写信，请求拨款支持。

王团长回信说，他只是人民军队的普通一兵，无能为力。建议找当地政府解决问题。王团长为表示他的支持，随信捐赠了一百元人民币。村里人很失望，说招娣没有用，进了城，忘了本。

堂姑觉得抬不起头来，和她的福州阿爸渐渐地疏远了。

堂姑属鼠，今年72岁。她的福州阿爸已是接近一百岁的老人了。那香喷喷的茶油薯包子，他还能吃上几回呢？

宋云樵

伍中正

在宋庄，宋云樵的字，写得最好。

他的字有体，有格，庄里人公认。他的字一出手，就有人点赞。他的字不论贴哪挂哪，都有人看。

年底，宋云樵在宋庄写春联，写福字。

他写春联，写各种体。红纸一铺，墨水一蘸，笔在纸上，就听话一般起落。欧、颜、柳、赵四体均写。点横撇捺，每笔每画，他都写得到位。庄里认得小篆和草书的人不多。有时，他也适当写一点儿小篆和草书。

庄里人爱福惜福。

宋云樵写福字，也写各种体。写福字，多用粗笔。笔画粗，福气大。粗笔写出来的福字，有气势，深含寓意，庄里人喜欢。

写的春联和福字，宋云樵全部送人。

“咋不写字卖钱？”庄里人疑问。

“只写字，不卖字！”宋云樵一笑，说。

宋云樵在庄里转悠，随便到哪，都能看到自己的字，想到自己过去写字时的样子。有时，他的脸上会露出浅浅的笑来，有时，他会很随意地点几下头。

有一年，庄里召开冬修水利的表彰大会，恰逢县文化局送戏下乡。先是表彰，后是演出，庄里弄了很大的架势，搭了舞台。舞台两边的柱子上就是宋云樵写的长联：

龙人兴水利旱涝双防座座丰碑载德载功歌夏禹

文化下农村贫愚两治行行足迹送书送戏布春晖

长联字体连贯，非常养眼。庄里人见了，都说宋云樵不光字写得好，长联也写得好。

“云樵的字，比县书协的书法家都写得好！”县文化局的一名干部见了，紧紧地握着他的手感叹。

“真不算好字。”宋云樵浅浅一笑，回一句。

“宋云樵留在宋庄，真可惜了。”县文化局的干部走时，在宋庄人面前感叹。

有一年，庄里开脱贫攻坚的动员会。村主任请宋云樵写一副长联，表达庄里帮贫困户脱贫的决心，贴在主席台两边的柱子上。

宋云樵也不推辞，回家就在桌台上裁纸，把墨倒在碗中，提笔书写：

清除脏乱拆旧盖新乡村美丽人心畅

扶助贫穷攻坚克难社会和谐国梦圆

开会时，主席台两边的柱子上，一副长联，红底金字，特别扎眼，书法韵味十足。

那副长联，宋云樵特别看重。他用小楷，又写了一遍，挂在屋子里。

有一年，庄里人传言，镇里新来一位镇长，姓铁。

铁镇长不年轻，做完这一届镇长，就退居二线。庄里人再传言。

宋云樵只听，不传。谁做镇长，做多久的镇长，他不关注。

铁镇长在宋庄检查完工作，坐在庄里会议室听村主任讲宋云樵，讲他有体更有格调的字。

铁镇长坐不住了，非得要见宋云樵。

宋云樵的院子里，春天走过，一些半大不小的鸡在桃树下追逐树上落下的花瓣。一张桌，一壶茶，几缕春风。宋云樵手握一本书，在读。

见铁镇长来，宋云樵很随意地加放了一把凳，很随意地加泡了一杯茶，很随意地跟他说过几句话。

“想求云樵先生一幅字！”铁镇长再不遮掩，说道。

“云樵的字，入不得镇长法眼，不敢写。”宋云樵也不含糊。

“云樵先生会写的。”铁镇长说这句话时，底气非常足。

铁镇长临走，喝了宋云樵泡的茶。

一路春风，宋云樵送铁镇长走远，送字不送字，他没对镇长说。

没几天，庄里议论宋云樵给铁镇长写字送字的事。

“只要送他字，往后，镇长对宋云樵的关照肯定不会少。”有人说。

“送谁都是送，送镇长一幅字，肯定不会白送，白送也要送！”有人说。

“不送也行，人家铁镇长啥字没见过啥世面没见过，真会稀罕他宋云樵的字?！”有人说。

说什么的都有。

宋庄小学校舍墙体开裂，成了危房。庄里人担心校舍垮塌，伤着老师和学生。

每次在宋庄小学检查工作，铁镇长就担心。

第三次在宋庄小学检查工作后，铁镇长向上级打了申请修建宋庄小学校舍的报告。

很快，报告批下来，上面落实建设资金，建设宋庄小学。

暑假里，老校舍拆掉。

钢材运来，宋云樵看见铁镇长亲自押车。

红砖运来，宋云樵看见铁镇长亲自押车。

不久，宋庄小学新校舍建成。新学期开学，五星红旗在学校旗杆上飘扬。

铁镇长出席宋庄小学开学典礼。他很高兴，也很感动。在典礼上，他说了建校的经过，也讲了办学的希望。台下的师生不停地鼓掌。

铁镇长要走，被宋云樵拦住。

“给你看一样东西！”宋云樵说。

“啥东西？”铁镇长问。

宋云樵不紧不慢地把写好的一幅字拿出来。

“你要的一幅字！”宋云樵说。

“我要过字？啥时要过字？”铁镇长疑惑。

“你要过的。”宋云樵肯定。

那幅字展开来，铁镇长看得很真切，是结构方正茂密、笔画横轻竖重、笔力浑厚、挺拔开阔雄劲的颜体字：

干部是公仆处处为群众着想

人民乃主人事事替祖国分忧

那一刻，铁镇长感动。

给铁镇长送字一个月后，宋云樵突然中风，手不能正常写字。

有人劝宋云樵把中风的事告诉铁镇长。

“不麻烦他。不麻烦他。人家铁镇长忙。”宋云樵断断续续地说。

好汉李乞

于心亮

李乞八岁就开始练铁砂掌。十年后，挥起一掌把碗口粗的木桩砍断，李乞就觉得铁砂掌已经练成，该行走江湖、行侠仗义了。临行前，他告别老张头：今后，我要做一条好汉！

李乞是个孤儿。他的铁砂掌，是跟钉马掌的老张头学的。

老张头喝过李乞敬的酒，教给他最后一招：打不过，就跑！

李乞很不以为然，觉得老张头是在戏弄他。因此在行走江湖的路上，李乞一边暗暗心疼孝敬老张头的地瓜干子酒，一边在心里头偷偷咒骂老张头，骂他是混账王八蛋！

李乞行侠仗义的第一件事，就是瞧见两个无赖调戏端茶的少女，李乞大喝一声，挥起一掌，砍掉茶桌一个角儿，把两个无赖吓跑了。李乞很是得意，在少女欲言又止的表情里喝尽杯中茶，豪气万丈起身要走，却被少女拦住，要他赔偿打坏茶桌的钱……

李乞感觉很憋屈，想找人好好打上一架。说来也巧，那两个吓跑了的无赖纠结了几个帮手，在一条胡同里堵住了李乞，要给李乞点儿颜色瞧瞧。李乞二话不说，双掌翻飞挥舞，唰唰几个回合，就把对方几个帮手全部打翻在地上……李乞哈哈大笑，感觉出了一口恶气！

有个拾粪的老头儿路过，提醒李乞赶紧跑。

跑？——为什么要跑？师父老张头说了，打不过就跑。打过了，我为何还要跑？

很快，衙门里就来了官差，欲拿李乞是问。李乞很委屈，我是行侠仗义才出手教训坏人，为什么反倒怪罪于我呢？官差说：教训坏人，有我们当差的，该你乱管闲事吗？

李乞被衙门罚去做苦役，啃窝窝头，扛砖去修城墙。

后来，有人做担保，又打点儿了银钱，把李乞给放出来了。李乞以为遇到了贵人，定睛一瞧，原来是打架那天，好心提醒李乞赶紧逃跑的那个拾粪的老头儿。李乞摇着头说：我可不敢随便替人出头了，现在这世道，好人难当，倘若你受了欺负，还是去找别人帮忙吧。

老头儿微笑不语，只是让李乞跟他走。走来走去的，就走进一个大宅院里。

老头儿扔掉粪叉子，接过仆人呈上的热茶，坐下笑眯眯饮上一口。李乞这才知道，面前这个貌不惊人的拾粪老头儿，竟然是大嵩卫城里赫赫有名的钱百万——钱大掌柜！

钱掌柜想找个保镖，看中了李乞练就的铁砂掌，问是跟谁学的？

李乞说跟老张头学的。钱掌柜问哪个老张头？

李乞说：就是钉马掌的老张头。

钱掌柜说：徒弟这么厉害，做师父的不是更厉害嘛！何况，我也正缺个钉马掌的。

于是，钉马掌的老张头，就当上了钱掌柜的保镖。

李乞很郁闷，老张头年老体弱，怎能当保镖？……钱掌柜怎么不来找我呢？

钱掌柜依旧笑眯眯地饮茶，饮完了，才说：行走江湖，不是那么好走的，要想名正言顺行侠仗义、惩恶扬善，我举荐你去个地方吧。李乞问啥地方？钱掌柜说：去衙门，当差。

凭着李乞练就的铁砂掌，又有钱掌柜上下活动，事情很快就办妥了。

李乞很感激钱掌柜，问我李乞何德何能，竟能让钱老爷如此眷顾？

钱掌柜笑眯眯地说：没别的，我就觉得你是一条好汉！

充满感激的李乞决心不辜负钱掌柜的期望，一定要做出个样子来报答钱掌柜。因此他在尽心尽力干好本职工作的同时，也暗自发誓，今后钱掌柜有用得着他的地方，一定全力以赴！

钱掌柜很高兴，觉得没看走眼，夸老张头教出个好徒弟。

老张头也很高兴，觉得钱掌柜真是一位好老爷，自己一定要鞍前马后为钱掌柜服务好，做一名合格的保镖。因此有一天，因为临街店铺的事情，钱掌柜和邻铺店主闹起了冲突，老张头遂舍命上前，没承想被对方一推，老张头竟摔倒在地，脑袋磕在地上，竟然死了……

钱掌柜跑到衙门里哭得一把鼻涕一把泪，说李乞啊，你的铁砂掌那么好，当师父的武功肯定更不得了，没想到啊没想到，他竟然被对方给打死了，你前去捉拿的时候，千万不可掉以轻心啊……因此，当李乞将邻铺店主缉拿归案以后，手底下就毫不留情。

没想到，经过严刑拷打，竟然将邻铺店主打死在牢中。

如此一来，事情就麻烦了。

李乞佩戴枷锁，被发配边关去做奴役。李乞行至前街，看到钱掌柜正笑眯眯地指挥着下人扩展店铺门面，邻铺店面已成他的了。李乞喊声钱老爷。钱百万听见了，转身说，李乞啊，幸亏我上下打点才免你死罪，你可别泄气，无论走到哪里，咱都是一条好汉！

李乞充满感激地要跟钱掌柜再说点儿什么，钱百万却已转身忙活去了。

去往边关漫漫的长路上，李乞一直想着钱掌柜，却总感觉哪里不对劲儿。

哪里不对劲儿？——李乞又想不出来。

收　麦

胡天翔

我家有十亩地。北地五亩，东地也是五亩。

十亩地，一亩种了油菜，九亩种了麦子。薅了东地的油菜，拖磙碾好晒场，眼看又要收麦了。先收北地的麦子，边割边拉，四把镰刀忙碌一天，收的麦子还不到两亩。

其实，说是四把镰刀，可当时我十二岁，妹妹十岁，两个孩子能出多少力？割麦累得母亲腰酸背疼，拉麦靠父亲装车架把，就连黄牛拉套也比我出的力多。

忙了三天，北地的麦子才割完。我牵牛，父亲架把，母亲用叉子推车，最后一架子车麦子拉进晒场，太阳已落到树梢了。母亲说，早上天气预报说没雨，要不麦秆不垛了吧。母亲还望着北边说，他家的麦秆都在场里堆着。北边是田大河家的晒场。父亲往北边看了看，说，人家的麦子晒两个日头就能打场了，咱不能和他比。父亲还说，明天还要割麦，怕天变了，还是把麦秆垛起来吧。

垛垛也很累人，先歇一歇。父亲燃了一根烟，一口接一口地抽起来。母亲让我进看场的棚子里拿收音机，再听听天气预报。在收麦的日子，天气预报就是农民的晴雨表啊。虽然，有时候收音机预报的并不准。

天气预报说没雨，父亲还是坚持要垛垛。把架子车扣到麦垛上，我踩着它爬上垛。父亲和母亲一叉接一叉地把麦子甩上垛，我一脚脚地踩实了。麦子垛完，星星已长满了夜空，如宝石般闪着光；站在高高的麦垛上，我觉得抬手就能摘下一颗。

垛好麦子，母亲牵牛，父亲拉着架子车回家了。我躺在棚子里的床上听单田芳说《三侠五义》，等着父亲吃过饭来换我。听完评书，父亲没来，饥饿的感觉却来了。我拽了一把麦穗，揉碎麦芒，吹去麦壳子，把一粒粒饱满的麦子塞进了嘴里。新麦的清香却让我感觉更饿了。

出了棚子，我站在地头向村里张望。村东的树林里隔一会儿就亮起一束光，那是打着手电筒来看场的人。那些光都往别处去了，不是父亲。九点多，父亲才打着手电筒，胳膊上搭条毛毯来了。阿黄也跟着父亲来了，它绕着我的腿转圈。

循着路的白光，我向村里走去。阿黄也跟着我回家了。它一会儿跑到前面，一会儿跟在我屁股后面。走到树林里，迎面过来了一束光。当那束光照到阿黄时，一个孩子的声音说：狗。阿黄倏地蹿走了。那束光落到我的脸上，刺得我捂住了眼。一个大人的声音说：小华，别瞎照！我听出是田大河和他儿子田小华。他们也是来看场的。我不想理他们，径直往前走了。

因搭地边，我们家和田大河家有过纠纷。去年秋播，父亲先耩的豆子，田大河后耩的玉米。田大河竟把我家的豆子翻了出来。父亲和田大河评理。田大河说父亲没留地墒沟，父亲说田大河不该多耩半耧地。说着说着，两个人吵了起来，要不是村里人拦住，还差点儿打起来。从此，两家人见面都不说话。

到了家，饭在锅里留着。两个馒头，半碗炒茄子，一碗黄豆稀饭，我一阵狼吞虎咽。母亲给牛拌了草料，和妹妹在堂屋里睡了。我给阿黄扔了半个馒头，把院子的门锁上了。我就睡在过道的西屋里。

我往床上一躺，一会儿就睡着了。夜里，我正做梦割麦哩，却迷迷糊糊听见有人拍打院门。从床上坐起来，我听见有人在喊：亮子！开门！亮子！开门！

是父亲。我打开院门，才发现下雨了，院子里都是水，雨扑扑嗒嗒落在屋瓦上。父亲进了屋，身上湿漉漉的。脱了湿衣服，拿毛巾擦去身上的雨水，父亲裹着毯子睡了。父亲咋回来了？下雨了，是棚子漏水？父亲睡了，我也不好问。吹灭灯，我躺在父亲的脚边睡了。是一场阵雨，一会儿就停了。我挨着父亲，感到父亲的腿凉凉的。

清晨，太阳出来了。母亲已经知道父亲夜里回来了。吃早饭时，母亲把馍筐放到桌上，说，夜里咋回来了？是不是棚子漏水？父亲拿起一个大馍，说，不是棚子漏水，是给大河家垛垛。

母亲停下叨菜的筷子，看着父亲说，冒雨给他家垛垛，你忘了他咋耩咱的地了？你看你，那是一场的麦子嘛！夜里雨来得急。一刮风，大厂、铁头都去了，没垛完雨就下大了。父亲说。其实，母亲也不是真的责怪父亲，不过借机发点儿牢骚罢了。

吃过早饭，母亲把父亲的湿衣服扔在水盆里，洗了、晾了。父亲拿着镰刀去东地里转一圈，回来说，麦地里粘脚，歇一天，明儿再割麦。

说是歇一天，屋里的活儿也不少。找出一大卷破化肥袋子，母亲拿针线补袋子上的窟窿。把牛从圈里牵出来，父亲拿起铁锨和粪箕子清理牛粪。我和妹妹也被母亲分了活儿，拣黄豆种里面的瘪豆子。

收了麦就该耩豆子了。

父亲刚清理完牛粪，阿黄在院门口汪汪地叫起来。

是田大河来了。田大河从镇上买了两瓶白酒，又杀了只公鸡，喊父亲去他家吃午饭。田大河说，一民哥，大厂、铁头都去了，今天下不了地，干不成活儿，咱们喝两杯。父亲说着不去不去，田大河还是连推带拽地把他拉走了……

又是个晴天，还是四把镰刀，东地的四亩麦子一天就割完了。

我和妹妹都没有去割麦，帮忙的是田大河和他媳妇刘小娥。

向一条狗致敬

徐全庆

参加一个饭局。饭局是一个所谓“作家”召集的，他时常召集一些饭局，听大家讲故事。按说他应该能写出很好的小说来，可事实上并不是这样，他总喜欢把听来的故事几乎原封不动地呈现给读者。我曾经说过他，你别写小说，干脆写“非虚构”算了。他说他就喜欢写小说，因为只有小说才是真“文学”。

大家知道这人的习惯，酒过三巡，不等他开口，就主动讲起了故事。

A 先说了一个两天前发生的事。

那天，A 有事要外出，偏偏车被他老婆开走了。A 就到小区门口打车。恰好 A 的一个朋友开车回小区，就主动把车借给 A 用。

汽车驶上东城墙路，A 降低了速度，他知道很多人喜欢在东城河岸上遛狗，常有狗嬉闹着从河岸上突然窜到路上来。A 的注意力集中在河岸一侧，不承想一个黑影从另一侧突然扑上来，撞在了车头上。A 下意识地急踩刹车，汽车发出刺耳的声音，瞬间停住了。被撞倒在地的黑影跳起来又向汽车扑来。A 这回看清楚了，那是一条狗，显然没怎么受伤。A 不知道在哪里惹了那条狗，看那狗目露凶光，他也不敢停留，就踩了油门，打偏方向，绕过那狗，急驶而去。那狗在后面追了很远，一边追一边狂吠，A 被它吓得心脏怦怦跳个不停。

还车时，A 就和朋友说起这事。朋友一拍脑袋，说，我忘了告诉你别走东城墙路了。

为什么呢？ A 问。

朋友说，谁知道那狗是怎么回事，我每次从那儿过，它都扑我的车。有一次撞我车上把腿都撞瘸了，还是见了我的车就扑。单扑我的车。吓得我这三个月都不敢从那儿过了，每天上下班都要绕路。偶尔忘了绕路，想着那狗不在了，可谁知它始终在那儿等着。

你真不知道原因？A 问。

不知道呀。朋友说，声音提高了很多。但 A 看得出来，朋友明显有点儿心虚。A 就不再追问，甚至后悔多问了那么一句。

我问那是什么狗，A 对狗的品种不了解，只觉得是一种普通的黄狗，大约有一米长。问他朋友的名字，A 不肯说。

也许是 A 的朋友欺负过那狗，或者是他和狗的主人结过仇，甚至他偷狗主人家的东西被狗发现了。大家做了各种猜测，谁也说不清哪种猜测更合理。

接着，B 也说了一个与狗有关的故事。

我认识一个女人，叫韦湘月。韦湘月五十岁左右，老公是老板，有钱，她就辞了工作，在家做全职太太。平时没事，就打麻将，也喜欢遛狗。她养的那条狗是纯种萨摩耶，据说买的时候花了十多万元。韦湘月很喜欢那条狗，比对她女儿还好，每天给它洗澡、梳毛，出门还给它穿上定制的小鞋。

作家的眼中露出期待的目光，拿起手机开始录音。

B 略带歉意地说，其实也算不上故事，几个月前，她的狗被别的狗“非礼”了。还是一只土狗。

土狗？她怎么那么不小心。有人问。

是土狗。B 接着说，听说是在韦湘月遛狗时发生的，她发现时，两条狗正欢乐呢。韦湘月打跑了公狗，立刻抱着她的狗去了宠物医院，进行了局部清洗，还打了避孕针。

大家都笑，又问，后来呢？

B 说，韦湘月很生气，认为她的狗做了丢身份的事，把它关进屋里一个星期不准出门。可不知怎的，那狗竟然偷着跑了出去。怎么跑出去的韦湘月也说不清楚。总之是跑了，再也没回来。

她没去找吗？作家问。

怎么没找？B说，她还让人张贴了很多寻狗启事，赏金从五千涨到一万，可惜也没能把那条狗找回来。听说，那段时间她心情很不好，麻将都不怎么打了。后来，她老公又给她买了一条一样的萨摩耶，她的心情才又好起来。

作家说，我想起来了，这个韦湘月我听说过。好像她女儿跟一个打工仔私奔了，听说她气坏了，到处去找她女儿，非要把那个勾引她女儿的坏蛋抓回来送公安局不可。

是的，就是她。B说，忘了说了，她平时喜欢去东城河岸上去遛狗。

这两件事都像是一篇小说的开头，可惜没有结尾。作家略有遗憾地说。

我突然觉得，这两个故事间也许有什么关联，于是，默默地把一杯酒洒在地上。作家问我怎么了。我说没事，我不想让大家知道，我在向一条狗致敬。

一事之怨

海　华

老岑为庆祝孙子考上县重点高中，在县城康福大酒店大摆筵席，除了请老家的七大姑八大姨，还特地为部分老同学安排了两桌。

这天中午，二十多位老同学陆续到场，眼尖的同学发现，咋没见老班长的身影，是还没到还是老岑没请他？爱管闲事的老冷朝在门口迎客的老岑努努嘴，老班长请了没？

请他做甚？老岑一脸的不屑。

老冷打了个愣怔，一脸没趣地回到老同学台位，立马有几位老同学催问咋回事。老冷如实相告，一帮老同学像炸了锅似的，有的说，别人不请正常，老岑跟老班长好得像一个人似的，咋能不请？有的在猜测，是不是两人闹掰了……

不可能，不可能呀……同学们七嘴八舌地议论着。

不一会儿，上菜了，满大厅尽是推杯换盏之声……

半个多小时后，老岑的亲戚们陆续散去，老同学也都喝得差不多了，老冷又问老岑，开席前，同学们都在议论，你咋不请老班长？

请他？老岑打了个饱嗝儿，说，提起他我就来气。

为啥？一位女同学问。

老岑的脸色有点儿难看，说：他早就不念同学之情了。

老岑呀，你不是说过跟老班长情同手足吗？老班长不是帮过你和你家人不少忙吗？你咋能这么说他？一位男同学有些惊愕地问。

老岑愣了一下。少顷，他淡淡地说，是，老班长是帮我和我家人不少忙，但最近他变了。

变了？同学们面面相觑。

嘿！你们非要打破砂锅——问到底，那我就不客气了。就拿我孙子考重点高中的事来说吧，崇尚高中是我们县唯一的重点高中，凡上了崇尚高中的，以后考大学就基本无忧了。中考结束后，因我孙子分数不是很理想，临近录取时，我叫儿子去找他，他却官腔十足地左一个已退休多年，原来较铁的教育局局长也早退了，右一个现如今规范操作，没有捷径可走。但我知道他还是有些门路的，就是不肯帮忙。我打电话给他，他也没松口。后来，我另外找了人，轻松地就将事情办好了。老岑似笑非笑地说。

同学们嘀咕，咋能这么说……

咋不能这么说？老岑左脖子上青筋暴起，瞬间又皮笑肉不笑地说，我也不再藏着掖着了，我知道，你们都觉着老班长有恩于我，但让他帮我也是有代价的。

代价？啥代价？众同学哗然。

老岑似乎觉着说漏了嘴，沉吟了好一会儿，一改尴尬的脸色，嬉笑道，不说了，不说了。

差不多了，散了吧。一直没有吭声的老单一声喊，老同学便陆续离去。

当晚，除老岑和老班长之外，其他同学都收到老单的邀约，明天去康福大酒店喝早茶。

第二天早上，二十多位老同学一到齐，老冷迫不及待地问老单，哎，你也是老班长的铁哥们儿。你约着喝早茶，没叫老班长和老岑，是否有话跟我们说，话题与他俩有关吧？

是。今天想为老班长说几句公道话。老单亮开嗓门：走出校门后，我一直与老班长有联系，对他与老岑的来往也较了解。经过多年的努力，老班长当了县卫生局局长。老岑在老家的镇卫生院当医生。见老岑三十好几了仍单着，老班长让爱人牵线，帮老岑在县医院介绍了个护士。多年后，年近五十的老岑在老班长的帮助下，调到县医院。不久，老班长又借钱给老岑，让他在县城买了一套二手房。后来，又是老班长出面，帮老岑在市卫校毕业的独生子，调到县医院上班。

老单呷了口茶水，继续说，老岑也感恩老班长，敬老班长如同兄长，两人也算有几十年的交情了。但人情就是这样，十件事有九件都办好，但凡有一件事没做好，这翻脸比翻书还快。再好的两个人，为一件事结一辈子怨的也不在少数。我了解老班长，他不可能要老岑啥代价。记得有个周末，我去找老班长，刚进门，正好碰见老班长拎着大包小袋把老岑送出家门。老岑离去后，我笑老班长真够客气的。老班长笑着说，没啥，他拿些老家的农产品来，我回他一些上好的茶叶，还有亲戚从香港带回来的朱古力和糖糖饼饼。都是老同学，礼尚往来嘛。

哎，我听一个在县卫生局工作的老乡说过，老班长退休多年，局里好些人仍在念他的好，说他肯帮人，为人低调，又检点。平日不多言语的老耿言恳意切地说。

是呀，是呀……老岑确实有点儿过了。同学们都附和着说。

几天后，老冷约老班长在某茶庄喝茶，单刀直入地问，老班长，老岑前几天为孙子考上重点高中宴请亲戚和一些老同学，真没跟你说？

那没啥。老班长柔声说。

老冷又提及代价一事。

他真这么说的？老班长脸上的肌肉猛地抖动了一下。

老冷点了点头。

老班长笑了笑说，马铃薯呀，萝卜干之类，也是一种代价。老岑说得没有错。

老冷一副打抱不平的神态，嘿，同学们都在说老岑的不是。你咋不生气？

生气有用吗？老班长笑了笑说，做好自己就行了，你还管得住别人的心思？

方向盘

邵远庆

县政府小车班的司机当中，就数车明选服务的领导最多、干的时间最长。

从部队转业到地方工作那天起，车明选就负责给领导开车。车明选服务的不是一般的领导，而是县政府的主要领导——连个“副”字都不带的一把手。

给主要领导开车，忌讳很多，像“不该听的不听、不该看的不看、不该说的不说”之类的规则，车明选都懂。在为第一任领导开车时间，车明选确实能做到什么都不说，因为他初来乍到，对任何情况都不了解，即便想说也没有可说的内容。

小车班在外面本来有个指定的洗车店，所有车辆都可以开到那里去清洗，每月由政府办统一结账。车明选却从没去过那家洗车店。每天早上车明选都会提前半小时到单位，换上大胶靴、抱着水管子、挥舞着抹布，从外到内把小车洗刷得干干净净。等领导安排出车时，一辆干净、整洁、锃亮的车子就呈现在领导面前。

正因为这事，小车班的很多司机都对车明选有意见。车明选作为主要领导的司机，却从不到洗车店里洗车，这让其他同事有何脸面再去带头消费？时间一长，所有司机竟然都打破以前的惯例，养成亲力亲为的好习惯。

有人把情况反映到领导那里，领导抿嘴一笑，什么话也没说。直到领导要调走时，才对车明选说了一句话：“如果不是受人事制度的约束和限制，我真想一直把你留在身边。”

换第二任领导后，车明选已经在当地工作了三四个年头，对于本地发生的一些事都有所耳闻。领导因为对当地的情况不了解，总是在不经意间问车明选很多事。领导不问的事车明选保证不会主动去说，当领导问及他的时候，车明选便会将自己所了解的情况和盘托出，供领导参考和决策。因为车明选提供的多是些正能量的信息，所以领导对各种事情的处理结果往往得民心、顺民意、鼓士气。也让领导在当地赢得良好的声望和口碑。

领导临调走时又对车明选说了那句话："如果不是受人事制度的约束和限制，我真想一直把你留在身边。"

第三任领导大概已经对车明选有所了解，一上任就直接安排办公室："还让那个叫车明选的同志给我做司机吧。"

主要领导的"钦点"瞬间让车明选名声大噪。这时就有喜欢钻空子的人，偷偷摸摸来找车明选，有拉他进馆子吃饭的，也有直接提着大包小包的礼品登门拜访的……来找车明选的人无非就两件事：要么让他帮忙在领导面前说好话，要么通过他的特殊身份拿到政府的工程项目。结果都被车明选婉言谢绝。车明选说："我只负责给领导开车，别的事啥都弄不成。"

在大家的唏嘘和感叹声中，车明选又迎来第四任领导。

第四任领导刚到位，就迫不及待地找车明选谈话，说是政府办公室拟提拔一位副主任，论工作成绩和资历，车明选都应该是不二人选……车明选的头摇得像拨浪鼓，说："开车才是我的强项，对副主任的位置丝毫不敢奢望。"

第四任领导从外地调来时，顺便带了一个司机。据说这个司机已经跟了领导很多年，都跟出感情了，领导舍不得丢下他，才像长在自己身上的零部件一样走哪带哪。

车明选就尴尬了，主动找办公室请求更换服务对象。主任犹豫很长时间后，让车明选先回去，耐心等待通知。

一等就是一年多。在这一年多时间内，车明选除了偶尔填补一下司机班的临时空缺，其余基本无事可做。

就在车明选觉得日子过得无聊的时候，这位领导出事了，在出席一次反腐倡廉大会上被纪检人员带走。

又来了第五任领导。服务一段时间后，车明选觉得新领导哪都好，工作上踏实能干、雷厉风行；思想上高瞻远瞩、运筹帷幄。可就是有一点儿让车明选反感：新领导在生活作风方面有问题。

新领导喜欢上一名电视台女主持人，整天像赶集似的让车明选拉着他往电视台跑。刚开始车明选还以为新领导比较倾向于舆论宣传工作，所以也没把这事放在心上。直到大家对着他和他的车指指点点、纷纷议论时，车明选才明白事情的真相。车明选像是遭受极大的侮辱，仿佛跟女主持人纠缠不清的人是他自己。新领导再让车明选开车去电视台时，车明选不是说车辆临时出现故障，就是以自己外出办事未归为理由推辞。

新领导当然很烦，屡次当着众人的面批评车明选。车明选有一天终于忍不住回顶了新领导。顶撞的结果是领导让车明选回家闭门思过。

就在车明选在家“反省”的过程中，新领导重蹈覆辙，栽了。

车明选重新回到工作岗位，办公室主任安排他继续为第六任领导提供服务。车明选说：“无论给谁开车，我都会把握好手中的方向盘。”

真金白银

刘 泷

我们铜台沟有一个不为金钱所动的人。

当初，他可不是这样。

佟瑞良高中毕业回村。人们都去山上挑庄稼，队长见他细皮嫩肉，怕扁担硌肿他的肩膀，就委派他去距离羊圈不远的山坡上刨黄土，准备雨天垫羊圈。岂料，夕阳西下时，随着镐头的抡动，有一团银光在一堆塌落的黄土里闪烁。他惊喜地捡起来，竟是镌着“宝”字的半个银元宝！

他借亲戚新买的自行车去百里外的哈达城，将银元宝卖了个好价钱：十七元一角五分！这可是一笔不菲的外财，生产队挣工分的壮劳力，一年下来，折合款项还不到三十元！

他太兴奋了，在返回的路上，居然连人带车跌入路边的深沟。结果，人被划伤不算，自行车前叉子断裂，换一个新的，那才叫一个寸，恰恰花费了十七元一角五分！

一个跟头，跌醒了他。他说，老话讲，金银不发草民。我一介草民，不能想歪五六，要老老实实过日子。

过日子，人踏实，人缘就好。后来，县上修水库，挣工资，到村里招人。队长召集人投票，佟瑞良也没张罗，却被选上了。

也是寸了，工地人山人海的，偏偏划给他承包的土方，出土了一件宝贝。那个上午，艳阳高照，他在新开掘的土槽往外挑土。给挑筐装土时，锹下一软，挖出一把铜钱来，再接着挖，竟是一个金灿灿的盘子。盘子中间是匹口衔灵芝的彩色小鹿，錾花，鎏金，十分漂亮！

他没有声张，直接跑到县里，把这鎏金盘子捐了。经专家鉴定，盘子高 2.2 厘米，盘径 46.6 厘米，盘口呈葵瓣状，六瓣。卧鹿四周，装饰着阴刻的花叶和石榴花纹，乃唐代鎏金錾花银器，文物一级。上级决定，为他农转非，一步到位，进县文管所上班。

一时，工地上都说，佟瑞良这小子，真是好福气！

文管所的专业是文物知识。他学得很用功也很刻苦，一双眼睛就像探雷器，开始有意识地心无旁骛地寻找文物，并且一以贯之地捐给国家。退休那年，有位省城的记者采访他，估算了一下，他共捐献文物大小九十余件，有的价值连城。

其中颇有值得大书特书之事。

上班不久，铜台沟"学大寨"，修建水平梯田，有人挖出古墓，发现铜钱。工地一百多人一哄而上，将铜钱或装在衣服口袋，或装在鞋膛，即刻哄抢一空。待佟瑞良闻讯，村民早已将铜钱卖到附近的供销社，换了油盐酱醋、针头线脑。他追到供销社，人家说，运走了，化成铜锭了！无奈，他又去现场挖掘，竟意外发现一枚厚硕的铜币。铜币乃天朝万顺，亦称"天朝万岁"，为公元 907 年辽代建国时耶律阿保机所铸，契丹文，极其罕见。须臾，消息不胫而走，有文物贩子要给他两根金条兑换，被他拒绝了。

他从此爱往供销社跑，渴望邂逅村民无意卖出的文物。

还真买到了一件文物。是永丰村一个农民在平整土地时挖出的一面八角形铜镜。农民卖给供销社三元五角，他花五元钱收了回来。经仔细研究，知道是铸有契丹文字的珍贵文物。这种铜镜曾在朝鲜出土过，收录在《辽陵石刻集录》和《古镜图录》中，乃国家一级文物。

后来，这事在省报报道出来，县长动容，奖给佟瑞良一套楼房，但是被他婉拒了。他说，县长，我一个退休的人，有个蜗居足矣，况且，铜台沟还有三间陋室。

天有不测风云，一次因身体不适，他去县医院住院，却被查出是癌症。县长批示：老佟是全国劳动模范，县里拨款五十万给他治疗！

钱到手时，他遇见一个老妇人在哭，就问她为何。老妪告之，从小就没爹没妈的孙子，罹患白血病，需骨髓移植却没有钱！

他问医生，如果治，我活下来的希望有多大？

医生说，40%。

不治呢？死的概率有多大？

70%。

他说，那就不治！

佟瑞良把五十万捐给了老妪，自己把城里的两间平房卖掉，领着老伴儿回了铜台沟。

去年初夏，八十六岁的他在村前柳树下纳凉，遇到一个年轻人。年轻人说，老人家，看您精神矍铄，不像年近九十的人。

他说，铜台沟生态好，水好，活着旺相！

对方问，给您打听个人，佟瑞良还在吗？

问他干什么？

我是他捐钱救活的，我要报答他！

他笑着说，小伙子，他一个得癌症的人，能活到现在吗？你走吧。

疙瘩坡人家

安晓斯

沁水湾西南角有个小自然村叫疙瘩坡。原先，这里住着十几户人家，一色的青砖蓝瓦小四合院、古色古香老房子，院墙、街门、影壁墙，主房、厢房、门面房，院子不大功能全。如今，原来的住户陆陆续续地搬走的搬走、进城的进城，几年下来，老房子都空了，只有最东边那个小四合院的旧瓦房里，还住着长山叔老两口。

疙瘩坡的地势比村里高出两米多，下雨再大也不存水，真下大了，疙瘩坡就成了村里唯一的“宝岛”。那一年雨水足，倾盆大雨铺天盖地，狠狠地下了十多天，长山叔出不了门，就想起家里做农活用的旧架子车。卸了俩车轱辘，车棚漂在水面上，长山叔和长山婶各拿一把木锨当船桨，一路划着就离了“岛”。不消说，还是一道美丽别致的乡村风景线呢。

儿女们都在城里居住，说了无数遍让他们去享福。他们也去了，住在儿女们宽敞明亮的高楼里，眼前老是闪烁着一望无际的庄稼，老是闻到庄稼散发出的清香。那麦穗上的麦芒儿像银针随风起舞，如吟似唱；那硕大的玉米棒子摇曳晃动，闪耀金光。那棉花洁白如玉展新姿，那大豆低眉顺眼含羞笑，那花生默默不语绿油油，那芝麻节节开花比妖娆。还有那地头疯长的红高粱、塘畔野生的向日葵，还有那小菜园里生长的黄瓜、南瓜、冬瓜、丝瓜、甜瓜，还有那白菜、萝卜、大葱、茄子、芫荽、韭菜……不能想，不能想，站在高楼的阳台上，长山婶就忍不住掉了好多次泪。

长山叔就笑长山婶，看那没出息样儿，进了城也不懂享受。一转身，自己先抹了两把泪。

计划都在长山叔的大脑里。这些年，疙瘩坡每搬出一户人家，长山叔都提前与人家协商，及时收购老院子、老房子，去年农历八月十五，最后一户也搬走了，长山叔终于把疙瘩坡的小四合院和老房子全部收购完毕。那天晚上，长山叔叫来了在城里生活的五个孩子，三男二女齐刷刷聚集疙瘩坡。

这些年，长山叔在村里成立了种植专业合作社，流转了疙瘩坡周围的800多亩土地。还带着长山婶借外出旅游的机会，看了许多景点的农庄、农家乐和度假村，早已谋划好了自己的“疙瘩坡人家”度假小岛。孩子们听了长山叔的规划，一个劲儿地鼓掌叫好。

长山叔说，你们都想想办法投点资，也不会亏着你们。收购的小四合院和老房子，都算成你们的股份。疙瘩坡的小四合院、所有的老房子都很结实，都很有传统农家老式建筑特色。我找人设计好了，咱把疙瘩坡投资改造成度假村，办农家乐，吸引城里人来度假。

一切都按长山叔的计划有条不紊地进行。几个月时间，“疙瘩坡人家”度假小岛就名声在外了。

疙瘩坡四周，长山叔雇了挖土机和大铲车，日夜不停硬是挖出了一条“环岛河”，又用塑胶修了条环河步道。挖河清理出的土方，填平了东南角的一个大坑塘，建成了一个绿树环绕、草色青青的停车场。附近的两个机井除浇地之外，源源不断地补充着“环岛河”里的水，河里种上了荷花，投放了多个品种的鱼苗。除了新购进的小游船，长山叔还收购了二三十辆村民丢弃闲置的木制旧架子车。那旧架子车漂在“环岛河”里，全部用农民干活的木锨做桨。城里人坐过漂在水上的小船，没坐过漂在水上的架子车，看看太新鲜，想想太可笑。每天坐旧架子车游玩的，比坐小船的还多。

疙瘩坡四周都是绿油油的庄稼地，布局合理的水泥道路把800亩庄稼地分成若干个方块，既方便收获农作物，又方便游人坐电瓶车观光玩耍。那些改造后的旧房子天天爆满，独具特色的农家乐餐馆吸引着四面八方的游人，不提前预订还真的吃不上、住不上呢。

人气上来了，“疙瘩坡人家”度假小岛出名了！白天晚上，车水马龙，人流如潮，络绎不绝。这个时候，长山叔和他的管理团队又适时推出了“认养一分田”活动。周末，城里的人们都开着车来到“疙瘩坡人家”，认养自己的土地，看着地里那写着自己名字、编着号码的小牌子，那种新鲜感带来的愉悦和幸福，倏地就驱散了心中的郁闷和烦恼。走进大自然的怀抱，享受着天然的“氧吧”，城里的人都忙里偷闲学着种庄稼、种蔬菜，就像照顾自己的孩子。管理团队还开设农资商店，免费供应种子、农家肥和农具，还配备了专业技术员，及时提供“手把手”贴心服务，把个城里人乐得合不拢嘴、捂着嘴笑。

上个月，长山叔应邀参加县里举办的乡村致富能手大会，还做了典型发言，赢得了阵阵热烈的掌声。长山叔说，致富全凭好政策，合作社将一如既往地投身慈善事业，为村里建设更多的公益设施，造福乡里，回报社会。

……

疙瘩坡的夜，静谧、惬意，如诗如画。忙碌了一天的长山叔刚走进卧室，就看见戴着老花镜靠在床头看书的长山婶脸上的笑意。

老头子，我知道你为啥不离开疙瘩坡。长山叔端起茶杯喝了口水，老婆子，为啥？

其实他们心里都清楚。多年前，疙瘩坡这地儿，因为地势高，轻易不会被水淹，生产队就在这里盖了五间大仓库。那年秋天，那个深夜，还是小伙子、大姑娘的他俩，因生活窘迫，都悄悄钻进生产队的仓库，想弄点黄豆和花生度日，恰巧就遇上了。

看着假装糊涂的长山叔，长山婶摘下老花镜，满脸热泪。那个晚上，那堆黄豆边，你咋恁胆大？

第 6 辑

大地的声音

大地的声音

徐建英

马南五岁，如风一样奔跑在结着盐壳的土地上，任张开钰在后面撵着他喊，马南，马南你慢点儿跑啊！地硬，别摔着了，痛。

马南呢，不应，也不理，把一路无拘无束的笑丢进夹着咸燥味儿的风沙中。

出生不久，张开钰就发现马南听力上有障碍，顺上风，什么都能听得到，可有时明明就在他的旁边说话，他却啥也听不清。张开钰是基地上的气象探测员，与马南的爸爸马川婚后没多久就来到了罗布泊。生下马南后，夫妻俩在这片戈壁滩上一待就是六年。六年来，张开钰仅有的两次外出，都是为马南寻医。各种检查都做过，但医院并不能准确地说出个所以然来，各种药也吃过，可声音还是只能若隐若现地钻进马南的耳朵里。

可能是跑累了，马南又一阵风似的跑回自家，一屁股坐在地窝子前的路上。远处响起了高昂的打夯歌，他侧着耳朵听了一会儿，伴着调儿哼起来："喝咸水那么，嗬嗨！早穿袄来午穿纱那么，嗬嗨！蚊咬屁股沙打脸那么，嗦啰啰啰嘿……"

跟在后面气喘吁吁的张开钰笑骂道，猫耳朵哩，跟着你旁边炮打雷样地喊，你却听不到，但隔了这么远的夯歌，你倒是学得有模有样的。

看着喘着粗气的张开钰，马南停了声，转头问妈妈，什么是象耳朵？

马南的听觉又跑偏了。

你这孩子……张开钰叹了口气，温柔地抹了抹马南脸颊流下来的汗，贴在他的耳边说：象耳朵指的是大象的耳朵，很大很大，整天耷拉着的。

妈妈，什么是大象呢？

大象啊，是一种生活在热带丛林中的动物，很高很大，还可以骑的哦。张开钰再次贴近马南的耳边说。听清了的马南歪着头问，大象的耳朵有多大呢？

张开钰比画起扇子的形状，马南摇摇头。张开钰比画起翅膀的样子，马南还是摇头。摇头过后，他拉起张开钰的手跑进自家的地窝子里，手指着墙上挂的那张耳廓形的罗布泊地图问张开钰：是不是跟这只耳朵一样呢？是地图上的这只耳朵大，还是大象耳朵大呢？

跟它相比，象的耳朵可小多了。张开钰再次努力地在马南的面前比画大象耳朵的样子，马南圆睁双眼，一脸的迷茫。

夏季也有寒风，马南如风一样钻进了戈壁滩，他想去找大象。当张开钰从监测站返回时，发现那个小小的身影已笼罩在一片黑黄色的沙尘暴中了，她连滚带爬扑了进去。

风沙终于吹累了，地上的尘土也累了，颤着身子趴在地上的母子俩也成了一对土人儿。

妈妈，我们为什么要住在这个喜欢刮大风的地方呢？马南边抹着脸上的灰土，哭着问张开钰。

因为爸爸在这里啊！张开钰指指远处的基地。

那爸爸为什么不去有大象的地方呢？

因为这里更需要爸爸，爸爸和同事们在这里工作，可以让我们的祖国变得更加强大！张开钰边说边比画。

马南似懂非懂地点点头。

回到家，几声“哼哼”的猪叫传来。张开钰略一沉思，抱着马南，指着猪说，看，我们这里有“小象”呢！马南说，妈妈，小象能骑吗？我想骑小象。

张开钰看着马南被风沙刮得通红的小脸，摸着他脸颊上一层层被风沙吹得皴裂的皱口，钻进地窝子，给猪打来半桶食。待猪吃饱后，把马南带进猪圈，小心翼翼地把他放在猪背上。猪“嗷嗷”地叫着，驮着马南绕着猪圈跑，张开钰扶着马南半跑着绕猪圈打转。一时间，大人小孩开心的笑声，夹杂着一股浓浓的猪屎味儿飘了起来。

当金色的秋天来临时，基地更忙了。

马南一连十几天都没见到爸爸的影子了，他一个人在屋里时，就画墙壁地图里的大耳朵，或趴在隔壁猪圈旁与“小象”嗷嗷对话，或坐在地窝子前等张开钰从监测站下班返回。

到了深秋，罗布泊的天空被一声撕裂般的巨响划破，一朵巨大的乌金色的云腾空而起，广袤的戈壁滩霎时笼罩在这片金光之中。几十公里外的地窝子前，张开钰激动地摇着马南小小的身躯，说：马南，你爸爸他们成功啦，你听到了吗？“砰”的一声，真是太美妙了！

妈妈，我也听到了……马南点点头。张开钰抱着马南，任凭泪水流了满面。

白　鹰

蒋冬梅

他想起四十年前的那只白鹰了。那时村庄里的男人，人人胳膊上架着一只鹰，可哪只鹰也比不上他的白鹰俊，他逢人就说："看，一只海东青！"

他们的先祖从前住在黑龙江两岸，男人们很多都是"老鹰达"。每到冬天，他们便千里迢迢到北海去捕鹰，那里流传着山巅岩画的故事。在库页岛北边的大海上，驾着船踏浪的，有打鱼人也有捕鹰人。他们登上峰顶的峭壁，直捣鹰巢掳走幼鹰。大鹰和他们在险峻的山尖上争战，巨大的鹰翅掠起疾风，铺天盖地袭来。捕鹰人难以招架，从崖上摔下，挂在半山腰的巨石上，任凭狂风把他们的尸骨吹干冻透，像一幅岩画贴在崖壁上。

鹰来的那天，当他摘下蒙在鹰头上的皮鹰嘴子，亮光刺激了鹰眼，鹰暴怒地抖动毛羽，眼中射出一道利箭，凌厉之气直向他杀来。那鹰一身青白带黑的毛，像一只勾了墨的白瓷瓶。

"得好好熬一熬它，人还能赢不了一只鹰？"他对父亲发誓。父亲驯了一辈子鹰，却意味深长地说了一句："这不是谁赢谁输的事儿！"

他不懂这话的意思，只知道驯鹰都得按老办法来。他把自己和鹰关进一间小屋，小屋框起的方寸之地，遮挡了白鹰往日的天空。白鹰被一段铁链拴在木杆上，边上摆着羊肉和清水。他试探着挑起一块肉凑近鹰嘴，拿出老驯鹰人的架势，像念动咒语般呼唤着："这这，这这。"可白鹰像一个被困的王者，头连动都不动一下，目光凛冽不可侵犯。他有些心急，又探，再探，动作多少带些赌气。白鹰暴怒地飞腾起来，一双带钩的铁爪狠狠抓向他，可刚一凑近他，又被铁链狠狠地拽了回去，一些鹰的毛羽在空中翻飞。他捡起那些毛羽，捧在手心里，像捧着从佛像上掉下的金漆，觉得心疼极了。

看来，驯鹰不能心急，硬熬不如巧熬。他把白鹰带到屋外让它透透气。天色渐暗，白鹰眼中射出的剑光折断在黑暗之中，他假装不再理会鹰，升了篝火烤起来。天上一轮月，地上一堆火，映出白鹰扑棱起的巨大翅膀，夜色把它们勾勒成一对出鞘的长刀。

熬鹰也是熬人，人和鹰两军对峙，都已精疲力竭。当他把鹰带回小屋时，他困得睁不开眼睛，白鹰也趁机眯起了眼。人还能赢不了一只鹰？他跑到外屋，浸了一脑袋凉水，转身钻进屋里，声嘶力竭地吼了一曲祖辈传下来的熬鹰调：

你是哪山生来哪山长？哪座高山去捕食？哪个大洼来背风？今天上山把你请，把你请啊把你请，来我家中敬一敬，你不喝来我不吃，你不睡来我不歇。

轻易屈服的绝不是一只好鹰。他粗野的嗓音像一只小棒槌敲打鹰的耳膜，鹰暴怒起来，冷不防报复性地给了他一爪。他也不擦手上的鲜血，仍是不停地唱，声音里满是真诚，直到嗓子哑得完全发不出一丝声音。

第三天天亮的时候，他饿得眼冒金星，手上鲜血淋淋，鹰也累了，低着头喘息。他把一块羊肉放在掌心伸了过去，鹰一口叼起狼吞虎咽起来。他试着抚摸鹰胸口的羽毛，白鹰的目光软了下来，低头承接着他的善意抚摸。他会心一笑说："嘿，你看，打了个平手！"冷不防眼前一黑，他一头栽倒在地。醒来后，他对父亲说："鹰熬成了！"父亲不紧不慢地说："可没那么容易！"

当他和鹰同吃同睡三个月之后，他走到哪，鹰跟到哪，白鹰稳稳地站在他的肩膀上，像他背着的一把剑。就算他解开鹰脚上的铁链，鹰在天空追逐一朵云，最后还是像归巢的鸟，落回他的手臂。父亲看见了说："出去逮一只山鸡试试吧。"

他驾着鹰一头扎进屋外的北风，等日头快沉落草窠之时，不远处的草窠中飞出一只山鸡，展着五彩的长尾划过天空。鹰头上的顶毛突然炸开了一朵花，只一瞬间，就如一道白光和山鸡卷在了一起。当山鸡的哀鸣响起，他踉跄着赶过去的时候，鹰正落在一株大树上，看见他过去也没有飞下来。

如果一只鹰起了走的心，那只能试试“摆床子”绝技了。他掏出切好的鲜肉，按着老辈传授的秘诀，不断变换着抛肉的花样，柔声叫着:“这这，这这！”这是他和鹰之间的秘语，他知道鹰听得懂。可是鹰既不飞走也不落下，静静地和他对望着，站成两座雕塑。

第二天早上，他发现鹰不在树上了，一阵伤感涌上心头，数月间投入的感情把他的心揪疼了。他失魂落魄地往回走，突然一声鹰唳划过，白鹰驮着旭日而来，周身金光，一对羽剑自由挥斩着苍穹，转瞬又昂头冲击高空，似一只镖射向太阳。

他伸出手臂，白鹰还是落了下来。他不舍地抚摸着鹰的身体，解开了它脚上残留的绳绊。一瞬间他就决定了，突然向上扬起手臂，把鹰抛向空中并大喊着:“你去吧！”白鹰立即振翅而起，却在空中来回盘旋着不肯飞走，像在完成一场告别仪式。

他的脸上淌满了泪，耳畔仿佛又响起那首熟悉的儿歌：

阿玛去北方，额娘守家门，
高山悬崖上，请只海东青，
交给大人们，换来粗布衣，
身披白玉衫，不是捕鹰人。

注：鹰是北方民族心中的神鸟。海东青，被喻为“万鹰之神”，是中华肃慎（满族）族系的最高图腾。驯化猎鹰是满族古老的传统技艺，他们用猎鹰追捕天鹅，以天鹅胸脯上的绒毛制作“白玉衫”作为贡品。驯鹰展现了强者交锋的智慧之美，也展现了人与动物的情感交融之美。

十字路口

张格娟

那天，我气喘吁吁地追我丢失的牛，当走到一个十字路口时，已经是上午十点多了。

夏日的阳光很刺眼。我用手遮住阳光，看了看天，再看看太阳，我发现前面十字路口的大树下，似乎有个人。我急忙跑上前想向他询问，这才发现，地上半躺着一个乞丐，衣衫褴褛，面前有一只破碗，里面有十几个硬币。

我说，兄弟，你看见有人牵着牛往哪个方向走了吗？

他用草帽遮着脸，跷着二郎腿，声音从帽子下传出来，没有。

我急忙从口袋里掏出唯一的一枚硬币，当啷一声扔到他的碗里，硬币总算撬开了他的嘴。他把帽子从头上取了下来，我这才发现，他紧闭着双眼，根本就没法睁开，唉，这不是白白糟蹋了五毛钱吗！

当我正打算放弃的时候，乞丐说话了。

别追了，你追不上了。

为什么？我急切地追问。

他朝碗的方向努了努嘴，随后又把发黑的草帽扣在脸上，继续装睡。

我朝兜里摸了摸，确实没有硬币了，只好打开钱包，除了一张一百元，再没有零钱了。我重新把钱装进了钱包里，说，兄弟，我今天没装现金，下次再给你。

他冷笑着，微信或支付宝都行。

我只好掏出手机给他的支付宝里转了五块钱红包。

他开口了，说，早晨五点四十左右，在十字路口往左，旁边有一块空地，周围全是玉米地，牛被装上车，早都运走了。

我说，谢谢！我打算转身走的时候，他又说了，你不是失主，你其实就是偷牛的贼，牛早就被你转出去卖了，但你怕警察和失主找你的麻烦，装作是牛的主人，是来打听情况的。

呵呵，这乞丐真有意思。

我说，你是怎么知道我不是失主的呢？

他说，天机不可泄露。

我说，其实我是警察，我今天早晨接到失主报案，说他昨晚丢失了一头牛，我经过分析确定偷牛的人是往这个方向走的，但前面有个十字路口，我想问一下，看看有什么线索。其实你提供的情况挺好的。不过呢？我早已知道答案了。兄弟，别装了，还是乖乖地跟我走吧！

乞丐继续闭着眼睛说话，你这人不讲理啊，我好心给你提供情报，你想做什么？

我说，你比我清楚，我想做什么。

乞丐讲了，你不可以绑架一个残疾人的，那样是犯法的。

你怎么能用“绑架”二字呢？这里根本就没有绑架一说，我是想把你叫到派出所去问问情况。

乞丐说，你不但冒充失主，而且还冒充警察，你这是想要把我带走灭口吗？兄弟，怪我，怪我嘴太碎了，我以后再也不说了。我是一个瞎子，我每天只要能讨到几块钱，能混个肚子圆，我就知足了。我也没有见什么牛，你说的什么我也听不懂，我根本就不知道你说的这些事儿。这样总行了吧，你还是行行好！我给你磕头了，兄弟，我真的只是个讨饭的。

我说，别演了，哥们儿，演技还得进一步提高。走吧，去了，你就明白了。

乞丐把自己的碗护住说，我一天这么辛苦，大哥，你是干大事的人，你不会看中我一个瞎子的钱吧！一个瞎子，什么也看不见的，现在一个人吃饱，全家不饿，你把我绑票了，也没有人来给你们拿赎金赎我。

哥们儿，这事儿真不划算的。我们互相扭着进了派出所。

乞丐坐在派出所的地板上，依旧在嘀咕着，我就是个瞎子，我是合法公民，我就靠讨饭混个日子，也没干什么犯法的事儿，你们抓我到这里干什么呢?

我说，哥们儿，我现在给你说实话吧，我其实是真正的失主，牛的主人。你别装可怜了，你快说，你们把我的牛偷走卖到哪里去了？让你尝尝这看守所的饭，你才承认?

他说，好呀，这里风吹不着，雨打不着，还有人管饭，正好不用再去讨饭了。

你还不打算说实话，那你就好好待着吧，总有你承认的那一天。

乞丐说，大哥，你开啥玩笑呢?

我像是在开玩笑吗？好吧，你就好好给警察交代吧？我得去寻找我丢失的牛了。

坐在一旁的警察说话了，你俩都好好地交代吧！你也不是真正的失主，报案的失主不是你，你偷了牛，牛却丢了。这位也不是真正的乞丐，是把你偷来的牛贩卖的人。

我说，警察，我冤枉啊，我可是真正的牛主人，乞丐才是偷牛的贼。

我和乞丐又开始争执。

警察在一旁看着我俩冷冷地笑着。

游春图

赵淑萍

张家小女碧兰，秀外慧中，颇有文名。

三月三，碧兰随着母亲、嫂子一起去踏青。风和日丽，绿柳飘翠，春山横黛，更有那湖天一色，堤岸迂回。她们游兴未尽，又泛舟游湖。船上，张碧兰一双妙目，往岸上瞧去。有人骑马，有人步行，还有两人在花树间，正在驻足观赏风景。其中一个翩翩年少，丰神俊秀。少年也看到了舟中的张碧兰，惊为天人，目光再也移不开。只是，粼粼波光中舟船渐远，两下都怅然若失。

踏青回来，张碧兰终日郁郁。当日湖上盛景，似在眼前。而那翩翩少年的影子，总是在心头抹不去。可他，是何方人士，姓甚名谁？自己一个女孩家，又怎好对人说出口。

那一晚，张碧兰神思恍惚，一名女子，生得雪肤花貌，朝她飘然而来。“碧兰，我是钱塘苏小小。当年，我遇阮生，便倾心相许，可是，他被父母家书催回，一去不返。你所见的岸上少年，亦姓阮，他是画师展子虔的好友。他们从洛阳来，一路遍访名寺，观摩壁画。心仪之人，千万不要错过。”说完，她吟诵一诗，飘然而去。

“妾乘油壁车，郎骑青骢马。何处结同心，西陵松柏下。”

碧兰醒来，梦中情景历历在目。那苏小小，乃南齐时钱塘名妓。遇阮郁，深情缱绻。但是，阮郁一去，再也不归。小小红颜薄命，因病而逝，葬在西泠。

“郎如洛阳花，妾似武昌柳。两地惜春风，何时一携手。”梦中的歌吟犹在耳畔，张碧兰乘兴写下《寄阮郎》。

可是，遥望洛阳，山高路远，梦，终究是梦。张碧兰抑郁而终，那首诗却传开了。

不知哪一年，宋徽宗赵佶，得到了一幅《游春图》。那图，以青绿重着山水，用泥金描绘山脚，旖旎春光，跃然纸上。特别是游春的人，那舟中女子，岸上行人，栩栩如生。此画为隋代画师展子虔所作，没有署款，皇帝就题上“展子虔游春图”六字。

宋室南迁，《游春图》散出，后流入权奸贾似道之手。那日，贾似道遇见一位女子，名李慧娘，花容月貌，于是强行掳来，让她做了歌姬。这李慧娘终日咽泪装欢。看到《游春图》，看到画中人闲散游春的情景，想到自己如笼中之鸟的生活，潸然泪下。一日，贾似道游西湖，让慧娘等姬妾作陪。雕梁画栋的画舫上载歌载舞，好不气派。此时，岸上一公子，在那桃花丛中，面容清俊，举止风流。慧娘不由脱口夸赞：“美哉少年！”

贾似道听后怒火中烧，回来逼问慧娘，是否情属岸上书生，恼怒之下挥剑将她刺死。听属下说那少年乃是太学士裴瑞卿，私下常常诟病自己，于是，派人囚禁了他，欲下杀手。

那慧娘鬼魂，在阴间告状，最后判官允许其返阳间报仇。

慧娘救裴生脱险，四目相对，都觉似曾相识。深情绵绵，但人鬼殊途。临别，慧娘告诉裴生，每年春天，到湖上折花以祭。

“每一幅古画里，每一首古诗里，都有故事。千百年来，人物不同，地点不同，故事的模式也就是那几种。”近八百年后，小说家和收藏家坐在船上聊天，收藏家说道。

“应该说故事不同，人物都是那几个，才子佳人，一代代在穿越。”缭绕的烟雾中，小说家目光迷离。

补记：《游春图》战乱时为爱国民主人士张伯驹购得。为购此画，他卖掉自己的几处私宅和夫人的首饰。1952 年，张伯驹夫妇把展子虔《游春图》和唐伯虎的《三美图》连同几幅清代山水画轴均转让给了故宫博物院。张伯驹和夫人潘素之间，也另有一段倾世之恋。

双鱼刀

高沧海

整个的十月和十一月，天上飘着像羽毛、像蒲公英一样的轻云。老桂把他在馆驿街的饭馆房顶叠了些山茅草，像絮了层云朵。老桂读张岱的《陶庵梦忆》，架蔷薇，植西府，梧叶落，腊梅开，阶下翠草荡绿烟，又故意弄些台榭倾圮，松石苍老，疏竹间淡菊。一时间食客盈门，吃喝倒是在其次，红男绿女便只在这儿坐一坐，烟火城中，真如隔世。

老桂媳妇芳名林月容，一年年的眉目如远山望不见老相，人便戏谑老桂媳妇是桂花妖，是海棠妖，是竹子妖，反正是妖之类的。

老桂只是笑，倒是老桂媳妇自己说，病了这么久，本该轻飘飘的像羽毛啊，像蒲公英才对，看看这油桶般的腰身，得是个什么样的妖？但凡是妖，必定也得有个标标致致的好身段。

老桂媳妇自姑娘起就体弱，年龄大些更是隔个一年半载的就要去医院走一遭，整年里不得囫囵。许是多年药理副作用之所致，身材不复当年的窈窕也还罢了，却是一路地浩浩荡荡，肚腹渐渐比那一米八二身高的老桂还宽出一拃余。她自己对镜伤心，老桂便拉着她的手说，老天爷偏我呀，怕你不稀罕我，才给你改了这身样，让你飞不动，飞不走。

老桂媳妇林月容本是老桂仇家的女儿。

仇是两家祖上的祖上结下的，相传本是结拜的好兄弟。年代久远，故事越传越迷糊，最后两姓就只剩下了杀来杀去的使命。到老桂这一代，林家儿子伤了老桂哥哥的腿，蹲狱去了。后面就该老桂出手，老桂挑一个吉日，鲜衣怒马，直奔林家来。那林家如临大敌，却不想老桂对那林家主人倒头便拜。老桂早就听闻林家有二女，个个花容月貌，那大女林月容更胜一筹，今儿不是寻仇而是来求亲。林家主人也是个明白人，儿子入狱后，已萌生江湖退意，只是早晚寻不出个好法子来善终。打眼看老桂，勃勃英姿，眉宇澄透，绝不是那等藏奸怀诈之辈，心下赞赏不已，喜爱有加，当晚歃血为盟，泯旧怨仇，结新情义。

林家主人年纪大了后，想起便来老桂这里住上一阵子，春上住，夏初回，夏末来，秋始归。

八月里来时，老桂给那林家主人穿上白绸裤，棉白对襟褂。九十有二岁，宽衣大衫，更兼须发皆白，青钱树下一坐，就像个雪翁。那老翁河眉海目，声若洪钟，神采飞扬，馆驿街三条巷子以外的老头儿老太太都惊动了，抱着小板凳来摆龙门，每日里欢声笑语，平添馆驿街一段生气。转了秋凉，老家里人一遍遍来催，老翁方离去。离去之日，轻灰绒衣裤，罩一件绛红棉马夹，戴一顶八角红呢帽，如映朝阳，样范可爱。这都是老桂的置办。老翁身轻步健，转过身抱拳说等过了年，春上还来。

老桂对媳妇说，大姐，车子该换了。

媳妇说，十几年了，是该换了，换了吧。老桂说，动不动趴窝，明年春上老爷子来，怕误事。

车子开走的头天，老桂请人洗干净，加了满满的油。老桂把车子开回馆驿街。

青钱树下，老桂拿块潮润毛巾，一点点地擦拭着车子，里里外外，轮胎都不许沾惹一尘。直至馆驿街的夜幕降临。

老桂媳妇好气又好笑，她说，这么打扮，你这是要给它娶媳妇吗？

老桂媳妇跟老桂同年生，只是月份大了半载，老桂里里外外以大姐相称。老桂说，大姐，我真舍不得送它走，转眼它陪咱十三年了。

那一夜，窗外月光如烟笼，思忖那一椽一瓦，一槛一扉，终是如烟云只可付之一想，老桂睡得极不安稳。

老桂媳妇静静看着，心里面感叹一声，若我死了，去了，这个人该怎样地悲伤？不觉，眼眶里就含了泪。

人了冬，老桂媳妇的身体越来越不好。

老桂暂停了饭馆的生意，一直陪在身边。老桂说，大姐，我反复地想了，他们说你是桂花妖，是海棠妖，是竹子妖，反正是妖之类的那些话，不全对。

老桂媳妇扑哧笑了，她说，我当是什么重要事呢。

老桂说，其实你是蒲公英仙子。

老桂摩挲着媳妇的手，他告诉她，等她在人间腻了，他会帮她收拾得干干净净，清清爽爽，让她像一朵蒲公英那样，轻轻地、自由地，飞走。

老桂媳妇说，然后呢?

老桂说，然后，他就在茅屋后面种上许许多多的蒲公英。

那晚，老桂媳妇林月容让老桂扶着她，她把一柄短刀装进刀鞘沉入深深的水塘——那是她祖上的祖上，留下的双鱼刀。

荒岛上的狼

柴亚娟

我的头太疼了。

我睁开眼睛，感觉头痛欲裂，接着是全身所有的骨关节都在痛，好像喝了一场大酒，醉了三天三夜，刚刚醒来的那种感觉……直到听见海涛声，我这才想起，我可能是这次游船遇难的唯一幸存者。

阳光照在荒岛上，好像比照在海面上热多了，虽然几步远便是金蛇乱舞的海水，可我依然能感觉热得难受。我用手使劲揉了揉眼睛，想支撑着坐起来，可脑袋刚刚抬起，又沉重地耷拉到地面上。我浑身一点儿力气也没了，只觉得头晕目眩，很快便再次昏迷过去。

醒来的时候已是星光满天，我忽然想起了我可爱的妻子和五岁的儿子，他们肯定在等我回家，可我还能回去吗？想到这儿，我仰脸看了一眼辽阔的星空，似乎每一颗星星都在瞧着我。海浪的声音似乎比白天还大，也比白天好听。我用力地转动一下脖颈，想好好看看救我一命的荒岛，可我的眼睛分明看到一匹狼。

狼高昂着头，在星光下，在惊涛拍岸的荒岛上，显得特别高大，也显得特别孤寂。我现在手无寸铁，攻击力为零，对于一匹公狼来说，我就像一只待宰的羔羊。

现在，时间的流逝对我来说无疑是一种折磨，我在等着它来吃我，可不知为什么，它迟迟不肯动口。我只好又睁开眼睛，发现它还在那儿站着。狼距离我只有几步距离，我能清晰地闻到来自它身上粗犷的野兽气息，它的目光一点儿也不凶狠，甚至还有些慈悲。我甚至发现它在看我，更确切地说，它是在研究我，它的样子看上去很安静，一点儿也不像我想象中的狼。

显然这是一匹没见过世面的狼，它还不知道来自人类的威胁。那天夜里我一直在想，假如人不把狼当狼而是把它当成狗呢？那狼还是狼吗？我知道自己的这种想法很荒唐，可又忍不住这样想。

这匹狼很快成了我的朋友。当它第一次给我抓鱼吃的时候，我就知道它已经把我当成朋友了。幸亏我的打火机还在，我随手划拉一些枯枝点着了，在熊熊的火光中，狼警觉地跑出去很远。等烤鱼的香味儿渐渐弥散开来，它又悄悄地来到我的身边。我把烤好的鱼放到地上，它一口把鱼叼到嘴里，和我一起吃起来。

这是一座很大的荒岛，不但有很多的树种和野果，而且还有野鹿和兔子，更让人满意的是，这头狼帮助我找到了一口泉。

我忽然觉得在这个世界上，没有什么比有水喝更让人幸福了。那天，我守着泉眼喝了个饱。

野兽的生存本领很强，这匹狼不但能在岛上抓兔子獾子这些小动物，而且还能到海水里捕鱼。这下有吃有喝了，应该说我和狼都很开心。但我还是免不了想家，当然最想的是我的老婆孩子。我有时候太寂寞了，便跟狼聊天，把自己的意思对着它说出来。我说，兄弟，这座岛真的很好，你也很好，可是我不能在这里和你待一辈子啊！狼本来是对着白浪滔天的大海，这时忽然转过身子，神态安详地看着我，并且小声地狺狺叫着，发出一种类似狗叫的声音。我知道它明白我的意思，它是在安慰我。

也许是天太热了，我得了疟疾，一直在山洞里躺了好几天，狼也一直前腿蜷着趴在地上陪着我。从它焦虑的目光中，我看出了它的不安，它是真心地把我当成它的朋友了，这让我特别感动……

我每天都到沙滩上去看大海，狼就跟在我身后，在日照下不断变换颜色的海水只会让我更加惆怅。夏天终于过去了，我等来了一只商船，狼站在岸边依依不舍地和我告别，我的眼睛也湿润了。

我回到陆地上以后，大家都不相信我还活着。接着是单位对我没完没了的审查，他们非得让我证明自己这段时间的去向，我说我从游船上落海后，漂到了一座荒岛上，后来被一匹狼救了。单位的审查人员说，你编故事能不能有点儿技术含量，都知道狼会吃人，还没听说狼会救人呢？

后来，单位的人把我关在一间屋子里，让我写交代材料。我觉得更加孤独，比在荒岛上还要孤独。这让我经常想起那匹狼。

单位的人见我写不出交代材料，便往关我的屋子里放进一只老虎，就在老虎张着血盆大口要吞掉我头颅的时候，我吓醒了。

我不知道自己为什么会做这样的一个梦。梦里的一切当然都是虚无的，唯有妻子和我五岁的儿子是真实的。

在后来的很长一段时间里，我都忘不了梦里的人，还有那匹狼和那只老虎。

花　朵

彭素虹

花朵是我的女儿，在我们花镇，记得花朵的人，远比花朵记得的人多得多，因为自从生病后，花朵记不得很多的人和事了。

初中时候的花朵，还是个品学兼优的孩子，当时，她就读的是外国语学校，英语老师每天早上晨读时都要同学们默写单词，如果默写不正确，就会被罚站。于是，每晚睡觉前，花朵都会主动跑到我面前，让我读单词她默写。一天还好，一周、一月的词汇量，常常多得让我读着都觉得累，可她每次都能非常认真顺畅地默写下来。那个时候，我就感觉年轻真好，年轻人的记忆力好得让我望尘莫及。

可是上了高中以后，一不小心，花朵摔了一跤。这一跤不偏不倚，刚好让她头部有了血肿，动了脑部手术后，在很长一段时间里，花朵常常跟我说的话是：我忘了！

“今天，我去找一个初中的同学，可当我走到她们教室门口时，我忘了是要去找谁了！”

“刚刚在校园门口碰到校长，他跟我打招呼，我知道他是校长，但我忘了他姓什么了！”

“有个隔壁班的同学来看我，拉着我的手说了好一会儿话，我知道她是舞蹈队的同学，可我忘记她名字了！”

每每这时候，我都安慰花朵说，我也常常不记得谁是谁的。书上说了，我们每个人的有效寿命也就70来岁，为什么要把有限的生命用来记一些名字呢？起初，我对花朵健忘的事并没有往心里去。

但是紧接着，花朵时不时地在提醒我，她的健忘好像要长期存在了。比如，碰上事情，她会告诉我：“老妈，你帮我记住，明天我要去数学老师那里练题。”

“明天要办的事，你可以写在一张纸条上，提醒自己别忘了！”我怕自己也会把这事给忘记了。

待到第二天晚上到家，我问起花朵有没有去练数学题时，她露出了无辜的表情：“哎呀妈呀，我把这事儿写在纸条上了，但我忘了看纸条了！”

为了让花朵不至于总是忘这忘那，我决定给她准备一个备忘录。可新的问题又来了，她总是不记得有备忘录这么回事。以至于当我问她有没有吃药时，她抬头若有所思地望着我：“老妈，你看见我吃药了吗？”

“自己吃没吃药，你都不知道？”我表示很诧异。

“我真的忘了！”说着，她很不好意思地低下头，像一个犯错的孩子。

有很长一段时间，每当我送花朵进校园，看着她的身影穿过灌木丛，绕过台阶，走上楼梯，在长长的走廊里晃动，渐渐地融入校园的百花丛中。我知道，这条路有多长，我心里的忧思就有多漫长。

直到有一天，我发觉花朵的健忘也并不全是坏事。比如她动了手术要戴着帽子上课，我想知道同学们有没有用异样的眼光看她：“你戴着帽子进教室，大家是不是觉得有些奇怪？”

“有吗？我忘了！”她不经意地回答我。

记得她刚回学校参加校园艺术节文艺表演彩排时，戴着一顶假发唱歌，我坐在舞台下面，看见周围的同学指着她的头发，在窃窃私语。

“花朵不是刚动了手术吗？这头发这么快就长出来了？”

“嘿嘿，我看出来了，她戴的是假发！”

“大病初愈，戴着假发来唱歌，要这么拼吗？”

我担心这些话会传到花朵耳朵里让她伤心，表演结束，赶紧拉着她离开。

“你表演的时候，听见下面同学说什么了吗？”我不放心地问。

“他们肯定在笑我的头发。不过，表演结束，我就忘了这件事了。”花朵若无其事地回答。

处在身体恢复期中的花朵，头部不能着凉，教室后面开空调时，班主任同意她可以跟前排同学调换位置。因为她个子太高，坐在她身后个子矮的同学有些不乐意了，有男同学就故意在她背上贴张小纸条：我脑子有病！

等我放学接她回家时，她才发现背上的这张小纸条，我看到后非常愤怒，怎么会有这样的恶作剧！

“告诉我背后坐着哪个同学，我得把这事告诉班主任，同学之间不要开这样的玩笑！”

花朵倒像没事人一样，笑嘻嘻地告诉我：“对不起老妈，我忘了他的名字了！你不要那么生气，脑子有病，治好不就好了嘛。”

冷静下来后，一时间，我对花朵的健忘充满了羡慕，忘了就好，忘记忧愁，忘记烦恼，忘记生活中不愉快的人和事，忘记曾经的伤害和疼痛，这会是一种多么难得的人生境界啊！

别看花朵什么都容易忘记，但她高考时，心心念念要考上我们的江南大学，这让我在欣慰的同时，又深感疑惑，她真的是把什么都忘记了吗？

关于江南大学，我知道这是她和初中同桌立春曾经的约定：将来在江南大学的中文系见。花朵曾经给立春的脸上画过猫，他们一起去图书馆看书，一起参加全县作文竞赛，并双双获奖。因此，他们一起相约考上江南大学，追求文学梦想。立春后来离开了花镇，我以为花朵会把这事给忘记了，她不是连许多同学的名字都记不得了嘛！

“妈呀，我差点儿把我的文学梦想给搁浅了。”花朵像从往事里面抽出身来，庆幸地说。

我没有问她是否还记得这个男同桌，以后见了面，究竟还能不能叫出立春的名字。或许，这些已经不重要。只要梦想在心里扎了根，那份美好会如影随形，铭记于心。

花朵现在还是一个高三的孩子，每天在校园门口接她回家，我老远就会问：“花朵，今天又忘记什么了吗？”

“哎呀老妈，我都忘了呢！”说完，她莞尔一笑，像一朵含苞待放的蔷薇，笑吟吟地看着我。我轻轻地拉她入怀，阳光下，她胸前的别针上“我是祖国的花朵”几个字，格外醒目。

楝子花开

袁省梅

太阳终于咕咚一声滚下了西山。

我扯扯嘴角，提起包，慢慢走下九龙公园。我已经在公园里坐了四个多小时了。我不愿意早早回家。我担心在巷子碰上邻居，问我怎么回来了，不过年过节的。我怎么说？我说我的生意赔光了？还是说我的房子被债主收了，我没地方住了？还是说我再没钱出去了，就在我妈的果园里过活了？我不想跟任何人说一句话。包括我妈。

等我走到村子，村子已经像沉在黑沉的甜梦里般安静，星星出了满天，一弯眉月斜斜地挑在头顶。刚走到巷子口，就闻到一股浓郁的香。

楝子花开了？

站在我家大门口时，那香味就像一件棉布袍子般裹住了我。我站在门口，深深地吸了一口，心说我妈问啥我也不会跟她说。打定了主意要敲门时，院门竟然开了，推开虚掩的门，院里黄亮亮的。我没有喊我妈。黄亮的灯光下，我看见院子西南角的楝树吊着一串一串紫白色的花儿，泛着清清淡淡的白光，又静雅，又温暖。

我突然想起来，那年离开家的时候，也是楝子花开的季节。我后悔回来了。我可以到果园里凑合一晚上的。果园里有间小屋子，果子成熟时，我妈就在果园住。以前，电话里我不知多少次劝她不要管果园了，来城里住。我妈却不舍得果园，也不舍得我家的房子院子空荒着。我妈说，我守着这个果园子，你们回来了，在果园子看看当度假当游玩。

我嘭地点了根烟，刚抽了一口，屋门就吱扭开了，我妈站在门里，唤我，三三？

回到屋里，炕桌上摆着两盘菜一双筷子。我问我妈等哪个？

等你呀，我妈说，我听你姐说你回来了，你可别怪你姐哦，我算了算，你该晌午就到家的。

我没说话，又点了一根烟。

我妈问我喝点不？

我嗯了声，咬咬槽牙，把烟摔在地上，又踩在脚下狠狠地碾。

我妈取出一瓶酒，晃晃，我酿的葡萄酒，前年就酿好了。前年过年时，就说等你回来喝，你说回来，年跟前了又说有事回不来，去年过年时想你咋也该回来，又说腾不开手没回来。

我不敢看我妈手里的酒瓶了。

咱家果园子旁的建设叔殁了，他儿不愿种葡萄，都去城里打工了，我就包了下来。我酿的这酒有酒味吧？好喝吧？没等我说话，我妈又说，我还给我这酒立了个名，甜果牌葡萄酒，咋样？响亮不？说完，自顾呵呵笑。我妈叫甜果。可我哪里管它什么酒啊，我只想一醉不起。

我妈拿来一个玻璃杯子，说，过年时你舅来了，给他喝我这葡萄酒，你舅那人你知道，穷讲究多，可他一喝，直点头，说色亮味香，是好酒，走时，让我给他灌了一壶。

我喝了一口，又喝了一口，点点头，给我妈说确是好酒，清香，绵甜。

我妈乐了，我就知道我这酒好，甜果牌，能差吗？

我看了我妈一眼，又喝了一口，挤了个笑。她老人家真是有自信，生活的热情真高啊。

我妈劝我吃菜，说不要光顾着喝酒。说着话，又给我倒了一杯，就这一杯了，再是葡萄酒，喝多了也会醉，醉了伤身。

杯里的喝完，我说再喝点吧。

还想喝？我妈看着我，嚅嚅唇，那，再喝半杯吧，最后半杯哦，我给你煮面，酸汤面，你最爱吃。

我说有这些菜和酒，就够了，酸汤面明天再吃，后天也能吃。我仰起脖子喝下酒，说，妈，以后我不出去了，就在家给您打工。

我黑着眉眼，等着我妈问我为啥？可我妈一个字也没问，我妈看我一眼，小心地，不出去好，果园就交给你了，年轻人活泛，眼界宽，你把咱果园打理好，不少挣钱。

我说，我哪能干好啊，我啥也干不好。

看你这话说的，我妈说，没有啥过不去的啊三，人生在世，丢了啥都没事，只要有个好心气，心气大，虎狼都不怕。我妈说完就呵呵笑，我却不笑。我妈又说，你这些年在城里没明没黑地忙活，有一顿没一顿的，我不怕你挣下挣不下，成天就担心你身体。

说真的，一直以来，我都不喜欢听我妈的长篇大论，可今天晚上我的眼泪快要被她说了出来。我又给自己倒了一杯，说，妈，我……

别说了，你的事妈知道一点，我妈摆着手不让我说，咱不是还有果园吗？你怕啥。

重要的是，我还有妈。这么感性的话，我说不出口。然听着我妈的话，压在心头的硬结也似乎消散了，我觉出来莫大的轻松。楝子花香飘了进来，我说，妈，楝子花还是这么香。

这有啥稀罕的，楝子花开时就这么香，我妈呵呵笑我成城里人了，我妈说，你不是把韭菜和麦苗也分不清了吧。

我故作潇洒地笑，咋能嘛。心里却在想有多少年没有见过楝子树没看到过楝子花开了。

我妈问我还记得楝子花的歌谣不？我妈说，你和你姐小时候常念叨。

楝子开，楝子败，

楝子花开抽蒜薹。

喝酒，夹菜，

歪倒，起来……

我看着我妈，眼泪哗地涌了出来。

歪倒，起来！

说真话的鸟

王　溱

小区里有树。小区里的树都是圈养的。圈养的树可招不来好鸟，鸟婆婆决定离家出走。

鸟婆婆当然往西走。唐僧取经就是往西走。西边既然有经书，自然就有讲经的人，鸟婆婆想听他们讲一讲，儿子到底去哪儿了。

鸟婆婆问过鸟儿，但每只鸟说的都不一样。过路的燕子说，你儿子在一个洞穴里呢，那个洞穴黑黢黢的，常年滴着水，可冷了。听得鸟婆婆狠狠打了个寒战。在低空盘旋的鱼鹰说，你儿子在海面一艘小船里呢，浪很大，不定什么时候船就会翻了。鸟婆婆就急脚了，晕船似的怎么都站不稳。还是常年在小区最大的凤凰木上搭窝的小麻雀靠谱些，鸟婆婆问了好几次，小麻雀都说你儿子在一个很温暖的沙滩上躺着晒太阳呢，沙滩上的沙子都是金子做的，太阳一照金灿灿的。鸟婆婆追问那可有天使陪着他？那小麻雀就说不来了，扑腾来扑腾去只顾着喂巢里的幼崽。

鸟婆婆只好叹气说，这些鸟儿叽叽喳喳能把人说蒙了，真假难辨。

我问奶奶，鸟婆婆干吗总跟鸟儿说话呀？

奶奶说，要不怎么叫鸟婆婆呢？

她从小就懂鸟语吗？

奶奶高深莫测地摇头。她以前可不跟鸟说话，倒是她儿子养着几只小八哥，整天逗着它们说话。

后来呢？

后来鸟婆婆就悄悄把鸟笼打开了，她可不喜欢儿子整天只对着鸟说话。

那是什么时候？

那是她儿子还在的时候。

其实我们整个小区的人都知道，鸟婆婆的儿子在几年前就死了，在河涌里淹死的。小区旁边那河涌多深呀，常年挂着“水深勿近”的牌子，他儿子怎么还敢下水？他是不识字吗？当然我们谁也不敢问，一问鸟婆婆她就变成童话书里邪恶的巫婆，她那干树枝一样的手会伸过来捉我们。捉住了可不得了，幸好我们总能从她手里逃脱。每次她都在我们背后尖着嗓子喊，你们这些小泥鳅儿，万不能溜去河涌里游泳啊！

言归正传。鸟婆婆这次是穿着一件白色底的花衣裳出走的，外头还套了件透明雨衣。天并没下雨，套什么雨衣？鸟婆婆认真地说，我往西走，很快就会下雨了。我问，你怎么知道？她说是一只鹧鸪鸟说的，那鸟刚从西边飞来。我很想知道那只鹧鸪鸟说的是不是真的，就一路悄悄跟在鸟婆婆身后。

往西走不远处就是那条河涌。河涌上有桥，鸟婆婆在桥上站了好久才捶捶腿继续往前走。走过一条街，走过一个小公园，再过去就是郊区了，那里种满了龙眼树，满树都是白花花的龙眼花。鸟婆婆走得很慢，像个移动的鸟窝缓缓在鲜花间穿梭。

鸟婆婆的头发很久没打理过了，乱糟糟的确实像个鸟窝。鸟婆婆把头发在头顶绕了又绕，这鸟窝就更舒适了。我猜想她是在等一只鸟，一只能讲真话的鸟。难道我认为其他的鸟都不讲真话吗？它们显然是不服气的，嗖嗖地从我面前掠过，或者干脆就在不远处喳喳叫。

豆大的雨点从天而降，打在龙眼花上，又打在我身上。果然下雨了呢！我不敢再往前走了，龙眼树再往前还是龙眼树，仿佛没有尽头。

哎哟！我狠狠地撞到了树杈上，捂住额头蹲在地上。一只手伸过来拉我，是鸟婆婆，她焦急的声音变了调。你怎么跟来了哟！小孩子哪能自己乱跑哟！

鸟婆婆身上的雨衣套到了我身上，她头上的鸟窝被雨打歪了，漏下的水沿着她脸上的沟壑一路流到嘴边，再从她缺了一颗门牙的嘴两边往下滴。她说过那颗门牙是小时候咬甘蔗咬掉的，我当然不信，我也经常咬甘蔗吃，怎么没掉？鸟婆婆说不信你问鸟儿，那甘蔗可甜。我嘟嘟嘴，到哪去找一只那么多年前的鸟儿？就算找到了，它也不一定说真话。

鸟婆婆拉着我往前走，地太滑了，我们都跌了一跤，我摸了摸门牙，没掉。前方有一个用简易板搭建的棚子，是看林子的人搭的，我们钻进棚子底下躲雨。看林子的人应该是认识鸟婆婆的，急急地给我们打来热腾腾的洗脸水，递来了干毛巾，又絮絮叨叨地说自己的女儿今年要上初中了，歌唱得也贼好……鸟婆婆并没有过多地寒暄，她的注意力在棚角一只进来躲雨的白色小鸟身上。我马上也被吸引住了，这么白的鸟还是第一次见。

我问鸟婆婆这是什么鸟，她不回答我，只顾静静地呆呆地看着鸟用嘴梳理自己的羽毛。这鸟不怕生，慢条斯理地梳，不时发出几声低沉的叫声，像个话家常的老人悠闲地打着毛线。我从鸟婆婆眼睛里看到了从没见过的光，一种羊脂白瓷器那样的光泽。

走吧，放晴了。鸟婆婆拍了拍我的后脑勺。

去哪？

回家。

你不去找讲经的人了？

鸟婆婆说，不去了，那只鸟已经告诉我儿子在哪里了。

我立即兴奋起来，在哪？

在一朵柔软舒适的云上。鸟婆婆说着嘴角微微翘了起来，他的周围全都是善良的人，勇敢的人。

我怀疑这是鸟婆婆糊弄我的，就像糊弄我的门牙的事一样。倒是看林子的人激动地拉着鸟婆婆的手一个劲儿地点头，对的，对的，好人都是会上天堂的……他还没说完，鸟婆婆就把我拉走了。我们离开的时候，那只鸟也飞走了。

我问鸟婆婆，你怎么确定这只鸟说的是真话呀？

真话假话有什么呢。鸟婆婆说，它们都是无忧无虑的鸟呀！

那一枪

陈　敏

老人躺在我们慈善组织为他送来的躺椅里。

老人名叫赵豪天，94 岁，是一位抗战老兵，是我们寻觅到的两位老兵中的一位。一年来，我们踏破铁鞋，终于觅得了两位抗战老兵，一位叫蔡杜城，一位叫赵豪天。

我们要对赵豪天老人做一次稍长时间的访谈，他这样躺着显然比坐着要舒适一些。

“我在森林里开过一枪！”

“哦！”我支吾了一句，心想，怎么只开一枪，应该是很多枪吧！森林里应该有很多敌人。他微微一笑，安静地躺着，深深陷进眼窝里的眸子，注视着门外那条细长的小路。

“那一枪不是对着敌人，而是对着我的战友开的，那一枪把我的心都打碎了！”他转过脸，笔直地坐了起来，声音颤颤巍巍的。

我大惊！

“那您为何要向自己的战友开枪呢？”我放大嗓门儿，大声追问。但他耳背，地方口音重，说话的气力也不足。

老人吭哧了几声，似乎要开始讲述一段悠长的往事，却显得有些力不从心。于是，他挥动着一只手臂，示意他那在院门边汲水的孙女过来帮他一个忙。他需要孙女帮他做“翻译”。这样一来，一段值得牢记的往事便在老人和他孙女的配合下，被我们完整地记录下来。

“1944 年，那年我 18 岁，我被村上抽去协助地方征兵，后来部队扩充兵源，我便离家应征入伍。有一次打鬼子，在‘潜伏’路上被敌人打散，只剩下了我和另外一个小个子士兵。幽深的森林里，我们俩迷了路，那是安徽某地的一片很深的林地，我们猫着腰，一边探路，一边提防着鬼子出现，小心翼翼的。林子很深，树木茂密。没有食物，一口水也找不到，两天两夜过后，我俩实在熬不住了，想着只能饿死在森林里面了。忽然间，一个铁盒子在小个子的脚下‘咣当’一声响。我捡起一看，是一盒罐头，鬼子遗落的！妈呀！我即刻跪地，给老天爷磕了好几个响头。关键时刻，一盒罐头！一盒鱼罐头！打开盒子，里面有三块鱼肉，我们俩一人吃了一块，说实在的，一个饿极了的人在突然见到食物时，不是狼吞虎咽地咀嚼而是哽咽失声，我们俩的眼泪同时唰唰地流了下来，两块鱼肉几乎是被我们囫囵吞咽进肚里的。还剩下最后一块鱼肉了，四只眼睛同时盯着它。小个子将盒盖往下摁了摁，随即宣布：除非咱俩谁先饿死，不然谁也别吃这块肉！

“从此，那块鱼肉成了我俩活下去的希望。

“又过了一天，我们依旧没走出林地。

“密林里，他在前，我在后。我们俩一前一后地走着。

“突然，‘啪’的一声，子弹从我颤抖的枪口射出，击中了小个子的肩膀，他‘嗵’的一声倒下，见势不妙，我即刻赶上去，佯装着为他包扎伤口。那块肉便在他昏厥的当儿被我抢先吃了。

“没想到那一声枪响，引起了森林外过路的一支大部队的注意，事实上，我们差几步就走出森林了，只是没意识到而已。后来我俩都得到了及时的抢救，双双活了过来。”

老人的眼睛里有了泪光。

我又一次追问那一枪。

“您是想吃那块肉，才向同伴开的枪吗？可您为何没有将他打死呢？”

老人说："就剩下一块肉，两个人都想吃。我爹死得早，只剩下了老妈，我想活着回家见我妈！"老人停顿了片刻又说："我明白他早已知道那一枪是我开的，因为他摸了摸我的枪口，那枪口是热的。我也明白他那时的昏厥是假装的，他摸了一下我的枪口后立即晕了过去。"两行混浊的泪水从老人的眼眶溢出。

"后来抗战胜利了，我们回到了各自的家。很多年以后，我俩还重逢过一次，我主动找到了他，说要向他悔过，那一枪是我打的。我想吃那块肉，可又不忍心将他打死。他打断了我的话，说，那枪他用过，容易走火。"

老人说完，轻轻合上眼睛，思绪似乎又回到了久远年代的那片密林里。

我问："那个您从后面向他开了一枪的小个子后来怎么样了？他叫什么名字？是否尚在人世？"

他说："那个小个子叫蔡杜城！"

蔡杜城！多么熟悉的名字！我惊得差点儿叫出了声。

蔡杜城！我们前不久刚刚觅到并采访过的那位健在的抗战老兵，可他为何只字未提他挨的那一枪呢？

蔡杜城！赵豪天！一对"今世冤家"恰巧双双尚存于世，又偏偏被我们同时找到。这算是天意还算是巧合？这一定是命中注定的特殊缘分吧！

不久，我们慈善组织特意为这对抗战老兵举办了一场名为"生死兄弟再聚首"的见面会，时隔 76 年，两位耄耋老兵双手紧握，久久不愿松开，之后，是长时间的相拥而泣。

一天中的九个小时

王若冰

女人被一阵哭声惊醒。

哭声惊天动地，她“呼”地一下坐起身，发现哭声是自己旁边发出来的。一岁的儿子正在小床里滚着哭。她揉着双眼，挪到床边，抱起儿子。另一边，丈夫的鼾声有节奏地响着。

她伸出一只脚，踢了一下他的腿。他只是转过身，呼噜声瞬间又起，立刻响彻整个房间。

“真是一头猪，天天什么也不管，孩子都哭成这样，居然还睡得这样香。”女人在心里发了一句牢骚，继续哄孩子睡觉。她看了一眼床头的钟，凌晨三点，她一点多的时候才迷迷糊糊地睡着。她一边打着哈欠，一边轻拍安抚孩子。

早上六点，女人又在孩子的哭闹声中醒来，开始了她每一天都重复的各种工作。

她以最快的速度穿戴好，将孩子放在客厅的地板上，把一大堆玩具放在孩子的身边，以吸引孩子的注意力。这样，她才能抽出时间来准备早点。她手忙脚乱地在厨房与客厅之间穿梭。终于把早餐摆上饭桌时，丈夫和四岁的女儿才磨蹭着来到餐桌前。

她抱过儿子，将他放在座椅上，让他吃宝宝餐，自己才坐到餐桌前。此时，阳光已透过落地窗照进餐厅。初夏，绿意盎然，窗前的玫瑰正在轰轰烈烈地开放着。她望着窗外，默默地想：这些玫瑰是什么时候开的？我居然都没有注意到。

她曾经亲手栽上那些玫瑰的幼苗，此后一年年地看着它们长高长壮，开出各种颜色的玫瑰。每一年的花开都曾为她带来惊喜。有空的时候，她喜欢一边喝咖啡，一边坐在秋千椅上赏花闻香。当玫瑰的芳香一丝一缕地沁入她的心脾，她能感觉到自己血液的欢唱。于是，她的心中很快就会长出很多朵玫瑰，与这园中的玫瑰连在一起，总会给她无限的愉悦。而今，玫瑰已经开得那么多，她却不知道是从什么时候开始开的。看着眼前的早餐，她一点儿胃口都没有。

丈夫似乎根本没有看见一样，一边吃着油煎鸡蛋，一边说："今天的鸡蛋怎么这么咸？你的盐不用花钱吗？"

她看了看他，到了嘴边的话终究没有说出来。最近，她时常这样想，话能少说的，就不想多说一个字。她莫名地感觉到厌倦。到底是厌倦了生活，厌倦了丈夫，还是厌倦自己的状态呢？她自己也说不清。

丈夫见她不说话，没好气地瞪了她一眼说："你最近怎么回事？总是一脸丧气，一大早谁惹着你了？"

"没什么，我只是累了。"她说得有气无力。

"累了？你又不用出去工作，不用像我一样天天在外边东奔西跑地应酬，你有什么可累的！你住着大房子，开着好车，不用出去拼死拼活地赚几千块钱薪水。你每天在家喝喝咖啡，带带孩子，多少人羡慕你还来不及呢，还一天到晚地喊累。"

丈夫的话，她听得多了，也听得很反感。以前，她每次都会抢白几句，两人就因此而发生争吵。现在，又听到相同的话，她没有跟他争辩的欲望。客厅的墙上，挂着一张大大的照片，照片上的女子英姿勃发，长裙飘逸，头发齐整，脸上闪着桃花般的光彩。那是多年前的自己。那时的她正经历着一场轰轰烈烈的爱情。当然，恋爱的对象并不是现在的丈夫。

丈夫见她不说话，也不再说下去，只有两个孩子不合时宜的说话声与咿呀之音。

丈夫上班顺带送女儿去幼儿园，她依然呆坐在桌前。直到孩子在高椅上再也坐不住，哭着将碗里的食物抓得乱七八糟，她才开始收拾残局。

一个上午，她一边陪孩子玩儿，一边楼上楼下地忙着——收拾房间，洗衣服，在一楼与二楼之间不知道走了多少个来回。她每次走到客厅里都会看看自己那张大照片。她越看就越觉得不认识自己了。

有时候，她甚至怀疑，照片上那个优雅的女孩不是自己。

有时候，她又觉得现实生活中的她也不是自己。

我把自己弄丢了。她最近经常这样想。

孩子的哭声再次响起来，她的思绪从照片上回到现实里，才觉察出孩子的哭声如撕裂了心肺，她很快辨识出哭声来自楼上。于是，她连滚带爬地到了楼上，发现儿子正在卧室的地板上躺着，她看到儿子的额头出了血。她颤抖着抱起儿子，发现他的额头磕破了，血流了半边脸。孩子只会说简单的“爸爸妈妈”等，还不会描述。她抱着孩子，看到血还在流，心里慌慌的。孩子的哭声一直没有停止，只是越来越弱。

她打电话给丈夫，一边哭着告诉他说孩子摔伤了，一边问怎么办。

丈夫似乎在开车，火气冲天地说：“你怎么搞的？那么大的人看个孩子都看不好，还不快点儿去看急诊！我告诉你，我儿子要是有什么意外，我饶不了你！”

丈夫恶狠狠、气呼呼地摔了电话。

她顾不上多想，抱着孩子下楼，开车就奔医院去。

儿子在路上睡着了，她的心悬到了空中。一路上，剧烈的心跳是她唯一能听到的声音。她不停地喊着儿子的名字，但是儿子始终都没有回应。虽然还不会说太多的话，但孩子以往总是会在她说话时，咿呀地给予回应。

还好，经过一系列检查，孩子除了皮外伤，并无大事。

她的心终于放到了肚子里，孩子又回到了欢蹦乱跳的常态，用小手在她的脸上抓来抓去。她抱着孩子，将那双肉乎乎的小手握在自己手心里，泪水不争气地淌下来，止也止不住。

此时此刻，她想起电话中丈夫的话，内心的火腾地一下就燃烧起来。她看了看表，从早上六点起床到现在下午三点，九个小时的时间中，她能感觉到自己的生命在体内的消耗，甚至听到了自己血管爆裂的声响。

第 7 辑

局外人

我是弓长张

郑俊甫

卤水点豆腐——一物降一物。这话就是说给张长水的。

张长水是西街村的支书，我们驻村认识的第一个人。乡干事老刘介绍张长水时，用了一段排比句："没有他点不了的豆腐，没有他降不住的人，没有他摆不平的事儿。"

说这话时，张长水并不在我们跟前，可以肯定，老刘没有拍马的嫌疑。

等见到张长水时，多少让人有些失望。干干瘦瘦的一个老头儿，脸上枯树皮似的，沟壑纵横；发丝凌乱，在头上制造台风现场，像是从来都没有梳理过。一双眼睛倒是挺有神，盯着你看的时候，真像一对聚焦的相机镜头。

"我叫张长水，叫我老张就行，弓长张的张。"张长水握着我的手，这么介绍自己。

为什么强调自己是"弓长张的张"？认识久了，才知道，张长水信奉的一句话是："挽弓当挽强，用箭当用长。"

那之后，断断续续听到了一些关于张长水的传奇。传奇也说不上，算是逸事吧。据说有一回，村里调整土地。调整土地这事儿，一般的村干部都头疼——几百户人家，上千亩土地，谁都不是让梨的孔融，都想要好的、离村子近的。人之常情嘛。可十指伸出来，有长有短，哪会是加加减减平均一下那么简单？西街的调地小组就被一片位于铁路西的偏僻地块给绊住了。谁都不要，多给两分也不要——离村子远不说，地也薄，庄稼收的总比其他地块少两成。

原本是打算抓阄的，虽然办法原始了些，但相对公平。自己的手气自己认，怪不得别人。可几个刺儿头一起哄，风向突变，大部分人都不同意抓了，扯着脖子直喊“要公平”。至于怎样的公平法，却谁也没主意。事情僵持不下，大家的目光都落在了支书张长水身上。张长水倒不急，两只眼睛盯着黑乎乎的人头，静坐了片刻，一拍桌子，站起来说：“从村干部开始，先分那块地，村干部分完小组长上。是党员的都站前面，什么时候把那块地分光了，再分别的地！”据说当时，张长水让人把党旗竖在分地现场，先给自己分，然后盯着党员一个个上。

“活像是临阵炸碉堡，那叫一个霸气！”讲这段故事的人击节赞叹。

可是，分地的问题解决了，分到赖地的家庭就愿意吗？毕竟，家家户户都是上有老下有小，谁也不是石头缝里蹦出来的。

你别说，这就是张长水的本事了。他跟十几名党员干部分完地，都没有急着种庄稼，而是跑到省农科所，弄到一批果树苗。几年的工夫，铁路西那片地摇身一变，成了休闲农业园，就跟城里人的后花园似的，每到周末，热闹得很。

还有一次，村里修路。修路是好事呀。那条坑坑洼洼的村路，大家早就怨声载道。以前还没什么，村里穷，交通主要靠腿，坑洼就坑洼呗，不影响走路就行。后来买车的人越来越多，那条路的毛病就成了秃子头上的虱子，谁也不能无视了。所以，村里提出修路的时候，家家户户都是跳着脚鼓掌的，很有点儿守得云开见月明的意思。

没想到，规划路线的时候，出了麻烦。村里的主干道，规划成一条笔直的大路通向村外，需要拆迁几户人家。村干部分头做工作，最后，在王飞亮那儿卡壳了。王飞亮家是一座老宅。“老宅”是他自己的说法，其实也就是 20 世纪 60 年代盖的房子。王飞亮说：“房子是我爷爷盖的，对外来说算不上文物，对我们家却是有纪念意义的。想拆？得赔一套两层别墅。”

负责做工作的村干部什么办法都用了，王飞亮就是软硬不吃，还在大门两旁插了两面国旗，扬言谁敢强拆，就拍下来，全网曝光。谁也没辙，自媒体时代，很多人都喜欢当“键盘侠”，凡事只看表面，听风便是雨。一不小心，一件小事就可能搅得血雨腥风，即便是澄清事实了，也会惹出一身骚来。

大家都看着张长水，看他怎么收拾残局。奇怪的是，张长水也不露面，他不是把自己关在家里就是开着车到处转悠，谁也不知道他想干什么。整整半个月后，张长水出面了，领着几名村干部和村民组长，直奔王飞亮家。张长水说：“赔两层别墅，我没那个钱，村里也没那个钱。修路用的是项目款，一分一厘都是萝卜占坑，确实动不得。你说你家房子是老宅，我就问一句，有我家的房子老吗？”

张长水家的房子是中华人民共和国成立那年盖的。张长水的爷爷是个远近闻名的砖窑匠，每烧出一窑砖，他不要工钱，只要东西。他用自己多年亲手烧制的砖，为自家盖了一座房子。

王飞亮瞪着张长水，不知道他葫芦里卖的什么药。他恨恨地说：“你家的房子又不在拆迁范围内，你们这是‘崽卖爷田不心疼’。”

张长水笑了：“今儿个我就‘崽卖自己的田’。我那座房子无偿拆喽，你敢不敢拆？”

王飞亮脑子一热，脱口道：“你要是敢拆，我立马就拆。谁不拆谁是王八蛋。”

一桩让人头疼的问题，就这样被化解于无形。

跟张长水混熟后，我一直好奇地问他：“为了修条路，把自己家一座好好的老房子拆了，值得吗？”

问得多了，张长水拗不过，告诉我了答案。原来，邻县上马了一个古镇建设项目，到处搜罗老房子建材。张长水的房子他们早就盯上了，出的价钱也很诱人。但张长水死活不同意，他想把那套房子一代代传下去。

“要不是出了个王飞亮，要不是为了村里修那条路，我能舍得？不过现在想想，新农村建设，旧房子早晚得改造。凡事有舍才有得嘛。”张长水挠了挠头，嘿嘿笑着说。

干　药

墨中白

梅村地处丘陵，岭上，蘑菇多，毒蛇也多。常有人采菇被蛇咬。不过，村民们并不害怕，他们身上备有解蛇毒的药丸。如果碰上让蛇咬了，摸出药丸，放嘴巴里嚼下去，准好。泗州人都说梅村人之所以不怕蛇，那是因为雷一丸。

关于雷一丸解蛇毒救人的故事，泗州城大街小巷，随处都能听到。雷一丸救人无数。不过，他帮西猪山土狼解蛇毒，在泗州城却有多种传说。大家对此，各有各的说法。

土狼占山为王，虽不伤人性命，但他视财如命，凡经过山前那条猪道，携带的财物多少都要留下来。猪道是泗州通往彭城的必经之路，过往客商视土狼如虎。有商人联合出资，请人除掉土狼，无奈其手中那两把铁锤没人能敌。

凶猛过人的土狼却倒在猪道上，他在路上等着拦劫过往客商时，让蛇咬了。若不是碰巧遇着雷一丸，土狼准死。泗州人怨雷一丸不该救土狼。雷一丸微笑，并不解释，说的人多了，他只从牙缝里挤出三个字：一条命。

谁能想到雷一丸还会再救土狼。这次，土狼是亲自到梅村来求雷一丸的。雷一丸二话没说，帮土狼解蛇毒。土狼求雷一丸多给他点儿药丸，雷一丸也依了他。临走时，雷一丸告诫土狼，要远离毒蛇，不然，再好的药丸也无救了。

看着土狼骑马飞驰的身影，梅村人说，狼是改不了吃人的本性的。

雷一丸听了，还是微笑，并不解释。

随身携带药丸，土狼就不惧毒蛇了。万一被蛇咬了，只需吃上一颗药丸，准好。时间久了，弟兄们发现只要拦路抢劫，老大土狼就莫名地被蛇咬一口。当然，每次都有惊无险，雷一丸送的药丸救了土狼的命。

土狼虽无大碍，双臂却无力举锤。让他彻底放下铁锤的是一条小蛇。

那天，土狼带着弟兄们上了猪道，拦下一个全身着白衣的蒙面路人。白衣人告诉他们，他身无分文，只有一条小白蛇。听说有蛇，土狼来了兴趣，让他拿出来看看。白衣人提醒说，是毒蛇。

土狼笑了，你把蛇藏在身上都不怕，难道俺会害怕吗？

见他决意要看，白衣人只好掀起长衫，蛇在他的裤腰上盘着呢。

不等白衣人同意，土狼伸手一把将蛇拉扯了出来。是条白环蛇，细如皮绳，白色圈儿如一个个银环套在身上。

你可以走了。土狼说，没钱，把蛇留下，这是规矩。

俺靠耍蛇吃饭呢，再说白环蛇虽小，毒大着哩。白衣人一脸无奈。

有毒好呀。我就喜欢有毒的蛇。土狼说的是实话，也许是被蛇咬多了，弟兄们说他上瘾了。两天不让蛇咬，就觉得浑身燥热。土狼说，他已经离不开毒蛇了，当然也离不开雷一丸的药丸。

只是，土狼让白环蛇咬了一口后，燥热的身子开始变凉，整个人如一条大蛇。吃药也无效。土狼求救雷一丸。

雷一丸把完脉说，咬你的蛇，剧毒。

有救吗？

这要看你的造化了。不过，有一丝希望，那是因为你并没有诚心要伤害那条白环蛇。

怎么办？

伤你的是蛇王，救你的还要白环蛇。放了它，跟着它走，直到不见蛇的踪影，你只需要待在原地，等白环蛇再次现身。心诚，无药自愈。

雷一丸说的话，土狼将信将疑。

放走白蛇，一路向西，行五里，遇一山，见一庙，蛇游进院里，不见踪迹。

庙里无人，两尊佛像。院中有井，清水直冒。土狼顿觉口渴，趴在井边，连喝九口水，瞬间，整个人有了力量。

泗州城人说土狼让众兄弟回山，分了财物，各奔前程。他独自守在庙里，隐居了。当然他的病也莫名好了。

梅村人却说土狼死了，不是死于蛇毒，而是被蛇吓死的。他待在庙里，渴了喝井中水，饿了吃院中桃树上的果子，等满树的桃子吃得剩最后一个时，他果真见到了蛇，不过是条大蟒蛇，头昂起来比桃树还高。土狼惊吓直退，一头栽进井里。

关于雷一丸和土狼的传说很多，但有两点大家说的一样。雷一丸两次出手救治土狼性命用的是同一个家传秘方，名叫干药，由三味中药和六种新鲜草药，放在随身衣服口袋里热干成丸。还有土狼放下铁锤后，泗州人再没有人看见过他。当然，猪道上也无人打劫商人钱财了。

土狼是死是活，是大家的猜测。也许雷一丸知道，不过，谁知道呢。

消失的火狐

何君华

“外面有一条狗，”呼日勒推开门对我说，“爸爸，它看起来很饿。”

这天寒地冻的怎么会有狗呢？我心下一惊，跟着呼日勒走到屋外。

“那可不是狗。”我仔细查看那只“狗”后告诉呼日勒，“那是一只狐狸，一只火狐。你看，它的被毛是火红色的，就像炉火一样。在咱们大兴安岭，狗可没有红色被毛的。”

“狐狸？我还从来没见过狐狸呢！”呼日勒兴奋地说。

“别说你，就连我也很久没见过狐狸了。”我说，“我上一次见到它们，是好多年前的事了。那个时候你还没出生，非但没出生，我还没遇见你妈妈呢。我们常年住在林区，经常能看见狐狸。但是这几年……见不到了。”

说起来，那是20世纪80年代的事了。那时大兴安岭林区建设正热火朝天，我所在的林业局第三小工队距离镇区上百公里，交通极不方便。在林业生产期，我们所有的工人都吃住在山上，几乎天天都能在林子里碰见火狐。

“为什么现在见不到了？”呼日勒好奇地问我。

“我想，大概是生态环境出了问题吧……总之，原因很复杂。我还以为它们集体消失了呢。”我说。

“它是不是很饿？”呼日勒指着火狐问我。

“是的。”我说。

眼前这只火狐的确是饿坏了，要不然，它怎么会壮着胆子接近我们人类的营房呢？要说也难怪，昨天气温一下降到了零下三十摄氏度，让它上哪儿找吃的去呢？

“我们给它找点儿吃的吧。”呼日勒说着进了屋，他掀开门帘子，招呼着想让那只火狐也进屋，但火狐站得远远的，一点儿也没有要进来的意思。

“它很怕我们吗？”呼日勒问。

我说：“它现在还不确定我们是敌人还是朋友呢！我们只能找些吃的扔给它。”

我们在屋里找到一些方便面、肉干、面包、鸡蛋和火腿肠。呼日勒把食物一股脑儿扔给火狐，火狐却仍然站立原地，并没有取走食物的意思。

我们面面相觑，也只好手足无措地站着。过了许久，火狐终于确信我们并无敌意，叼了几根火腿肠，一步一回头地走了。

我们救了一只饥饿的火狐——这令呼日勒兴奋无比，何况他虽然是地地道道的蒙古族，却是第一次见到野生的火狐，这如何能不叫人兴奋！

只是令我们万万没想到的是，我们的好意却惹上了不大不小的“麻烦”——那只火狐竟然“赖”上了我们。从这天以后，它每天晚上都要定时跑到我们的营房来“讨要”吃的。

这下可愁坏了我。我们这次进山带的食物本就不多，火狐这样“白吃”下去，我们也吃不消呀。

我只好带着呼日勒去我的老朋友忽格吉乐图家想想办法。忽格吉乐图是大兴安岭南麓的护林员，一辈子都没离开过大兴安岭半步。果然不出我所料，忽格吉乐图家备有足够的存货可供我们“消磨”。呼日勒为此高兴极了，他终于有足够的口粮投喂他的老朋友了。是的，他已经把那只火狐称作“老朋友”啦。

忽格吉乐图家的炖羊肉实在是太好吃了，味道绝对纯正，要不我们也不会一直待到深夜才想起回家的事。

我已经喝得满脸通红，打算在忽格吉乐图家借宿一晚，但呼日勒执意要回家，他担心火狐今晚还会照例去我们家“讨要”食物，怕怠慢了他的老朋友。

拗不过呼日勒，我们只好摸黑踏上了回家的路。好在现在是冬天，整个大兴安岭一片银装素裹，再加上明亮的月光和识途的老马，即便我已经烂醉如泥，但我们还是能够轻松地认准回家的路。

那只火狐果然来过。我在营房前的空地上发现了一串新鲜的足印，那显然是火狐刚刚留下的——它没有等到我们回家，已经离开了。

“都怪你！”呼日勒生气地责怪我。

“没事的，我们明晚再加倍给它些吃的吧，我们不是刚在忽格吉乐图叔叔家取了足够的食物嘛！”我只好连连安慰一脸不高兴的呼日勒。

可是等到第二天，火狐并没有出现；第三天，仍然没有出现……呼日勒急得大哭，他担心他的老朋友再也不会出现了。

我们只好再次去找忽格吉乐图寻求帮助。我们把我们的遭遇说给忽格吉乐图听，忽格吉乐图悠悠地问我：“你们前天来我家的时候，是不是忘了熄灭屋里的炉火？”

可不是嘛，我们出门时的确没有灭掉炉火——在零下三十摄氏度的大兴安岭，谁会轻易把炉火灭掉呢？

可是，这跟火狐消失有什么关系吗？

我的老朋友极有经验地解释道：“你们亮着炉火，火狐便以为家里有人，于是在屋外等着，可是你们久久不开门，火狐误以为你们不会再投喂它了，所以就伤心地离开了。”

原来是这样！我这才恍然大悟，又如梦初醒——是我太大意了！

两行泪水从呼日勒清澈的眼睛里流淌出来。我后悔不迭，可是悔之晚矣！那只火狐再也没有出现过。我和呼日勒就这样不经意地在我们毫无察觉时轻易地失去了一个朋友。

那只消失在我们生命中的火狐，我们至今想念它。

小镇武生

刘兆亮

丁天有一把软钢刀，缠在腰上。天刚麻麻亮，丁天便阔步走上陈楼镇的街道。他向卖肉的、贩鱼的、开澡堂的、摆台球桌的抬手打了打招呼，眼眶里明晃晃的，那是他耍刀时积起来的光，样子和年轻时的李连杰跨步翻掌时差不多，让人一眼就能看出他是身怀绝技之人。

穿过长长的镇街，再往右拐走 300 米，就是一片梧桐树林。丁天在那里耍刀。他脱下青布褂（有时是青布棉袄），亮起胸膛，扎下马步，翻掌运气，胸膛与腰被一道道肌肉连扯起来，把活扣的软钢刀弹脱到地上。他一个地滚翻，将钢刀抄到手中，梧桐树林里就传出了软钢刀搅动空气的“嗖嗖”声，以及林子里被惊飞的鸟“啾啾”的鸣叫声。两三个时辰后，丁天把自己弄得热气腾腾的，再把软钢刀缠回腰上，沿着原路走回来。街面上已人来人往，但都要给丁天让一条道。

这时，常会看到一位白头发的老太太，横着一根龙头拐杖，拦住丁天的路，厉声嚷：“你个龟孙子，天天对着那些树打打杀杀的，当吃还是管喝啊？你耍刀弄枪的，谁敢嫁给你啊？！”

丁天那年十八九岁，父母都去西北种棉花了，一两年回来一趟，奶奶一个人在家管他。老太太烧拳谱、藏钢刀、抡拐杖、托人给他找对象，怎么都阻拦不了丁天终日习武。于是，老太太逢年过节就坐在地上朝着西北方向哭道：“不是丁天不听话，是你丁成龙（丁天的爹）不孝啊，生了儿子又不管，非要去边疆，去了也不回来，就寄点儿棉花回来，我虽身子骨不冷，可心冷啊！丁成龙，你让我老太婆在镇上没脸面啊！你回来看看你这个儿子吧！哎呀，我的命苦啊，归根到底是你丁大义不义啊！一辈子就让我生一个娃，你倒是撒手去那边享福了……”

丁天最怕奶奶坐在地上哭天抢地骂他爸，甚至数落他过世的爷爷。腊八那天，奶奶又坐到地上哭。他服了软，蹲下来跟奶奶说，镇上的年戏班加了武戏，他这就去谋个事做。老太太就用那根拐杖把自己撑起来，抹一抹眼泪说：“踩高跷的戏还有吗？”丁天点点头。丁天明白，奶奶是觉得踩高跷甩云袖的，都是些好看的姑娘……

丁天在前，奶奶拄杖跟在后面，找到年戏班。年戏班掌舵人笑眯眯地拿出了黄澄澄、亮闪闪的武生戏服，甩给了丁天。掌舵人迎着老太太说：“这个项目就是给你孙子加的，去年就该加了。”

腊八一过就是年。小镇年戏班，先在镇上演了几场，又到周边村里演。丁天在戏班上有两个角儿，一个是耍刀，一个是舞狮。怎么耍刀？就像他在梧桐树林里那样，不仅刀声“嗖嗖”响，而且还有乐师班用小口哨模拟出那些一会儿惊惧飞走，一会儿发现耍刀的没啥恶意又“啾啾”返回，凑在枝头看热闹的鸟的鸣叫声。丁天的刀走得缓，乐师就配上潺潺的溪流声；等他的刀突然变快，乐师又会陡转到瀑布飞流直下的滂沱声。从耍刀到舞狮之间，是踩高跷唱戏。踩在一米多高的高跷上，甩云袖穿插走位，那些姑娘像仙女下凡。丁天奶奶常坐在最前排的凳子上，转着头看不说，还侧耳分辨唱腔。老太太自言自语：“哪个唱腔听上去不像是会使性子的呀？”

舞狮时，丁天手里抓一个红绣球，两头双人舞动的黄头狮，跟随绣球蹦跳翻转。最精彩的要数抛绣球了。丁天把绣球高高地抛起，两头狮子腾空而跃，张开嘴巴，想在空中咬住绣球。舞狮者丁天，在抛出绣球的瞬间，便翻起了连续的后空翻。最后一个空翻，丁天像是双手接上了弹簧，弹得特别高，抢在狮子开口之前，用双脚夹住了绣球。即将落地时，又把绣球放开，让绣球贴地滚到了手中，然后站立，单手举高绣球，一个精神抖擞的“李连杰眼神”甩向绣球。两头狮子臣服扑地，不停翻动着圆鼓鼓的大眼。用现在的话讲，那是在为丁天点赞。

因为有了丁天的加入，整个年戏班就有了神采，红到了另一个镇区。年头年尾加起来，一个多月的年戏演下来，两个镇区里多个村子的演出费，分给丁天的，抵得过他父母寄回来的几袋棉花。这倒不是让丁天奶奶高兴得捣着拐杖、笑得合不拢嘴的主要原因，主要是踩高跷的头牌小红，美女配英雄般地跟丁天耍到了一起。年戏班跟娱乐圈不一样，谈恋爱结婚都得避着，丁天跟小红在一起，让陈楼镇的年戏班红了五六年，直到丁天父母从西北扛着两袋棉花彻底回来了，直到丁天奶奶拐杖戳地，对着稀稀疏疏的观众喊：“多么好的年戏，你们怎么都不爱看了，活着还有什么意思?！”

喊也没用。像露天电影不再受欢迎一样，大家对这种户外演出彻底不感冒了，不再像过年必吃饺子那样了。

丁天跟小红结了婚，生了一个孩子。奶奶快要去世了。去世前，奶奶问丁天：“天儿，你那么下狠劲儿耍刀到底为啥呢？”丁天回话：“爹娘走得那么远，怕他们在外挨欺负。”奶奶又问：“下狠劲儿舞狮子又为啥呢？”丁天回话：“奶奶那么近地看，舞不好你脸往哪儿搁呢？”奶奶笑了，又说：“等你的孩子能走路后，你也教一教他吧！”说完合上了眼。

后记：我也在丁天那个小镇长大，跟着年戏班看过他的几十场演出。丁天是我少年时最崇拜的人。我已离开小镇二十年了，听说他曾跟踩高跷的小红去苏南的电子厂打工，后来回到镇上，开了一家皮鞋店，又生了一个女儿——算起来，现在应该念五六年级了。

最近，我刷抖音，看到一条视频：一个乡村小镇的中年男子，带着一双儿女，在梧桐树林里习武。爸爸在前，青裤白褂；两个穿校服的孩子在后，招招凌厉，尤其是抛刀凌空后接连几个空翻接刀的瞬间，甚是精彩，像极了丁天舞狮抛接绣球的场景。视频的背景音乐是一首歌:“我还是从前那个少年,没有一丝丝改变,时间只不过是考验……”

这条视频点赞量380万,评论83万。我是研究互联网营销的,算法告诉我,丁天的皮鞋店很快会蹿红。我在抖音上评论说:“我还在为一年级的胖神兽每天一分钟跳绳120个的作业打卡而烦恼,怎么练都过不了100,逼得我都要学会功夫了。丁天,你仍然是我最崇拜的人,没有之一。”

你知道无聊有多快乐吗

金晓磊

从讲台到后门是 14 步。从后门到讲台也是 14 步。我来来回回走了 3 趟，感觉 14 这个数字不太吉利，就调整了一下步幅，重新走。第一次，我没控制好，从讲台到后门，走成了 13 步。13，在我们那个地方，是骂人“傻瓜”的意思——我无聊地走来走去，样子确实有点儿像傻瓜。不过，就算是个傻瓜，我也会死不承认的。于是，我继续走。这次，从后门走到讲台，不多不少，刚好 15 步。

逢五逢十，寓意就好多了。按国人的传统习惯，适合搞庆典。大学毕业，应聘进了这所学校，至今正好 15 年。15 年，我大概上过 6000 节课，总计 300000 分钟左右。照每节课胡诌 1000 字算，或平均每分钟 30 字计，保守估计在 6000000 到 10000000 字之间。如果把这些字搬到白纸上，按每本 20 万字的规格装订成册，至少可以印 30 本，差不多就是著作等身的名家了。可惜，我的那些飞出去的话，与泼出去的水相比，洇湿一丁点儿地的机会都没有。有机会，还是问问那些已经从我这里毕业出去的“好汉”——不会少于 500 个吧，看他们记不记得我说过的只言片语。

这个时候，一条高伸的胳膊进入我的视线，将我从滑向自恋深渊的倾向中捞了上来。我走过去，听见他说：“老师，我想上厕所。”大大小小历经 300 余场监考，考生在中途上厕所的，还真不多见。不过，人有“三急”，再正常不过。我点点头，示意他出去。小家伙儿像是获了特赦，顾不得勾翻的凳子，飞一般蹿出教室。我摆好凳子，站于原地，双手反背，侧身看他的试卷。一篇《15年后的我》的作文刚起了个头。那些字，仿佛是刚吃了败仗从前线撤下来的士兵，头破血流，缺胳膊少腿的，好在面目依稀可辨：

15年后，我30岁了。那个时候，我应该已经娶上妻子，开上奔驰，住上别墅了吧。运气好点儿，说不定还有个白白胖胖的大儿子了……

看样子，刚学完《〈论语〉十二章》，妥妥的“三十而立”啊！我正兀自笑着，瞥见一个身影冷不丁从我身后钻进了座位。我赶紧识趣地走开，边走边眺望了一下“15年后的我”——55岁，差不多就是个两眼昏花的糟老头子了。也不知道到那时我头上还能留几根头发，嘴里还剩几颗牙。都说“年轻人抱着希望过日子，老年人抱着回忆过日子”。唉，人到中年，明天和意外，哪个先到，谁知道呢？不想也罢。

还是坐在讲台边回望一下15年前的自己吧——我的25岁，青葱如嫩柳，像眼下埋头答题的学生一样，还有很多胡子来不及到我的上唇和下巴定居。我忙着上班下班，忙着约会女朋友，忙着看楼盘找银行按揭买房。一晃的工夫，我就40岁了。孔老夫子说“四十不惑”，这话，大概是他骗骗那帮徒子徒孙的吧。活到现在，我还是满眼满脑的“惑”。随便举个例子吧。我对面的墙上，挂着一座电子钟。看不清什么牌子，只看见那根红色的秒针，像一头不知疲倦的驴，在盘面上一个劲儿地绕圈。它绕啊绕，绕了半天，那根分针才很不情愿地挪动了5格。换在平时，别说一周5天的工作日一下就过去了，就是5年，都感觉只是眨了眨眼皮子。那么问题来了：监考时的教室时间，难道是独立于宇宙之外的另一个时空维度？

这个问题，像屈原的《天问》一样让人脑门儿疼。我想，活动一下脖子可能会舒服些。我朝教室扫视一圈，总共36个考生，20个学生戴着眼镜。女生相对少些，只有15个，其中的10个扎了马尾辫。“世上找不到两片相同的叶子”，忘了这话是谁说的。我却在这个考场里找到了两张几乎一模一样的面孔。一个坐前门，一个在角落，难怪我一开始没发现。现在，我的眼神像一匹发情的马，东奔西跑，从这张脸跑到那张脸，又从那张脸跑到这张脸，试图从两张脸上找出异样来。这游戏像极了女儿小时候玩过的一种图画书——从两幅相似的图片里找不同，实在是有趣极了。

“亲爱的同学们，离考试结束还有15分钟！”广播里突然冒出一句提示语来，吓人一大跳。等考试一结束，双胞胎兄弟就会像两片树叶一样消失于森林中。而在他们脸上，我还只找到一处不同。我不由得有种时间将尽试卷未答完的紧迫感。这真是一件令人疑惑的事。

铃声响起，我收齐答题卷，又瞄了两眼双胞胎，准备夹着尾巴逃跑。一个女生跑过来，怯生生地说：“老师，有个题目我好像答错位置了。”我赶紧让她找出来卷子，一边帮她填写《考场异常情况登记表》，一边让她赶快纠正。

“谢谢老师！谢谢老师！”

“没事的，”像安慰自己的女儿一样，我说，“放心考下一场！”

刚跨出教室门，阳光犹如一群毛茸茸的猴子，争先恐后地朝我扑将上来，一下就灌满了我的脑袋。我抬头望望天，感觉今天是个好日子。我看见几个躲在过道柱子后面的词语蹦跳出来。她们排成一列，冲我喊道：

你知道无聊有多快乐吗？

蝉　鸣

莫小谈

安化寺很小，在西山，一溜儿三间禅房，隐于郁郁葱葱的树林里。寺的正殿前栽有两排银杏，倒有些年头儿了，生得枝繁叶茂。盛夏时节，这里蝉多。

我与伙伴们常在山脚下马棚里拔一根马鬃做套子，来到寺庙前的树林中套蝉。其实蝉也没什么好玩儿的，不过半日就死掉了。偶尔也有不死的，会被哪个顽童掐掉它的口器放飞，还说："去吧，判你饿死，再吸不了树汁儿。"

这日，我守在银杏树下举着套蝉的杆儿，瞄准一只鸣蝉下套。马鬃是棕黄色的，映着枝叶间的阳光。蝉不知就里，好奇，用前爪试探着触碰马鬃套环。只要在恰到好处的时机，一扽，就得手了。但这次，我在将扽未扽之时，无意间回头望见端坐在正殿当中的慧明和尚，他冲我招了招手。

慧明和尚很和善，经常下西山，身着偏衫，斜挎着一个土灰色的布兜，里面装着一沓鏊饼，薄薄的，酥酥的，还带有一丝丝的甜。看到我们在山坡下玩耍，慧明和尚就招手说："过来，过来孩子们，发饼了，发饼了。"一帮孩童就会围将过来，伸手讨要。慧明和尚一人发一张，不偏不向。有不懂事的吵闹着让他再发，慧明和尚就俯下身子轻声说："不多了不多了，回家让奶奶烙给你吃。"孩子仰着脸，口中说"奶奶不会呢"。慧明和尚倒认真起来，说："告诉奶奶，调些玉米糊糊，再支起一张鏊子，生起火，将黄面糊糊薄薄地摊在鏊子上，烙，等四周翘起皮儿了，翻个面，再烙，烙成两面焦黄就成了。"孩子不听，还嚷嚷着要吃。无奈，他又一人发了一张，还说："幸亏今儿烙得多。"

慧明和尚喜爱孩子们，会忽而抱起一个顽童驮在脖子上。顽童玩弄着他那颗光溜溜的脑袋，还指着戒疤说“疤瘌子，跛脚子”，他也不生气，只是嘿嘿一笑说：“别闹别闹，再闹就没鏊饼吃了。”这么一说，顽童立即便止住，不闹了。周边村子里的老人们迷信，常说，向慧明和尚讨一张饼，不仅是讨口食，而且是讨吉祥，保人平安。

我曾错过好几次慧明和尚发鏊饼的时机。前日在慧明和尚返寺时，我拦住他，说：“再不给饼吃，就不与奶奶到寺里捐香火了。”慧明和尚笑着唤我为“小施主”，还撑开布兜给我看，打一声佛号说：“没了，确实没了，哪天小施主上山来，我做给你吃。”

这天在我套蝉的当儿，慧明和尚冲我招了招手，我想他定是要施我鏊饼，就放下套杆走向大殿。我站在殿外，倚在殿门旁的柱子上注视着他。慧明和尚双目微闭，端坐在蒲团上，手持念珠，口中念念有词，那是在诵经。我站了一会儿，慧明和尚依然在打坐，在诵经，不理我。我觉得奇怪，既然招手让我过来，这会儿偏不理我了。

我不敢打扰，轻轻走进殿内，在他对面的蒲团上坐下，又故意弄出些许声响来，引他注意。慧明和尚还在打坐，还在诵经，还不理我。我等得无聊，就四周打量殿内的陈设。殿内规规整整干干净净，到处一尘不染，那条他常斜挎在肩的土灰色布兜就陈在香案旁边，半敞着口，里面还依稀散发出丝丝香甜。

布兜里面一定装有烙好的鏊饼。

我想，既然慧明和尚说过“上山来，我做给你吃”，既然适才在我套蝉的当儿还向我招手示意，此刻我讨一张解馋，也算了了心愿。我不由得站起身来，向布兜走去，刚伸出手触及布兜，却听见慧明和尚“嗯”了一声，还拖了一个长音的后音。这声音在大殿内回荡着，异常庄重，不像他平时与我们玩耍时那样亲切。他彼时也会发出类似“嗯”的一声，但听起来无比可亲可暖。我只好又返回蒲团上，坐下，等待着慧明和尚诵经完毕。

时间慢慢地过去，香案上始终青烟袅袅，布兜里始终散发着香甜，大殿外不时传来阵阵蝉鸣。慧明和尚依然双目微闭，手捻着念珠诵经，纹丝未动。久了，我便无聊得很，于是便起身走出大殿。慧明和尚并没有挽留，也没有说一句“小施主慢走”，好像我根本不曾来过。

伴着一阵阵蝉鸣，我下了西山。

此后，我时常回味那次与慧明和尚的相见。出家人不打诳语，既然答应了上山后给我鏊饼，还在大殿内向我招手，我既然进去了，不给，又不理我，是何用意呢？多年以来，我好像落下了病根儿，每每听到蝉鸣，就会回想起那次捕蝉之景，回想起那日慧明和尚的种种举止，却终探不出所以然。

现在更不可能了，慧明和尚圆寂了。

青山为证

叶仲健

“依弟，这信送岭上去！”端叔将一封信交给放牛娃。

“给哪个？”放牛娃看出端叔十分急慌。

“一个叫青山的人。”端叔叮嘱，“记住，只能交给他！”

绊风岭，童安镇最高的山，上面有个村子，稀稀拉拉几户人家，眼下是游击队根据地，上去得半天，对放牛娃来说，只消个把钟头。以前放牛，他常跑上面去，有条近道，得穿越一处崖洞，鲜为人知。

绊风岭村口，一个小伙子拦住放牛娃，问他找谁。放牛娃说：“青山。”“找青山啥事？”“见到青山才能说。”小伙子搜遍放牛娃全身，才领他往村里走。信，躺放牛娃鞋窝里，没被发现。

将放牛娃带到一个汉子面前，小伙子退到屋外站岗。

“找我啥事？”汉子不老，三十来岁模样。

“青山横南北？”

“绿水绕西东！”

暗号对上，放牛娃脱掉鞋，掏出信，递过去。

汉子扫了一眼，未立即打开，拍拍放牛娃臂膀：“好样的！”

…………

放牛娃是我的父亲。他自小是孤儿，寄养堂叔家，十三岁被国民党抓走当壮丁，半路逃脱，躲进苦竹村，给林伯家放牛。父亲说端叔过去是隐藏在我们村的地下党员，他帮他送过好几回鸡毛信，“有回撞见一伙巡山的，不懂啥来头，我只管逃，他们在我背后追，跑出几里地，我上树躲了一宿，不知道多惊险”！

父亲将他的故事对我讲了无数遍。20 世纪 90 年代初，我大学毕业，分配到县政府办，工作一年多后，意识到一个问题：父亲对革命事业也算有过贡献，按理应该享受优待才对，可父亲啥都没有享受过，修了大半辈子地球，一生清贫。我向民政局朋友咨询此事。朋友说对老地下党员和老游击队员，国家确实有优待政策，前提是你得去认定身份，具备至少两名在世的且同时期、同地点参加革命的老党员证明。

我回家向父亲提及此事，让他联络端叔和青山。“只要拿到他们出具的书面证明，每月就能享受好几百元补助。”“我看还是算了。当年我又不是奔着好处去的。”父亲将头摇成拨浪鼓，“黄土埋半截的人了，争这些做甚？”我说：“至少得让国家给你恢复名分吧？”父亲还是拒绝。我有些生气：“你要嫌害臊，我替你去办。”

从父亲话中得知，端叔全名林端成，新中国成立后在童安镇政府工作，家就在镇上。只是，一番辗转，我打听到，曾任副镇长的端叔，十年前退休，两年前过世，不曾遗留与父亲有关的一鳞片爪。出师不利，也就失去寻找青山的必要，“青山”是否真名，何许人也，身在何处，也许只有死去的端叔才清楚。这事就此搁置，父亲罹患胃癌过世后，不了了之，每每回想起此事，我难免遗憾。

后来，我调至市司法局，听说我来自童安镇，一位同事说他知道那地方：“有个红色革命根据地遗址吧？我父亲当年在那蹲点过。他是老共产党员，参加过孟良崮战役。”文献记载，游击队在绊风岭设立根据地，前后不到两年时间，倘若他父亲在那里参加过革命，保不准会知道我父亲。我让他回家问问他家老爷子是哪一年的事，记不记得当时有个放牛娃给他们送过鸡毛信。同事当即打电话，挂掉电话后说他父亲当时不负责通讯任务，不记得有这么个人，得向王副局长打听。“王副局长？”“市公安局王青山副局长，早退了，跟我父亲是老战友。”听到“青山”这名字，我无比激动，迫不及待让同事引见。同事说没问题，周末让他父亲带我去。

眼前这位老人，九十二岁高龄，谈吐清晰，据说还能每天看报。他问我有没有我父亲年轻时的照片。我说没有。父亲只照过一次相，晚年照的，那照片成为他的遗照。他说：“既然你爹已经过世，你找我的目的是啥？”我怔住，是呀，我的意图是让政府恢复父亲的名分，还是奢望上级照顾我的仕途，抑或只是为了印证父亲那段被埋没的历史？“不瞒你说，当时是有这么个放牛娃，至于是不是你爹，恕我不能下结论。”这是位相当睿智的老人。我尽可能表现得不卑不亢：“有您这话，不枉此行。”

我向王青山老人辞别，转身离去那一刻，苍老的声音追过来：“我给过他一枚弹壳！”

我的心被抓了一下，回过头问：“刻着‘王’字的弹壳？”

老人目光一亮：“对对对，我还让他有困难拿弹壳来找我哩，还给过他地址。”

那枚弹壳，父亲看得很重，跟钥匙串一块儿，傍在身边几十年，只是他过世后，我忘记丢哪去了。回想起来，身份认定这件事，父亲一直是拒绝的。

“新中国成立后，不少老游击队员和老地下党员，拒绝享受国家优待，不想给国家添麻烦，哪怕再穷困潦倒，也不向政府伸手，他们是最值得敬佩的人……”坐着的老人颤巍巍地站起，左手按住我手背，右手拍拍我臂膀，“你爹，好样的！”

回到老厝，翻箱倒柜，那枚弹壳，怎么也找不着。我知道它真实存在过，如同父亲那段峥嵘岁月，青山可证。

关于辣椒茄子的索赔

岱 原

这天下午，光线从瓦楞之间射进来。我写下了一句话，它可能是一首诗的开头，内容是：你必须相信春天。流浪猫趴在旁边看着，它也很认真，看上去它对文字也有兴趣。然后我就听到出租屋的门被人清脆地敲响了。

站在门外的是一个陌生的中年妇女，她横向发展的身体几乎挡住了我门口所有的光线。我看见她脸上的肌肉在抖动，有些声音是从抖动的腮帮子里蹦出来的。她说我应该赔她的菜，她说我今天早晨去她的菜地踩坏了不少菜，她还摸出一张纸，上面居然有清单，我看见上面歪歪斜斜的字迹记录着两个茄子、三棵生菜，还有数目不详的辣椒苗。她说你不用抵赖，你鞋上的泥巴就是证明。另外她说还有人证。她想去拉什么人，回过头才发现身后什么都没有。这让她的索赔忽然遭遇了尴尬，她脸憋得通红，大叫一声，波仔，死哪去了！我不知道她在对谁吼，估计是她临时抓来的目击证人。但她身后是巷子和光秃秃的墙。失去了证人，她的索赔没有了底气，她尴尬地挠挠头，眼光在我身前身后飘忽地扫来扫去。她说你别急，等一下我把证人找来再和你算账。她转身就走了，虽然气呼呼的但不失理智。在我看来，那是一个硕大无朋的屁股陡然消失。这个消失和一个临阵脱逃的证人有直接关系。

这个早晨我确实是去了城中村的边缘，在那个高高的斜坡上，我能看到远处有不少挖掘机正在作业，这说明城中村拆迁的脚步已经逼近。但是我不能确保自己踩了别人的菜地，那些青苗丛生的地界是菜地吗？它看起来确实有一垄一垄的迹象。但那里是不是真有茄子辣椒苗我一点儿把握都没有。我关心的是这逼近的拆迁会把我赶到什么地方去。

整整一天我都没有上班，我对第二天自己回公司将要面对什么遭遇毫无把握，也许罚款也许写检讨。对我而言，那些没有过来的时间和极可能发生的事情都很遥远。我试图忘记这些，包括刚才出现又消失的那个女人。我关了出租屋的门，这扇木门一如既往发出吱扭的碎响。这样的房子这样的木门都是二十世纪六七十年代的遗留，它们确实也应该走向尽头了，那些伸手能够着的屋檐，那些在风中枯死的瓦草无一不透露出末日的气息。我决定去散散心，我想带上流浪猫，但它却叫了一声，纵身翻上一堵烂墙，消失得无影无踪。

我越过一些排水沟，一栋栋房子。和往日相比，城中村已经少了很多杂乱喧闹。只是，大部分窗户内人气还在，它们由里向外传递着声响，空气里依然有红烧肉和酸菜鱼的混合气息。

阿肥的五金铺子已经关门了，转闸门果断地拉下。我记得自己经常在这里和他聊天，谈论天气和彩票，我买他的螺丝刀扳手还有该死的电灯泡，我又经常把这些东西弄丢或者损毁。

大林的小卖部趁着天没黑还在搬迁，饼干、方便面、酱油、啤酒被强塞进一辆三轮车的车斗里。我不知道大林将要搬去哪里。我看着他的时候他以为我要买什么东西，他说除了香烟，其他东西他不想翻了。他头上的汗珠摇摇晃晃。

我绕开这些。

路上没有什么人，那个独立的院子还在，只是里面已经空了，这里原先有一条让我畏惧的牧羊犬和一个操着潮汕口音的房东。现在他们通通消失了。绕过花台，我找到了东边角落里的一个单间。这里以前住着一个爱穿紫色连衣裙的女孩。我曾经在很多深夜为她写下许多不会发表的诗。房间没上锁，里面空荡得让人心痛。除了一张明星海报，这里没有留下有人居住过的气息。

是的，我也该离开这里了，尽管这个地方我待了二十多个月。但它不足以让我刻骨铭心。打工生活就像迁徙的候鸟，任何落脚点都不足以支撑我们的人生。

我忽然觉得，我应该对早上踩踏的那些菜有个交代。在这个人心惶惶的时刻，是什么力量让那个健壮的女人气定神闲地为几棵菜索赔？这个时候她还能从容淡定地经营着菜地？我再次绕到了城中村尽头的那个斜坡，那个狭小的无人居住地带果然顽强地生长着被莳弄得规规矩矩的菜苗。它不是我之前忽视的杂草，它们已经长成了蔬菜的形状。它们有着自己各自的队列。我肯定踩过它们，我为此感到惭愧。它们安静成长的势头让我理解了女人的索赔。它们确实不应该被踩踏。

只是我不知道该怎样去赔偿，问题是我已经找不到那个健壮的女人了。我忽略了她的长相，只记住了那个肥大的屁股。她像一滴水掉进河里一样消失了。我向身边路过的人打听，我在描述她的特征时遭遇了困难。单纯地描述女人的健壮连我自己都觉得嘴笨。我没法在陌生人面前谈论一个硕大的屁股。我当然还想起了“波仔”，很明显他也只是那个女人口中的一个称呼，没有人知道有这么一个人的存在。

我在晚上十点多钟才回到出租屋，在这之前，我在彭记面馆吃了一碗肉丝面，在万事达超市门口看了一群妇女在跳广场舞。我在嘈杂的环境里恶狠狠地审视了自己的孤独。

流浪猫迎接了我。亮灯的那一刻，它跳上我的胳膊。我感到了一丝温暖，我拿出猫粮喂它，它在我的臂弯里温顺地低着头。我对它说，过段时间我将离开这里，你愿不愿意和我一起离开？它表情淡漠。

这世上总有一些人，落地就能生根，插柳就能成活，她们总能以极快的速度把异乡活成故乡。可惜我做不到。第二天早晨，离开出租屋上班之前，我在门上留下自己的电话，我用油性笔写下一串阿拉伯数字。我希望某一刻这个数字会被一个陌生的号码拨响，讨论的是关于辣椒茄子的索赔。虽然这些茄子辣椒苗即使存活也未必能长到收获的季节，但我觉得这并不重要。

局外人

孙在旭

手抓囚笼的栅栏，夜开始渗透，奔跑吧。没人告诉你可以戴着囚笼奔跑吗？夜色中，一匹斑马在跑。别停下，相信我，快点儿，再快点儿，只要快到一定程度，突破极限，就会有那么一瞬间，你懂的——就那一瞬间，你将破笼而出。

“谁的手抓栅栏？为什么要跑？你是人是马？在写些什么啊？完全看不懂。这样的小说，就算你写一百万字也不会有人往下看的。”

“意识流。”

这人眯起眼睛冷笑道：“别跟我说这个，我只知道我看不懂你的文字。你这个怪胎，实话告诉你，像你这么写，只能是自我陶醉，永远也打不开文学的大门。”

“先不说怪胎不怪胎，你说你看不懂我的小说，我倒要看看你怎么写。”

“毫无疑问，我肯定比你写得明白，我跟你讲……”

“别啰唆了。”马丁不想再和这人说话了，于是起身走开。他边走边看自己的小说，心想，会不会真像他说的那么难懂呢？我辛辛苦苦写出来的文字不就是给人看的吗？如果谁都看不懂，我写这些又有什么意义呢？这一刻，他第一次对自己的文字产生了怀疑。或许可以再跟他聊几句。他一转身，这人却不见了。

“跑得比斑马还快，一定是心虚了。”马丁摇了摇头，没走出多远，这些念头又跟过来，在他周身萦绕不休。“看来我得多找些读者检验一下了。”

马丁回到家又把开篇看了好几遍，他并不觉得晦涩，于是接着往下写：

他刚冲破囚笼，就被关进了另一个囚笼里。这是一栋楼里的一间空屋，没有门，只有一扇小小的窗。

他总在夜里醒来，或者说，他每次醒来的时候都是在夜里，仿佛白天于他不存在似的。准是有人为了捉弄他，在昼夜之间安了一个开关，他一醒来就把夜打开。

他抗争过吗？他努力不让自己昏昏欲睡，但是办不到。白天总是很暗。夜晚总是很长。他的视力越来越差。

呐喊有用吗？没用。

可是突然有一天，一个声音对他说：“当对面楼的每一扇窗都亮灯时，你就自由了。”

他燃起希望，睁大眼睛看着对面那一扇扇窗。夜已深，谁家还不亮灯呢？

可是最后总有一扇窗不亮，那个人为什么不亮灯，他是故意的吗？

十年过去了，他的眼睛已习惯了黑暗。

突然间，一个可怕的念头在他脑中闪过——对面会不会是一面镜子，而我就是那不亮灯的窗？

几乎就在他这么想的同时，墙上出现一个开关，他颤抖着把手伸向它，还没等碰到，整个屋子就消失了。不仅如此，所有的房子都消失了。

他独自站在无边的旷野，被夜色笼罩。“啊，我自由了吗？”

马丁刚写完就发给朋友们看，得到的回复是看不懂。

第二天早上，他来到单位，又给同事们看。同事们看完说：“马丁啊，你就老老实实上班得了，别再写什么小说了。”

“什么意思？看不懂？你们不是故意打击我吧？”

“兄弟，我真看不懂。要不你给我解释解释？”

马丁刚要解释，上班时间到了。

一天工作结束后，马丁在路上做了个决定，他要为这篇小说写一篇解读。一到家就开始写，他越写越气愤：“既然你们都看不懂，那我就逐字逐句地给你们解释清楚。”

第二天他把这篇解读发给朋友和同事看，得到的回应依然是看不懂。

“我还得为这篇解读再写一篇解读。”他强忍着愤怒挺到一天的工作结束，一回到家又开始写。写完后马上发给朋友们看，得到的回应还是看不懂。于是他又为这篇解读写了一篇解读，得到的回复依旧如此……

“真是邪门儿了，难道他们合伙儿来整我？”马丁思来想去，一个念头突然闪现，“一定是那个人在搞鬼。”

他还记得那天在呐喊书店二楼的自习室遇见的那个人，当时他俩同用一张桌子，后来就有了那简单的互嘲。他决心去找那个人。

第二天是星期六，他来到呐喊书店，走进二楼自习室，那人果然还在。

“嘿，小马丁你来啦，不是想看我的作品吗，现在就给你看。”

马丁来到他的笔记本电脑前看到这样的文字：

从前有个人写了一篇小说，没人能看懂，于是他就写了一篇解读。但这篇解读也没人能看懂，于是他又为这篇解读写了一篇解读。要命的是这篇解读依然没人能看懂。他只好再为这篇解读写一篇解读。周而复始，最后所有的解读加起来比一本词典都厚了，人们依然看不懂。后来人们把他的小说忘了，没人再谈论他的小说。大家都在谈论他的解读。再后来没人谈论他的解读了，都在谈论他这个人——怪胎，十足的怪胎。

“果然是你，你收买了我的朋友，对吧？你到底是谁？”

“你在胡说什么啊？我完全听不懂。”这人迷茫地问。

“你写的这个人就是我，你故意的吧？”

“你不会把我当成神了吧？我怎么知道你这些天做了什么？”

“你写的这个人明明就是我。你到底用了什么手段，你是魔鬼吗？”

“你这是什么逻辑？那么，如果我说我把电脑关上你就会消失，你信吗？”

“当然不信。”

“那我可以看看你的词典吗？”

“别提词典了，我都快疯了。”

马丁真的处于暴走边缘了，他双手抓着头发，此刻有太多问题想不明白，他想下楼洗把脸：“你等我一会儿，我马上回来。”

等他回来时，自习室里什么人都没有了。他发疯似的叫喊起来：“怪胎，你才是怪胎，你给我出来！”

这时门“砰”的一声关上了，自习室里一瞬间暗下来。马丁这才注意到，四面墙的书架竟然那么高，仿佛所有的书都在嘲笑他，它们正在吞噬着白天的最后一缕阳光。

红薯，红薯

许心龙

一棵秧一嘟噜果。秋高气爽的田地里，奶奶拎着一根粗壮的红薯秧，连根拔出了一嘟噜大大小小的红薯块，还有毛茸茸粉红色的根须。那老秧根的威力，二孙子现场在红薯地里看到过，还用食指插入沟里费力地掏出了一块不规则的大红薯。这裂沟跟路边的大树根把地皮撑裂了一样醒目，令人遐想。

奶奶的兴奋总与十月有关。每到深秋十月，“迫不及待”这个词用在村里的田地上，更为贴切，更让人欣慰。十月的红薯地，被霜打的红薯叶，脱去绿衣，露出了黑色，一副脱胎换骨的模样。一地茂绿时，没有立足之地，一只虫子也难逮。半夜里下的一场场苦霜，让土地露了出来。同时，它还惊奇地袒露出了裂开的痕迹。那是地下迫不及待的大块红薯，要抛头露面了。这时，奶奶，还有黑压压的村里人，都充满了欢欣，充满了鼓舞，弯腰刨开红薯垄。

奶奶到底是有能耐的人，在红薯地翻红薯秧时，竟把五叔活生生地给生了下来。奶奶虽是流了一摊血，但生了一个活孩子。奶奶后来描述说，正翻着红薯秧，突然感到肚子一阵坠疼，直疼得弯腰蹲在了地上。裤裆湿了。腿发软了。一会儿上气不接下气了。就顺手插入垄上的裂沟里，抠出了一块红薯，嚼了一口，口生甘津，又有了力气。多亏吴大奶奶正巧赶来……所以，红薯对于奶奶来说就无比神圣了。那感情是融入奶奶周身血液里的。

奶奶抚摸着肉嘟嘟的襁褓中的五叔，笑了一声。奶奶的这一笑，意味深长，又幸福满满。奶奶是为五叔而笑，是为红薯而笑。因为，奶奶掐指算算，是那天爷爷立了他人生中最大的一功后，才有了五叔。是什么功呢？是爷爷在村北地收秋后发现了一个老鼠窝，爷爷聪明地把老鼠窝给端了个底朝天，把老鼠窝藏的过冬的十几块红薯给挖了出来！要知道，那时候一块红薯就是一条命。于是，奶奶犒劳爷爷，特意做了一盘红薯糕。谁知爷爷吃了几块红薯糕，元气顿增，夜里毫不吝啬地犒劳了奶奶……五叔身上的元气都是红薯之气。奶奶给了他非同一般的体能，无论田里干活儿，还是后来当兵拉练，都是一把好手，力道得很。这红薯块，是多好的东西啊，养活了人的精气神，又发展了人的德智体。

就在老鼠饿得也到处乱窜的年景里，奶奶用大半袋红薯为二伯铺了一条路。奶奶把二伯送去了学校，当了教书匠，只不过是个临时工。可是没有这"临时"，也就没有"永远"，更不可能有今天的"正式"。政策来了，二伯转正了，成了名正言顺的人民教师。那半袋红薯，改变了二伯的命运，却让一家子人忍饥挨饿了好几天。在那几天里，大人小孩都在找红薯皮红薯头吃，问题是红薯皮红薯头地里也很难找到了。地上一干二净，地下也一干二净。

在镇被授予"长寿之乡"的典礼上，坐拥人生最大两位数的奶奶和吴大奶奶应邀出席。一名镇干部笑着给奶奶和吴大奶奶一人戴上一朵大红花。奶奶还接受了黑色话筒的采访。奶奶说："啥秘方？也没啥秘方，大鱼大肉那时候吃不上，现在也不咋吃。我觉得还得感谢那些红薯，这一把年纪真是吃红薯吃出来的。"吴大奶奶指着奶奶说："她能吃着红薯，就把儿子给生了下来，嘻嘻。"奶奶和吴大奶奶说着都笑了，笑得没露出一颗牙，倒把红薯颜色的牙床全露了出来。

冬日里，气吞山河的引江济淮工程对村里大块麦田动了剖腹手术。一条宽大的深沟延伸开来。置于沟内的粗大的圆柱形水泥管道，足能跑辆小四轮车。这时，奶奶说："让我去看一眼吧，这稀罕如不见见，死了也不值。"众人一愣，一惊，只得点头，遂了奶奶的心愿。奶奶坐在轮椅上望着一地麦田，望着那宽大的深沟和水泥管道铺成的水泥路，几根白发随风摇曳。过了许久奶奶咕哝道：

“这多像当年冲开的红薯沟啊！”还真像当年冲开的红薯沟，我们咋没想起来呢？众人望着奶奶，感觉奶奶就是块红薯变的活人。奶奶与红薯，须臾也不能分割。众人感叹，世事突变，沟里已不是一嘟噜一嘟噜鲜活的红薯了，沟里躺着的是一个一个紧密相连的水泥筒子。筒子是水的通道，能把滚滚长江之水引到淮河里来，供周边人饮用。

坐在轮椅上，奶奶无力地抬起了左胳膊，又无力地举起左手。奶奶的左手明显是四指，那个小拇指仅剩一小半了。奶奶的半个小拇指抖动了一下，又抖动了一下，抖抖颤颤指向了前方。奶奶小拇指所指的是一大片平坦的麦田，引江济淮工程豪迈地穿过这块麦田，是生产队里当年引以为豪的红薯示范田。这块茂盛的红薯地洒有奶奶数不尽的汗水，奶奶的那半截小拇指也留在了这块红薯地里。其实，奶奶不止一次地谈起这块平坦的红薯地和她的可爱的小拇指。那年生产队里组织的削红薯片比赛，恐怕是奶奶一生中最风光最有面子的事了。那次比赛，溅出的血染红了整个刀口，染红了几千片红薯片。奶奶的左手小拇指损失了一多半，奶奶的胜利首先为村里的妇女争了光，其次是为我们全家赢得了一百斤红薯。当时，队长一只手举着奶奶血红的左手，另一只手指着奶奶削好的一百斤红薯片，说，嘉奖！全部嘉奖！后来，奶奶不止一次地说，那次比赛，虽失去了半截小拇指，却让她尝到了劳动的快乐滋味。

奶奶昏迷了，植物人一样。奶奶大脑严重萎缩。五叔摸着奶奶的头，嗓子干哑着说，后脑勺明显有一个坑，小黑碗一样。二姑小心地摸了摸，不禁张大了嘴巴。

奶奶又苏醒了一次，像回光返照。奶奶咕咕哝哝半天说，她梦见自己被埋进了院子那口红薯窖里，尖尖的土堆上一夜之间长出了一根秧苗，是红薯苗，这根独苗很快变粗变大，枝繁叶茂，土堆上很快裂出了几条沟纹。

一旁的二姑听后，把头俯在奶奶的胸口，放出了撕心裂肺的哭声。

绝 境

于 博

家雀儿，东北方言，麻雀的别称。李家雀儿，当然是一个人的外号。李家雀儿，大名没人知道。不过他不叫李家雀儿的时候，人们都喊他李三爷。

李三爷行三，光棍儿一条。大伙儿之所以尊称他为三爷，并不是因为他岁数大，辈分高，有钱有势，而是因为他性情耿直，为人仗义，说话办事直截了当，认理不认人。屯子里大事小情他都乐意帮忙，救急解难，有一毛不带帮八分的。

李三爷是大青山狼洞沟里头号的猎手，枪法出奇准，胆也特别大，一个人敢打独狼。他有一手绝活儿，就是从不迷山。人们都愿意和他上山，哪回都不跑空。你没打着，他保准分给你点儿。

李三爷每次进山，枪不走空。他用猎物的皮毛换钱，多余的肉则分给屯子里的老弱病残。他给你，你也别客气。否则他把脸耷拉下来，也挺吓人。咋的，嫌少？瞧不起我？我问你，我这三爷是白报号的？

不过，从去年开始，李三爷进山打猎，不再带人了，还多半空着手回来。刘二奶盘腿坐在炕上，撇个大烟袋，说他冲着山神爷了，枪法不灵了，不带人是怕丢磕碜。王老花不同意，压低声音说："你净整吓人的那一套。要我说，他和沟里的张大白梨扯上了，东西都被那个骚狐狸拿去了。他正当壮年，耳不聋眼不花，咋能跑空？白叫那么些年三爷了？"

李三爷不管大伙儿背后咋看他，他还照样进山，而且去得更勤了。空手回，也没见他咋地。

这天早上，天空飘起鹅毛大雪，把大地染成一张白纸。李三爷照样身背布口袋，扛枪出了家门。厚厚的雪地上留下了他一行脚印，像一行逶迤的行书。风吹过，树梢动，雪沫飞撒，飘飘悠悠。李三爷直吧嗒嘴："好家伙，这要是下白面多好。上面蒸干粮，下面炖兔子肉，省着大伙儿挨饿！"

李三爷进了山，雪也住了。阳光穿透树的缝隙，照得雪地明晃晃的。空气像过滤了一样，非常清新。李三爷精神头十足，这真是一个打猎的好天气。他从肩头抹下枪，平端着，眼睛四外踅摸。没走多远，就发现前面卧着一只兔子，个头儿还挺大。

李三爷伸手就要扣动扳机。突然，头顶的树上腾空飞起一群家雀儿，雪花飘落，李三爷猛一哆嗦，闭着眼睛扣动了扳机，前面的兔子在枪声中翻了个跟头，卷起一阵雪花。李三爷挎上枪，抬脚上前去捡兔子，猛见前面地上有一只家雀儿。这只家雀儿扇动着翅膀，吃力地向前移动着。李三爷明白了，这小玩意儿是受伤了。李三爷跑上前，弯腰抓起它，一看，家雀一只翅膀折断了。老鹰叼的，耗子咬的，干巴树枝挂的？看着小家雀儿惊恐的眼神，李三爷摩挲摩挲它的小脑袋瓜，说道："小家伙儿，我救你吧。不然，你得冻死，要不就喂鹰喂耗子。"李三爷边说边把家雀小心地装进了羊皮袄的兜里。

李三爷向前捡起了兔子，继续向山里走去。他心里嘀咕着，今天必须打个大个儿的，狍子最好，肉多，够他们造一顿的。但他的愿望很难实现，因为他连第二只兔子也没有碰上。更糟糕的是，雪又下上了，而且出奇大，冒烟雪，直下得天昏地暗，仿佛要把山压塌。李三爷心里打起了鼓。往回走，他肯定能钻出山。但他不能，他必须往山里走。

天黑的时候，雪，终于停了。李三爷头上冒出的冷汗把头发冻成了坨。他捂着咕咕直叫的肚子，找些干树枝，点着了。他从肩上取下兔子，放到火上，刺啦一下，一股毛发的煳味儿钻进了他的鼻孔，他吸了吸鼻子，觉得特别香。突然，李三爷激灵一下，一把抓起兔子扔到了雪地上。

李三爷靠在大树上，大口地喘着粗气。望着燃烧的火堆，他掏出口袋里的家雀，捧在手上，他心怦怦直跳，把手送到火堆上，小家雀儿的身体剧烈地颤抖着，李三爷的手也颤抖起来。他迟疑了一下，终于把手收了回来。李三爷盯着小家雀儿，嘴里冒出了唾沫。他犹豫了一下，哆哆嗦嗦地把手慢慢地移到火堆上面。猛然，李三爷“啊”地大叫了一声，迅速抽回手，腾出一只手，恨恨地抽了自己一个嘴巴子，瞬间，他的眼睛里淌出了一点儿东西。他用嘴对着小家雀儿哈着气，断断续续地说道：“小家……伙儿，你不……能死，你要活着，这山……是咱……们……的！”

东北光复后，狼洞沟来了东北民主联军。张团长亲自给李三爷立墓碑。他含泪说：“李三爷，你们屯子被小日本儿灭了，没人知道你的大名。你给我们抗联小分队送信送粮食，只说叫李三爷，可这烈士的墓碑上不好写这仨字。你牺牲时，手上捧着一只家雀儿，就管你叫李家雀儿吧！”

很多年后，抗联小分队李家雀儿烈士之墓被移到了青山市革命烈士陵园。

两个小雪人

王伟锋

下雪了，一场雪让人猝不及防。

这日子有些特别，女人想，漫天的雪花是来安慰自己的还是来捣乱的呢？

男人在电话里答应她，上午他一定赶回来。只是，雪下得突然，女人不禁隐隐有些担心。

女人最近一直在和男人打电话，沟通、交涉。她尽量控制自己的情绪，摁住体内的火苗，不让战火弥漫。说到底，女人是珍惜这份感情的。听得出，电话那端的男人，也在尽量克制自己。不过，两个人的隔空对话，时而被手头的各种事务打断，时而因某种纷争而暂时息戈，时而重拾话题却又谈着谈着分崩离析。只要把握主动权，女人相信，属于自己的，总归还是有希望争取回来。

哎……这雪天，女人用力搓了搓冰凉的脸，真冷啊！

手机、身份证、户口本、结婚证，一一收纳入坤包。表面磨损得几近露底的坤包，是多年前男人送的，也算是男人出了一趟远差，给自己带回来的一份惊喜。男人还是疼爱自己的。女人想，是自己过于敏感过于苛求，还是拜岁月所赐，一点一滴失却了曾经的万丈柔情？

男人和女人的热恋，始于浪漫的大学时代，他们都喜欢在雨中漫步，在雪里疯癫，爱情的矿脉就是在那雨里雪里的漫步疯癫中潜滋暗长的。

她决意带上这个坤包，她就是想让男人看看，物是人非，岁月流转……

女人磨磨蹭蹭，在镜子前端详良久，直到自我面试过了关，才肯下楼。女人将自己打扮得漂漂亮亮的，脸上化了淡妆，眉毛和口红费了不少心思，发髻绾得高高的，毛呢大衣衬托出女人修长窈窕的身形。尽管如此，肚子上的赘肉还是无法掩饰，毕竟，岁月还是在女人身上一笔一画留下了痕迹。

哟，回来这么早，急不可耐啊！一眼就看见男人的车停在楼下。

车上，落了薄薄的一层雪。只是，男人呢？女人赶紧转过身，透过片片雪花，搜寻着男人的身影。小区的空地上，像是倒着一个人。是男人？

女人的心一沉，脚步踉跄地跑过去，却发现男人在雪地上躺得很安稳。

男人仰面朝天，虽然闭着眼睛，但鼻翼翕动，鼻孔呼出的热气分明在袅娜蒸腾。她一颗心终于放下来。女人心里想笑，哎，看你还能玩什么把戏。

来了？男人忽然睁开眼睛，迅速站起身来，又吓了女人一跳。

男人的目光落在女人的坤包上，然后，不由分说，拦腰抱住女人，温热的鼻息在女人耳边涌动，原谅我好吗……咱们一起，印个小雪人吧。

惊讶、激动，眩晕纠缠，交错如网，女人在这网里几乎要窒息了。女人觉得，自己身上坚不可摧的盔甲哗啦落地，身体着了魔一样，顺从地随着男人旋转平移，最后竟和他一起，倒在雪地上。

两个人，皆仰面朝天，缓缓躺倒在了雪地上。

女人的眼睛湿润了，生生地融化了一片刚着陆在她眼帘的雪花。女人心里不由得一声叹息。

大学时，男人和女人有次约会，就是在这样一个下雪天吧。男人拉着女人，疯过了闹够了，就在阔大的操场一角躺下。男人说，我们一起，在雪地上印两个小雪人吧。彼时，躺在雪地上，女人想，她愿意和这个男人一起躺下去，任雪花漫天飘洒，任男人把她拥在怀里……直到，化为泥土，甚至尘埃！

仿佛过了许久，女人挣扎着站起来，不去拍打身上的雪，而是扭头噔噔地往楼道里走。喂，干什么呢？男人在背后喊。

女人回头，嗔怒道，我身份证忘带了，不可以吗？

男人雀跃而起，我的也忘带啦，真不巧。好了，回家喽！男人口香糖一样，腻歪地黏在女人身后。

楼道门，入户门，卧室门，一一被他们轻轻关上了。

他们走后，雪地上印着两个清晰的小雪人。

男雪人诡秘地往楼道的方向望了眼。女雪人立刻抗议道，看什么呢，人家两口子回家啦！男雪人笑而不语，重新躺下，故意往女雪人那边挤了挤。

漫天雪花飞，是在铺展无边的棉絮吗？

一片接一片浩大的飞絮啊，落下来，像一层厚厚的棉被。男雪人欠欠身，把这层厚棉被，体贴地覆盖在女雪人身上。

1975年的一条鱼

张大愚

1975年夏天的一个早晨，父亲用架子车拉着10岁的我去西山打柴。

这是一道幽深的山谷。一条小河从山谷深处蜿蜒而出，哗哗作响。岸边的山坡上满是郁郁葱葱的榛树，父亲挥舞着镰刀斩杀它们。我抢过镰刀试着去割，但力气小得像蚂蚁，割在上面跟挠痒痒似的。父亲笑了：小子，还得再等几年哪！我脸红了，很难为情地回到坡底自己玩耍。我旁边是一个偌大的水坑，那是前几天一场山洪退后留下的杰作。我随手捡了一根树枝无聊地抽打着水面，猛然间，混浊的水面泛起水花，有什么东西倏地钻出来又倏地沉下去。我吓了一跳，大声喊父亲。

鱼，是一条大鱼！父亲惊喜地叫起来，眼睛顿时亮得像灯。这回可以好好给你妈补补身子啦——再没有奶，你妹妹该饿死了！

父亲开始行动。首先是擢水，他把草帽当作水瓢，卖力地往外舀水。擢了近两个小时，终于把水擢干了。一条小檩子似的大鱼暴露在我们面前。

大鱼意识到了危险，奋力地挣扎扭动。黑灰色的脊背被阳光照着，闪出一片碎金。父亲激动得嘴唇直抖，试着去触摸大鱼。大鱼啪啪甩着尾巴反抗，溅起的泥浆箭一样射在父亲的身上和脸上。父亲笑骂着抹去脸上的泥水，再次伸手去抓，大鱼一拧，噌地滑脱了。父亲再次用力掐住大鱼，大鱼浑身的鳍都炸开来，两条须子也如蚯蚓一样弹动着，嘴里还发出咯咯声。父亲似乎有点儿怕了，刚一愣神，大鱼拼力一挣，又滑脱了。

这次父亲付出了代价：他的手掌被大鱼张起的背鳍刺破了，脸也被鱼尾巴扫出几道血印子。父亲喘息了一会儿，再次奔向大鱼，可脚下猛地一滑，摔倒在泥泞里。父亲索性抱住大鱼，与大鱼滚到了一处。在这寂静荒凉的山野里，父亲和一条大鱼展开了激烈的肉搏战。

时间一点点地过去，大鱼慢慢没了气力，父亲渐占上风。他用两只膝盖抵住大鱼，拳头雨点般落在大鱼的头上。大鱼浑身剧烈地颤抖，扁平的大嘴也顽强地开合着，像是哭泣，又像是谩骂。但最终还是停止了挣扎，直挺挺地不动了。别再打了，它快死了！我说。我的眼睛触碰到大鱼的眼睛，有一丝风吹过来，我感觉身上有些凉。

天色渐渐暗了下来，父亲开始装车。那条大鱼被挂在高高的榛柴上面。我的心突然乱得像堆柴草。

开始出发了，父亲在前面拉，我在后面推。奇怪的事情发生了——刚走了几步，车子忽然翻倒了。见鬼！挺平的路，怎么会翻呢？父亲嘀咕了一句，接着又重新装车。被甩落在地上的大鱼倔强地扭动了几下，似乎想再做一次抗争，但被父亲很轻松地扔到车上去了。车子继续前行，刚走了一段路，又翻了。父亲这次骂了娘，再一次装好车往回走。走了没多远，车又翻了。

接连翻了三次车之后，父亲的脸色变了。他没有马上装车，而是坐在路边点燃了一根纸烟。咋回事呢？父亲嘀咕着，接着把目光投向满头大汗的我。我愣愣地看着父亲，眼睛里好像起了一层薄雾。半晌，父亲重重叹口气，把大鱼从车上抱下来推进河里。我吐了一口气，感觉有一种沉甸甸的东西也随着大鱼游走了。

我和父亲继续往回走，谁也没有再说话。空旷的山谷中，只有车轱辘碾压路面的嘎吱声。

剩下的路，车子再也没有翻过。

临近家门口时，远远听见妹妹啼哭和母亲呵斥她的声音。父亲站住了，哑着嗓子说：今天的事不要和你妈讲，明白吗？我点点头，偷偷瞄一眼父亲，他的脸色跟黄昏一样黯淡。此时肚子里的话像小鸟一样跳着叫着往外撞，我使劲咽了几口唾沫，把它们压了回去。

落日的余晖大网一样当头罩下来，我揉揉酸痛的胳膊，感觉自己正像一株榛树似的噌噌成长。

空中悬着一棵树

岑燮钧

叶芝卉和钱鸿飞是在美专的流亡路上肄业回到舜江府的。那天夜里，他们乘着小火轮在舜江码头下来时，叶芝卉一转身，看到了老府城门楼上的膏药旗，心里顿时一阵悲怆。

明月依旧，但老府城已不是当年的老府城了。

钱鸿飞紧紧握着她的手。他们上了黄包车，好一阵都没有言语。钱鸿飞的老家在天台，在舜江府之南，他是专程送叶芝卉回家的。叶芝卉家在东门外凤凰山的南麓，拉车的师傅是从小道辗转过去的，老东门那里，日本人是要盘查的——谁也不想出什么意外。

叶芝卉家是一座小小的四合院，背倚凤凰山，墙头屋角，杂树生花；远处，舜江转了个弯，油菜花直开到江边。这是一片平整的土地，离城不远，却没有城里的喧嚣。

这一天，叶芝卉在一棵树下画画，钱鸿飞陪着她。回头，四合院在一里之外，前面，掠过金黄的油菜花，能看见舜江的白光在闪闪烁烁。在这片菜花地里，有几棵树，不知是种的还是野生的。他们身边的这棵树，皮是青色的，很光滑，大大的树冠正好为他们撑起了一把大阳伞。叶芝卉坐在青皮树前，钱鸿飞突然发现了一个极好的视角：一棵大树下，一个女子正在画画，画的是满地金黄的油菜花，尽头，是一条大江……他忽然来了灵感，想在这棵青皮树上画出金黄的油菜花。他从叶芝卉的画盘里蘸了颜料，把眼前的一截树干涂成油菜的底色，然后上半部分点染上金黄的油菜花，下半截画出油菜的叶子，底下部分，把树根画成田埂的颜色，与土地连成一片。

“芝卉，你来看！”

叶芝卉站到钱鸿飞站的地方，两个人再站远些，只见空中悬着一棵树——钱鸿飞把那棵树的下半截画没了，那棵树所在的地方也变成了油菜花，与周边的油菜花混为一体，让人分不清真假了，只有上半截的树冠孤零零地悬在空中，好像随时都要掉下来的样子。

“鸿飞，你真是个天才！”

两人紧紧地抱在一起。

钱鸿飞回到天台不久，就来了一封信，说他参军去了。他说，百无一用是书生，该是投笔从戎的时候了，他要到抗日前线去。

第二年春天，油菜花依然开遍舜江两岸。叶芝卉在一所小学教书。写生课的时候，她带着孩子们在油菜花地里画画。她有些伤感，去年的这个时候，钱鸿飞还在身边，不知他现在平安否。她在一棵树上画油菜花，画着画着，树干没了，都成了油菜花。学生们雀跃起来。“老师老师，天上悬着一棵树！”小家伙儿们都惊叫起来。

这年的夏天，钱鸿飞突然出现在四合院门前，他黑瘦黑瘦，眼睛里有种说不出的暗火。饭后，两人走到舜江边散步，钱鸿飞一直沉默着。他坐在一块石头上，像一座雕像。叶芝卉发现他的眼圈红红的，不由得轻轻地抚了抚他的脸。这时，钱鸿飞突然号啕大哭——“都死了，牺牲了！”他是从死人堆里爬出来的。过了半晌，他告诉叶芝卉，他已报名参加了远征军。他最痛心的是，不能拒敌于国门之外。

叶芝卉看着钱鸿飞的脸，抹干了他的泪痕说：“我等你！”

又一年，油菜花开。她没有收到钱鸿飞的信。这是她知道的，他扔开了画笔，也就意味着扔开了一切。但她的心却追随他千里万里，跋涉在西南的崇山峻岭间，跋涉在缅甸的丛林中……她每年都画油菜花，油菜花地的空中，总是悬着一棵树。她知道，这棵树落地的时候，他就会回来了。

一九四五年的冬天，叶芝卉知道钱鸿飞再也回不来了。

那一年的冬天特别冷，舜江的边沿都结了冰。从天台辗转过来一封信，是钱鸿飞的，是特地写给她的——原来，他早在三年前就牺牲了。她一个人来到那棵青皮树下，痛痛快快地哭了一场，把自己也哭成了一棵树。油菜花开的时候，她拒绝了一个又一个的媒人。她总是躲在油菜花地里，画一棵悬着的树。人们觉得她也像一棵树一样，凛着青青的脸色，不苟言笑，越来越像一个与世隔绝的老姑娘了。

就像她三年后才知道钱鸿飞的消息一样，她也是后来才知道远征军的墓地的——就在西南国境边。但是，兵荒马乱的，她没有去成。这一悬，就隔了半个世纪，才又有了重修墓园的消息。那年油菜花开的时候，她又画了那棵树。其实，那棵树早已不在了，油菜花也只剩下江边那几畦。但是，她的心中，还是盛开着大片的油菜花。菜花地里，矗立着一棵大大的青皮树。就像她的手臂早已皱巴巴一样，她想，要是那棵树还在的话，它的青皮或许也皱巴巴了吧。

叶芝卉依然孤零零一人。到边境去，也是一个人去的。她在墓园徘徊了三天，终于找到了他的名字——也就一个名字而已。

直到去世，她都没有再画画。她对自己说：那棵树终于落地了！

2021 年选系列封面绘图画家介绍

黄菁 广西艺术学院美术学院教授，中国美术家协会会员，广西美术家协会理事，漓江画派促进会理事，中国南方油画山水画派研究院研究员，北京当代中国写意油画研究院理事。

《喀斯特田园》 黄菁　65 cm×65 cm　油画

黄菁画作短评

（黄菁）不会把自己设计在一个既得的视觉符号里，以此换得所谓风格的建立，即便建立了符号或图式，他也会在有新鲜视觉到来时搁置它而另开新局。因为黄菁忠实于自己的感受，相信作品的独立价值。他认为每个画家都有一定的概念惯性和思维，这其实是风格、特点确立的基础。然而好画家却往往是在建立概念后，打破概念，再建立概念的循环渐进中确立自己并找到快乐的。因而黄菁选择一个题材一种画法的时候，也会很在意它是否可持续发展，是否有开拓专题的前景。

——刘新（广西艺术学院教授）

图书在版编目（CIP）数据

2021中国年度小小说 / 任晓燕，秦俑，赵建宇选编
.-- 桂林：漓江出版社，2022.2
ISBN 978-7-5407-9196-4

Ⅰ. ① 2… Ⅱ. ①任… ②秦… ③赵… Ⅲ. ①小小说
—小说集—中国—当代 Ⅳ. ① I247.82

中国版本图书馆 CIP 数据核字（2021）第 266405 号

2021 ZHONGGUO NIANDU XIAOXIAOSHUO
2021 中国年度小小说
任晓燕　秦俑　赵建宇　选编

出版人：刘迪才
责任编辑：黄彦
书籍设计：石绍康
责任监印：张璐

出版发行：漓江出版社有限公司
社址：广西桂林市南环路 22 号　邮编：541002
发行电话：010-65699511　0773-2583322
传真：010-85891290　0773-2582200
邮购热线：0773-2582200
电子信箱：ljcbs@163.com
微信公众号：lijiangpress
印制：香河县闻泰印刷包装有限公司
[河北省廊坊市香河县安平镇二街　邮编：065402]
开本：690 mm × 1000 mm　1/16
印张：20　字数：274 千字
版次：2022 年 2 月第 1 版
印次：2022 年 2 月第 1 次印刷
书号：ISBN 978-7-5407-9196-4
定价：45.00 元